D1673606

buch & media

Gabor Laczko

Der Berg,
der nie bestiegen wurde

Roman

Die meisten Ereignisse in diesem Buch beruhen auf wahren Begebenheiten.
Die Namen der Personen wurden allerdings geändert.

November 2018
© 2018 Buch&media GmbH, München
Umschlaggestaltung: Franziska Gumpp
Satz: Johanna Conrad
Gesetzt aus der Sabon und der Meta
Printed in Germany
ISBN print 978-3-95780-130-2
ISBN epub 978-3-95780-145-6
ISBN epub 978-3-95780-151-7

Buch&media GmbH
Merianstraße 24 · 80637 München
Telefon 089 13 92 90 46 · Mail info@buchmedia-publishing.de
www.buchmedia-publishing.de

Meinen Eltern gewidmet

Ein alter Mann schritt, tiefgebückt, am Wanderstab;
Bis auf die Knie wallte ihm sein Bart herab.
Ich fragte ihn: Weshalb denn neigst du dich so tief?
Da hob er seine Hände zu mir auf und rief:
Im Staub liegt meine Jugend, ach, sie wich von mir
Nun schreite ich gebückt und suche nur nach ihr.

Die Erzählungen aus 1001 Nächten
254. Nacht

B éla begann damit, dass er ohne eigenes Zutun zur Welt kam. (Dies gilt im Grunde genommen für alle, die Anspruch darauf erheben, in diesem Buch erwähnt zu werden.) Er kam sich übertölpelt vor, denn niemand hatte ihn dabei um seine Zustimmung gebeten.

Sein Erscheinen auf der Welt fiel auf einen Sonntag, zu einer Zeit, als ein Weltkrieg tobte, der zweite, um genau zu sein. Ein Sonntagskind also? Nein, denn damals fühlten sich auch die Sonntage wie Karfreitag an. Als er sich zum ersten Mal in seinem Leben umsah, wirkte die Welt sehr unfreundlich auf ihn. Wie konnte es auch anders sein, da sein erster Kontakt mit ihr ein schmerzhafter Schlag auf seinen Hintern gewesen war? »Scheiße!«, wollte er rufen, doch es bedurfte noch ein wenig Entwicklung, um etwas zu sagen. Der kleine Zwick, den er auch verspürte, als etwas in seiner Bauchgegend abgeschnitten wurde, war zwar weniger demütigend, ließ ihn jedoch erkennen, dass er sich bei der Fortsetzung dieser Begrüßungszeremonie auf weitere Hiebe und Stiche vorzubereiten hatte. Als er in der Folge eine leckere Flüssigkeit aus einer gefälligen Quelle saugen durfte, begann Béla allerdings Hoffnung auf Besserung zu schöpfen. Er wusste nicht, dass sich die kurze Versöhnungsgeste des Lebens als Teufelswerk entpuppen sollte, denn in der Geschenkkonfektion der Zukunft sollten noch viele Widrigkeiten auf den Jungen warten.

Nun stattete sein Sternzeichen ihn mit edlen Tugenden aus, doch waren diese im Dschungel des Lebens eher nachteilig. Eine der Esoterik frönende Nachbarin hatte bereits sein Horoskop erstellt, noch bevor die Hebamme das Spitalzimmer aufgeräumt hatte. Als unter dem Zeichen der Jungfrau Geborener hätte er ein natürliches Streben nach Reinheit und Perfektion, er wäre präzise, fleißig, rücksichtsvoll, pünktlich und zuverlässig, immer auf der Suche nach neuen Wegen. Zwar glaubte er Zeit seines Lebens nicht an solchen astrologischen Klimbim, doch er musste anerkennen, dass diese Einschätzung seiner Persönlichkeit in groben Zügen zutraf. Die Welt, die ihn empfing, teilte diese tadellos ehrenhaften Eigenschaften hingegen nicht mit ihm. Wieder einmal spielte sie verrückt. Wie schon so oft in der Geschichte hatten einige Alphatiere der Menschheit beschlossen, ihren Hierarchiekampf auszuführen. Im Gegensatz zu Tieren, die ihre Auseinandersetzung im Zweikampf austrugen, geschah der Revierkampf der modernen Menschen auf Kosten der schuldlosen Bevölkerung. Millionen von Männern, Frauen, Jungen und Alten mussten sterben, weil sich einige Geisteskranke in den Kopf setzen, allen ihre Muskeln zu zeigen. Sie wollten zur Schau tragen, wer unter ihnen der Stärkste sei. Deshalb wurde Bélas Geburt vom krachenden Lärm explodierender Granaten, Bomben und Kanonenkugeln begleitet. Zuerst hörte man das Donnern dieser Waffen aus der Ferne. Doch es sollte sich bedrohlich an Bélas Lebensraum nähern und ihn in Kürze erreichen. Und dieser unsinnige Kampf zwischen unsinnigen Staatschefs sollte sein Leben für immer prägen. Die Weichen führten in eine Richtung, die bei Bélas Eintritt in diese Welt niemand vorsehen konnte. Leichtgläubige meinten, es würden in jedem Leben Weichen gestellt, oft sehe man schon aus weiter Ferne das Ziel, das am Ende des eingeschlagenen Weges steht. Nicht so bei Béla, der auch mit gestellten Weichen sein Ziel nicht einfach ansteuerte, sondern im Zickzackkurs voranstürmte und bis ins hohe Alter stets mit überraschenden Wendungen fertig werden musste. Doch wir wollen den Ereignissen nicht vorgreifen. Seine Geschichte soll hier von Anfang an erzählt werden.

Noch bevor Béla sich bewusst werden konnte, was ein Vater war, wurde er bereits von seinem getrennt. Nicht etwa durch ein Missgeschick, nicht durch Zerwürfnis seiner Eltern, sondern wegen der Machtgier einiger Volksverführer und des dadurch ausgelösten Krieges.

Sein Vater war Offizier der ungarischen Armee und wurde abkommandiert, zunächst an die ungarische Grenze, später dann an die russische Front. Das Schicksal erweiterte die Familie, denn irgendwann wurde sein Vater für einen kurzen Urlaub nach Hause geschickt, was zur Folge hatte, dass die kleine Familie bestehend aus Béla, seiner Mutter und dem wieder fernen Vater durch die Geburt von Istvàn, beglückt wurde. Béla war auf diesen Neuankömmling eifersüchtig und riet der Mutter, ihn in die Donau zu werfen, versuchte sogar, den Bruder mit einer Schere zu verstümmeln.

Als dann der Vater wieder einrücken musste, vermisste ihn Béla. Er war noch zu klein, um zu begreifen, was »Krieg« bedeutete, und warum diese freundliche Person wieder aus seinem Alltag verschwunden war.

Ungarn hatte infolge des Ersten Weltkrieges viele Randgebiete mit einheimischer Bevölkerung an die Nachbarländer verloren und litt selbst nach 20 Jahren unter dieser Amputation. Als Hitler dann Europa neu einteilen wollte, sah die nostalgische Regierung in Budapest ihre Chance gekommen, mithilfe der Deutschen die alte Ordnung zumindest teilweise wiederherstellen zu können. Ein schreckliches Fehlkalkül, das dem Land noch teuer zu stehen kommen sollte und für das Volk arge Konsequenzen brachte. Ungarn schlug sich auf die Seite Deutschlands, zog in den Krieg gegen Russland und Bélas Vater wurde an die russische Front verlegt.

Béla trank zwar nicht mehr von der Mutterbrust, doch kümmerte er sich noch nicht um den Krieg. Bewusst mitbekommen hatte er von all dem noch nichts: nichts vom Krieg, nichts von der bedrückenden Sorge der Mutter, nichts vom Hitler-Stalin-Pakt, nichts von der Welt, die aus den Fugen geraten war.

Im Lauf der Zeit hatte Béla zu seiner großen Überraschung festgestellt, dass es außer Mamas Lächeln auch andere Dinge um ihn gab. Er begann, diese systematisch abzuspeichern, und konnte sie nach Belieben jederzeit wieder vor seinen Augen vergegenwärtigen. Fortan schleppte er Bilder mit sich umher. Etwa jene Bilder von Männern, die erschienen waren und alle die gleichen Kleider trugen. Béla wusste nicht, dass diese Kleidung »Uniformen« genannt wurden. Die Mutter nahm Bélas Bruder auf den Arm und ihn an die Hand und ging mit den Männern aus dem Haus. Einer von ihnen hievte Béla auf die Ladefläche eines Lastwagens. Dann kauerte Béla mit der Mutter und diesen Fremden auf den Planken. Dort klapperte, schepperte und rüttelte es lange, sehr lange und Béla wollte es nicht in den Kopf, warum er all das über sich ergehen lassen musste, statt mit den farbigen Holzbauklötzen zu spielen, die so lustig glänzten. Einige Male hatte er gegen seine Lage protestiert, doch man hatte ihn nur beschwichtigt, er könne jetzt eben nicht spielen. Und wie so oft in seinem späteren Leben hatte er sich gefügt.

Das enge Zusammensein in dem Lastwagen empfanden alle als beschwerlich. Musste jemand sein Wasser abschlagen, so stellte er sich hinten hin und ließ es in die Natur laufen. Auch Béla, den immer einer dieser Männer festhielt, damit er während der Fahrt nicht über die Planke hinausstürzte. Nur für die Mutter, der einzigen Frau im Konvoi, machte man einen Halt. Sie stieg dann vom Wagen ab, und Béla fürchtete sich, sie würde weggehen. Erleichtert sah er zu, dass kurz darauf die Männer ihr halfen, das Lastauto wieder zu besteigen.

Béla sah durch die offene Plane, wie sich die Landschaft veränderte und wie ihnen andere, ähnliche Lastwagen folgten. Das andauernd garstige Wetter drückte auf die Gemüter aller. Diese Reise war nicht nur langweilig, sondern auch unangenehm. Alle mussten auf dem nackten Boden sitzen. In dieser unbequemen Position litt Béla unter den Erschütterungen der Schlaglöcher und wurde in den Kurven und beim Bremsen hilflos herumgeschleudert. Vergeblich versuchte er, sich festzuklammern, er konnte keine Stelle finden, um sich zu sichern. Eine Plane in Tarnfarben war über die Ladefläche gespannt, die den Reisenden Schutz vor Regen und neugierigen Blicken bot und nur auf der Hinterseite offen war. Die Männer, die bei der offenen Seite des Lastwagens saßen, versuchten so gut es ging, sich gegen den Regen zu schützen. Die anderen im Innern stellten sich schlafend und sicherten dadurch ihren Platz im Trockenen. Béla saß mit seiner Mutter und seinem Bruder ganz im Inneren, wo die Plane den hinteren Teil der Führerkabine berührte. Dort konnte der Regen nicht hinschlagen. Doch die feuchte Luft und die Kälte drangen auch hier zu ihnen vor. Die Mutter versuchte, die Kinder mit einer mitgebrachten Wolldecke zu schützen. Gelegentlich schlief Béla ein und als er erwachte, gab ihm die Mutter etwas von dem zu essen, was sie von den Männern erhalten hatte.

Von Zeit zu Zeit stoppten die Lastwagen, das Schütteln und Klappern hörte auf und die Reisenden, die bisher meist geschwiegen hatten, begannen zu sprechen. Es dauerte meistens lange, bis sich die Kolonne nach einem solchen Halt wieder in Bewegung setzte. Doch auch daran konnte Béla nichts ändern, wenn es ihm auch deutlich missfiel, auf diesem Lastwagen eingeschlossen zu sein, wo es allmählich unangenehm stank.

Am Nachmittag des zweiten Tages fuhren sie nicht mehr wie bisher die Straße geradeaus, sondern bogen auf einen großen Hof ein. Alle streckten ihre Köpfe aus dem Lkw und flüsterten nervös miteinander. Da wurde Béla von der Neugier gepackt. Er bahnte sich einen Weg zwischen den Stiefeln und ging nach hinten. Als er hinausschaute, sah er einen Hof mit vielen Leuten, die laut redeten, manche brüllten zornerfüllt andere an. Er nahm auch eine Karre mit zwei großen Rädern wahr, die von einigen spärlich bekleideten, fast nackten Männern gezogen wurde. Auf der Karre lagen nackte Menschen, ganz blass, ganz dürr, mit Armen und Beinen, die wie dünne Stecken aussahen. Sie bewegten sich nicht. Béla kannte den Unterschied zwischen Mann und Frau noch nicht, für ihn waren diese Wesen alle gleich. Er blickte mit Unverständnis auf die Szene und wollte seine Mutter um eine Erklärung für dieses Bild bitten, als sie ihn in diesem Moment bemerkte. Mit einem lauten Schrei rief sie seinen Namen und zog ihn ungewohnt heftig am Arm wieder nach hinten.

Die Bedeutung dessen, was er gesehen hatte, wollte sich ihm

nicht erschließen. Noch nicht. In diesem Moment verspürte er bereits ein dunkles Gefühl der Bedrückung, eine schattenhafte Bedrohung. Er spürte, dass sich hier etwas abspielte, was die Grenzen aller Erlebnisse, die er in seiner Erinnerung bis dahin gehortet hatte, gesprengt hatte. Erst viel später, als er seine Mutter einmal danach fragte, erfuhr er, dass er Zeuge eines schrecklichen Verbrechens geworden war. Der Name der Ortschaft war Mauthausen.

Die darauffolgende Nacht auf dem Lastwagen schien nie enden zu wollen. Béla wurde oft geweckt, weil jemand ihn beiseiteschob oder weil vom Hof laute Stimmen ertönten. Béla hatte nachts noch nie zuvor so lange wach gelegen. Jetzt fürchtete er sich vor der Dunkelheit, wenn auch um ihn herum stets Leute waren, die er nun schon ein wenig kannte.

Am nächsten Tag bestieg ein Mann den Lastwagen und umarmte lange Bélas Mutter. Dann nahm er Béla in den Arm und küsste ihn, anschließend drückte er Istvàn an seine Brust. »Schön, dich kennenzulernen, junger Mann«, sagte er lächelnd. Verunsichert schaute Béla zu seiner Mutter, die ihn zu beruhigen versuchte und erklärte: »Das ist Papa.«

Papa? Béla wusste nicht, was oder wer »Papa« war, und blickte den Mann mit fragenden Augen an.

»Ich konnte nicht vorher kommen, die Deutschen haben mich festgehalten. Aber von jetzt an reise ich im Führerstand.«

Dann stieg er wieder ab.

Das Rattern und Schütteln begann von Neuem, die Wagenkolonne zog wieder los. Inzwischen war Béla die beschwerliche Reise zum Alltag geworden. Zunehmend gelassen nahm er die Mühsal hin. Zwar verstand er immer noch nicht, warum er eine derart zermürbende Monotonie erdulden musste, doch da seine anfänglichen Proteste nichts gefruchtet hatten, ergab er sich dem Unvermeidlichen. Gelegentlich hielten die Lastautos und dann kam der Mann, der sich »Papa« nannte. Stets verhielt er sich sehr nett zu ihm, zu seinem Bruder und zur Mutter. Wie alles in Bélas Leben wurde eine Sache, die lange genug anhielt, zu einem unverrückbaren Bestandteil des Seins. So gehörte auch das öde, aufreibende Scheppern bald zur unausweichlichen Alltäglichkeit, dieses Rütteln und Klappern auf der Ladefläche des Lastautos. Doch irgendwann gab es plötzlich eine unerwartete Abwechslung. Abrupt wurde die Wagenkolonne angehalten, die Männer sprangen vom Deck, schrien laut, packten Béla und seinen Bruder und steckten sie unter den Lastwagen. Mit den Armen fuchtelnd und schreiend sprang die Mutter nach vorne.

»Holt die Kinder wieder heraus!«

Sie drückte die beiden Jungen fest an sich und legte sie dann neben sich an die Böschung am Straßenrand.

»Dort sieht man euch!«, rief einer der Männer nervös.

»Aber wenn der Wagen einen Einschuss bekommt, explodiert er, brennt aus und wir brennen mit«, meinte die Mutter Bélas. Die Soldaten schüttelten den Kopf. Béla erblickte seinen Vater vor der Wagenkolonne, der den Leuten Anweisungen erteilte. Auf einigen der Lkws wurden Waffen gegen den Himmel gerichtet.

Béla hörte Lärm, der sich immer weiter steigerte, bis große Vögel am Himmel erschienen. »Feuer!«, rief Papa und die Rohre begannen zu knallen. Laut ratternd flogen die Maschinen über die Wagenkolonne. In einer geraden Linie waren Staubwölkchen auf der Straße zu sehen. Einige der Windschutzscheiben gingen in Brüche. Der Spuk dauerte nur wenige Minuten, doch Béla spürte, dass sich hier etwas Gefährliches abgespielt hatte. Die schützende Umarmung der Mutter bekräftigte dieses Gefühl und Béla wurde von Angst überwältigt. Das Weinen schüttelte seinen ganzen Körper.

»Es ist nichts, es ist vorbei«, versuchte die Mutter ihn zu beruhigen. Doch Béla war zu aufgeregt, um beruhigt werden zu können. So dauerte es noch eine Weile, bis er sich beschwichtigen ließ. Erst langsam übermannte ihn die Müdigkeit. Schließlich schlief er ein.

Wie kam es aber, dass ein ungarischer Offizier mit seiner Einheit und mit seiner Familie in Mauthausen gelandet war? Béla bemühte sich viel später, als junger Erwachsener, um eine Erklärung. Er sprach seinen Vater darauf an, doch der blieb verschlossen. Bei einer anderen Gelegenheit bohrte er deshalb bei seiner Mutter nach. Sie zeigte mehr Bereitschaft, die Zusammenhänge zu erläutern.

Als sich die Front in Russland auflöste und sich die deutsche Wehrmacht zum Rückzug gerüstet hatte, hatte ein deutscher General von Bélas Vater verlangt, er möge seine Lastwagen und Geschütze an die Truppe abgeben. Bélas Vater hatte entgegnet, dass weder er noch seine Einheit sowie das dazugehörige Kriegsmaterial dem deutschen Kommando unterstellt seien und entschlossen abgelehnt, die Lkws abzutreten. Schließlich sei sein Auftrag gewesen, seine Einheit nach Ungarn zurückzuführen und dazu habe er die Transportmittel nötig.

Der deutsche General nahm diese Weigerung jedoch schlecht auf. Das Oberkommando liege in deutschen Händen und so habe sich Bélas Vater dem Befehl zu fügen. Die Befehlsmacht beziehe sich auf Kriegshandlungen, entgegnete der Vater, der Rückzug falle nicht darunter.

In ähnlichen Fällen hatte die Wehrmacht ihre »Verbündeten« stets als minderwertig behandelt und mit ihnen kurzen Prozess gemacht. Die widerspenstigen Einheiten wurden wie Feinde vernichtet. Diesmal ging sie nicht so weit, doch der deutsche Kommandant erklärte die ungarische Hundertschaft zu Geiseln. Der General teilte Bélas Vater mit, dass er sich für sein Verhalten beim deutschen Oberkommando zu verantworten hätte.

Béla konnte später nie herausfinden, warum die Vergeltung des Deutschen in diesem Fall nicht dem gewohnten Schema gefolgt war, ob das auf einen weniger barbarischen Kommandanten zurückzuführen war oder aber die Götterdämmerung der deutschen Offensive die Arroganz zurückgebunden hatte. So folgte die Einheit von Bélas Vater den Geiselnehmern inmitten des deutschen Rückzugs nach Mauthausen, wo der zuständige Kommandant einquartiert war.

Bélas Vater war in Sorge um seine Familie. Die russischen Einheiten rückten vor und es war nur eine Sache der Zeit, dass sie in Budapest einmarschierten. Als seine Einheit durch Budapest gezogen war, hatte Bélas Vater seine Familie sichern wollen und sie auf die lange Reise mitgenommen. Das deutsche Kommando hatte mit der zwischenzeitlich veränderten Lage im Krieg Wichtigeres zu tun, als sich mit Bélas Vater zu beschäftigen. So kam es, dass die Beschwerde des beleidigten Generals mit einer Handbewegung abgetan wurde. Bélas Vater konnte seine Lastwagen wieder Richtung Budapest führen. Doch nicht nur die Soldaten, nicht nur die Mutter schleppten eine furchtbare Erinnerung mit sich nach Hause. Auch Béla war gebrandmarkt. Die Bilder, die er durch die Plane des Lastwagens gesehen hatte, konnte er sein ganzes Leben nicht vergessen. Als Kind empfand er nur das Unnatürliche am Gesehenen, als ihm dann später die Zusammenhänge einleuchteten, erhielten diese KZ-Bilder ihre tragische, empörende Dimension.

Béla wurde auf der Reise müde und schlief in der Umarmung seiner Mutter ein. Erst der Klang von lauten Stimmen holte ihn wieder in die Wirklichkeit zurück. Die Lastwagenkolonne stand still, bei der Heckplanke gruppierten sich Soldaten in Uniformen, die Béla bisher noch nie gesehen hatte, und in einer fremden Sprache mit entschlossenen Handbewegungen alle aufforderten, hinunterzusteigen. Verunsichert bemühte sich die Mutter, mit ihren Kindern von der Ladefläche zu klettern. Einer der Soldaten streckte ihr die Hände entgegen, sie aber reichte ihm zuerst Béla und seinen Bruder und stieg dann alleine ab.

Der Soldat strich mit der Hand über Bélas Haare. Dann griff er in seine Tasche und reichte ihm ein Stück Schokolade.

»Thank you«, sagte Bélas Mutter und lächelte dankbar.

Kurz darauf kam der Mann zu ihnen, den die Mutter »Papa« nannte. Er teilte ihnen mit, diese amerikanische Einheit habe ihn und seine Leute zu Kriegsgefangenen erklärt. Am Gesichtsausdruck seiner Mutter erkannte Béla, wie sie das Entsetzen packte. Doch der Vater beschwichtigte: »Keine Sorge. Es ist besser, als wenn uns die Russen gefangen nehmen. Hier lassen sie euch mit den Verletzten und Kranken weiterfahren. Geht also nach Hause, ich werde kommen, wenn dieses Theater zu Ende ist.«

So bestieg die Familie erneut einen Lastwagen, in dem schon verbundene, verstümmelte und schwer atmende Menschen lagen. Die Reise ging weiter, der Lastwagen wurde noch dreimal angehalten und kontrolliert, kam aber am nächsten Tag endlich in Budapest an. Die Verletzten wurden in ein Spital eingeliefert, das ganz in der Nähe der Wohnung von Bélas Familie lag. Der Fahrer erklärte sich bereit, den kleinen Umweg zu nehmen und sie vor ihrer Behausung abzusetzen. Die Odyssee schien endlich ein Ende zu nehmen.

Doch der Schein trog. Als die Mutter sich anschickte, die Türe zu öffnen, wollte der Schlüssel nicht passen. Nach einigen erfolglosen Versuchen riss jemand unerwartet den Eingang von innen auf. Eine ungepflegte Frau mit mehreren Zahnlücken stand im Türrahmen. Die beiden blickten einander verwundert an. Als Erste fasste sich die fremde Person.

»Was wollen Sie hier?«, fuhr sie Bélas Mutter an.

»Ich wohne in dem Haus.«

»Nein«, wehrte die andere schnippisch ab, »jetzt nicht mehr, hier wohnen jetzt wir.«

Erbost trat Bélas Mutter einen Schritt nach vorne und hob die Hände. »Wie kommen Sie dazu, sich solche Frechheiten zu erlauben?«

»Frechheiten?«, echote die ungepflegte Frau. »Wenn Sie nicht sofort verschwinden, werde ich Ihnen zeigen, wer hier unverschämt ist.«

»Aber sehen Sie doch, da stehen alle meine Möbel!« Verärgert zeigte Bélas Mutter durch die offene Türe in die Wohnung.

Die andere schnaubte. »Ja, die haben vielleicht einmal Ihnen gehört. Jetzt sind es meine.«

Eine heftige Diskussion entstand, bis plötzlich ein ebenfalls ungepflegter Mann in der Türe erschien.

»Was ist hier los, Teri?«, fragte er gereizt.

»Diese Schlampe will in unsere Wohnung eindringen!« Mit einer heftigen Geste deutete sie auf Bélas Mutter.

Der Mann trat einen Schritt nach vorn und erhob drohend eine Hand. »Weg mit euch, bevor es Prügel gibt!«

Verzweifelt versuchte Bélas Mutter noch einmal, ihr Recht um ihren Besitz zu verteidigen. Vergeblich. Abrupt knallte der Hausbesetzer die Tür vor ihrer Nase zu.

Bélas Mutter nahm ihren Koffer, mit dem anderen Arm hob sie den jüngeren Sohn auf und bat Béla, fest ihren Mantel zu halten. Sie begab sich auf die nächste Polizeistelle. Dort hörte sich ein älterer Beamte ihre Klage an. Als sie geendet hatte, wollte er wissen: »Wie heißen die Leute in Ihrer Wohnung?«

Bélas Mutter wusste darauf keine Antwort. Sie konnte sich nicht erinnern, ob am Eingang ein Namensschild angebracht war.

»Den Namen brauchen wir aber«, meinte der Polizist, »denn wir können nicht ausrücken, wenn wir vorher nicht die Identität dieser Menschen kontrolliert haben.«

Deshalb riet er der Mutter, beim Einwohnermeldeamt vorbeizugehen und die Sache dort zu klären. So ging die Wanderung weiter. Die Familie suchte das Amt auf. Anhand der genauen Adressangabe konnte der Beamte den Namen der Wohnungsbesetzer ausfindig machen.

»Es ist das Ehepaar Maikowski, das jetzt dort wohnt. Die provisorische Stadtverwaltung hat ihnen die Wohnung zugewiesen, denn sie galt als verlassen.«

»Verlassen? Wir haben nur für einige Tage meine Schwester auf dem Land besucht«, erfand die Mutter eine Ausrede. Béla ahnte, dass sie das Abenteuer Mauthausen nicht erzählen wollte.

Der Polizist zuckte nur die Schultern. »Sie können eine amtliche Eingabe machen, dann wird Ihr Anliegen geprüft und gegebenenfalls können Sie wieder in Ihre Wohnung zurück.«

»Und wo soll ich mit diesen zwei kleinen Kindern solange wohnen?«

Den Gesetzeshüter schien das nicht zu interessieren. Lapidar entgegnete er: »Sie werden wohl irgendwelche Verwandte haben, die Sie inzwischen beherbergen können.«

Ja, Angehörige hätten sie schon, aber sie lebten alle auf dem Land. Diese Nacht könnten sie nicht mehr hinfahren.

»Versuchen Sie es im Obdachlosenheim,« empfahl ihr der Beamte.

Die Mutter Bélas musste schließlich aufgeben. So schleppte sie sich mit den beiden Jungen zu einer Notunterkunft, die eigentlich nur Stadtstreichern Schutz bot. Als sie an einer Postfiliale vorbeigingen, schickte sie ein Telegramm an ihre Schwester und bat um Hilfe. Danach beeilte sie sich, zur Notunterkunft zu gelangen.

Der Eingang lag im Innenhof eines baufälligen Mietshauses. Als sich die Mutter bei der Aufseherin meldete, blickte diese verdutzt auf die Neuankömmlinge herab. Offensichtlich passten sie nicht zu den anderen Bewohnern. In wenigen Worten schilderte die Mutter ihre Situation. Die Aufseherin nickte, dann winkte sie die Familie hinein. Bélas Mutter ließ einen lauten Seufzer der Erleichterung hören und streichelte über die Köpfe ihrer Kinder. Die drei wurden in einen großen, fensterlosen Raum geführt. An den Wänden waren Strohsäcke aufgereiht. Ein starker Uringeruch erfüllte den Saal. Die Schlafstelle war mit Frauen und Männern besetzt, die verwahrlost aussahen. Die Wachfrau wies der Familie zwei freie Säcke in der Mitte des Kellers zu. Den Tränen nahe sank die Mutter auf einen Strohsack. Sie schob ihren Koffer unter die Kopfstelle ihrer Liege.

»So kann er uns während des Schlafs nicht gestohlen werden«, flüsterte sie leise. Béla hätte weinen können, als er sah, wie ihre Unterlippe zitterte. Sie schniefte, weinte aber nicht, sondern strich erneut liebevoll über die Köpfe ihrer Kinder.

Doch kaum hatte sie sich einigermaßen eingerichtet und die zwei schmuddeligen Decken ausgebreitet, schleppte sich schwankend ein struppiger, schlecht riechender Mann zu ihr und setzte sich neben sie auf den Strohsack.

»Na, Schätzchen? Wollen wir Freunde werden?«, biederte er sich an.

»Verschwinden Sie sofort! Lassen Sie uns in Ruhe!« Ihr Gesichtsausdruck spiegelte Abscheu und Angst, was den Kerl jedoch nicht abschreckte.

»Aber, aber, ich meine es mit dir nur gut. Ein wenig Freundschaft kann dir auch nicht schaden.«

»Ich sage es Ihnen nochmals: Verschwinden Sie. Und zwar sofort!«

Weil Béla die Panik seiner Mutter spürte, ballte er seine kleinen Fäuste und begann auf den Eindringling einzuhämmern. Doch der schubste ihn zur Seite.

»Weg da, du kleine Ratte!«

Außer sich schrie die Mutter:»Rühren Sie mein Kind nicht an, Sie Schuft!« Die Aufdringlichkeit und die Ruchlosigkeit dieser Person provozierten und ließen sie ihre sonst gewohnte Contenance verlieren.

Das höhnische Grinsen des Mannes erstarrte auf seinem Gesicht.

Da trat eine sichtlich betrunkene Frau dazu und schrie ihn an. »Hau du nur ab, du Scheusal, sonst kriegst du wieder Prügel!«, drohte sie ihm. »Wehe dir, wenn du dich noch einmal dieser Frau näherst!«

Plötzlich eilte die Aufseherin hinzu. Durch die Auseinandersetzung aufmerksam geworden, wie Béla glaubte. Schnell erfasste sie die Situation, ergriff einen Besen, der arbeitslos in der Ecke stand und stellte sich vor den Belästiger.

»Du Nichtsnutz, soll ich dich auf die Straße werfen? Eigentlich verdienst du es gar nicht, dass wir dich hier aufgenommen haben. Warte du nur, bis mein Mann kommt, der wird dir dann das Leder gerben.«

Kleinlaut schlich sich der Gescholtene davon. Daraufhin scheuchte die Aufseherin zwei alte Obdachlose auf, die neben der Türe geruht hatten. Ihre Plätze wies sie der neuangekommenen Familie zu, damit diese näher bei ihrem Alkoven liegen konnte. Die Alten beklagten sich, sie wären jetzt zu weit vom Abort entfernt, doch die Frau ließ sich nicht beirren und hielt an ihrer Entscheidung fest.

Als sie den Raum wieder verlassen hatte, quengelte Béla: »Ich möchte hier weg.«

»Auch ich bin hier nicht glücklich«, gab die Mutter zu. »Gerne würde ich mit euch woanders hingehen. Doch wir haben keine Wahl. Immerhin können wir hier schlafen und bekommen eine Suppe und einen Apfel«.

Wieder einmal ergab sich Béla in sein Schicksal und legte sich hin. Dabei kuschelte er sich eng an seine Mutter, sein Bruder tat es ihm gleich.

Zwei endlos scheinende Nächte verbrachten sie hier unter verlotterten, gestrandeten und glücklosen Menschen. Dann traf von Bélas Tante, der Schwester seiner Mutter, die telegrafische Antwort ein, sie sollten doch vorübergehend zu deren Familie aufs Land ziehen. Inzwischen hatte sich Bélas Mutter an einen befreundeten Anwalt gewandt. Er sollte die Eingabe für die Rückerstattung ihrer Wohnung und ihrer Möbel vorbereiten. Überdies riet er eindringlich von der Reise ab. Jede Zugfahrt sei heutzutage unsicher, nur Gesindel reise gegenwärtig umher: Diebe, die auf günstige Gelegenheiten warteten, um die Fahrgäste zu bestehlen, Gewalttäter, die sich an wehrlosen Frauen vergingen, sowie Betrüger und Unholde. Noch wären die Unsitten des Krieges nicht vertrieben, weshalb die Reise eine große Gefahr bedeuten würde. »Ich würde euch gerne bei uns aufnehmen, doch die Stadtverwaltung hat bei uns acht Fremde einquartiert, die auf die Zuweisung einer Wohngelegenheit warten.«

Aber die Mutter ließ sich nicht umstimmen. »Ich muss meine Söhne in Sicherheit bringen. Du siehst doch selbst, welche Gefahren in der Stadt lauern. Die drei Stunden Zugreise werden wir gewiss problemlos schaffen.«

Budapest lag in Trümmern, die sich überall auftürmten wie ungeordnete Steinhaufen. Die Straßen waren unbefahrbar, denn Schritt für Schritt gähnten große Krater, von den Bomben in den Lebensraum geschlagen. An vielen Stellen waren die Tramschienen herausgerissen. Diese eigneten sich gut, um die Barrikaden zu verstärken. Die Schäden blieben als Erinnerung an die Kampfhandlungen. Nur wenige Straßenbahnlinien konnten noch bedient werden, wobei die Frequenz sehr unterschiedlich ausfiel. Keiner konnte sagen, wann die nächste Tram vorbeikommen oder wie weit sie fahren würde. Daher blieb keine Wahl: Béla, seine Mutter und sein Bruder mussten den Weg zu Fuß bewältigen.

In einer Hand trug die tapfere Frau einen kleinen Koffer und ein kleines Einkaufsnetz mit den spärlichen Lebensmitteln, die ihr noch zur Verfügung standen. Am anderen, freien Arm hing ihr kleinerer Sohn. Béla ergriff mit seinen kleinen Händen ihren Rock und stolperte hinter der Mutter über die Trümmer.

Plötzlich näherte sich von hinten ein russischer Soldat. Als er sie einholte, ergriff er Béla und trug ihn voran. Die Mutter erstarrte vor Schrecken, selbst der Schrei blieb in ihrem Halse stecken. Béla hatte große Angst. Gleichzeitig war er froh, dass er nicht mehr laufen musste. Die Füße taten ihm weh. Im Zurückblicken sah der kurz den Gesichtsausdruck seiner Mutter. »Sie Barbar! Lassen Sie meinen Sohn!« Béla verstand das Wort »Barbar« nicht, aber es klang böse. Der Soldat überquerte die beschädigte Straße und stellte Béla mit einem breiten Lächeln auf den Gehsteig. Erst da merkte die Mutter, dass er ihr helfen wollte. Sie konnte ihre Tränen nicht zurückhalten. »Gab es in dieser Hölle auch Menschen?«, fuhr ihr durch den Kopf. Der Russe sah ihre Rührung, wartete, bis sie mit dem zweiten Jungen herangehumpelt war, und trocknete mit dem Handrücken ihre Tränen. Verstört stammelte sie einige Dankesworte.

Als sie nach mühevollem Marsch den Bahnhof erreichten, bot sich ihnen auch hier ein Bild der Zerstörung. Er befand sich in einem erbärmlichen Zustand, das Hauptgebäude war ausgebombt, einige Schienen waren auch hier herausgerissen, eine kleine Holzbaracke diente als provisorischer Schalterraum. Eine lärmende, stinkende, tumultuöse Menge belagerte die Bahngleise. Niemand konnte über Zeit und Ziel der nächsten Züge Auskunft geben. Wenigstens versuchte ein uniformierter Bahnangestellter, die Meute zu beruhigen. Er würde durch ein Megafon bekannt geben, wann der nächste Zug fahren sollte.

Béla fand das Chaos unbeschreiblich. Die Ungeduld der Menschen drohte in Gewalt auszuarten. Verängstigt schaute Béla der ungewohnten Szene zu. Ohne zu ahnen, dass dieser Bahnhof noch einmal eine ähnliche Rolle in seinem Leben spielen würde.

Irgendjemand hetzte durch die Menge. Sobald ihm Wartende im Weg standen, schob er sie beiseite. Grob stieß er Béla in den Rücken, sodass er auf die Hände fiel und sie aufschürfte. Weinend zeigte er seine blutenden Handflächen der Mutter. Liebevoll strich sie ihm über den Kopf. Sie führte ihn zu einem Brunnen in der Nähe. Dort benetzte sie ihr Taschentuch, um die Hand Bélas zu reinigen.

»Ich habe Hunger«, beklagte sich Béla. Doch die letzte Nahrung war inzwischen aufgebraucht, sie hatten nichts mehr zum Essen. »Wir werden bald bei Tante Paula eintreffen, dann werdet ihr essen können. Ich rechne damit, bis Mittag anzukommen, den Proviant, den ich noch zur Verfügung hatte, hat jemand im Obdachlosenheim gestohlen.« Sie versprach Béla, bald ein wenig Brot zu besorgen. Doch als sie sich nach einer Möglichkeit umsah, wo sie hätte einkaufen können, fuhr gerade der Zug ein. Mit starkem Qualm der Dampflokomotive, wie Béla vergnügt bemerkte, erinnerte es ihn an Gepupse.

Die wenigen Personenwagen, die am Schluss einer Komposition aus Güterwagen folgten, boten kaum freie Plätze. Hilflos stand die Mutter mit den Kindern am Perron, als ein junger Mann sich ihrer Notlage bewusst wurde, und sie alle in den Zug hievte. Dann erhoben sich zwei Reisende von ihren Sitzen und überließen ihren Platz der Familie.

Langsam setzte sich die Bahn in Bewegung. Durch den Fahrtwind entstand im Innern eine starke Zugluft. Die klirrende Kälte war beinahe unerträglich, zumal ein Fenster des Waggons herausgeschlagen und bloß notdürftig mit Zeitungen verklebt worden war.

Den stark beizenden Geruch ungewaschener Körper und Kleider, der das Abteil erfüllte, mochte der Durchzug nicht verdrängen. Doch die Kälte ließ es nicht zu, die Fenster zu öffnen, um frische Luft hineinzulassen.

Eine sehr dicke, ungepflegte Frau drängte sich schnaufend

durch die stehenden Reisenden. Als sie sah, dass Béla und sein Bruder einen Sitzplatz teilten, begann sie sofort die Mutter zu beschimpfen.

»Was meint wohl die Gnädige, wenn sie diese Gören, die wohl ohnehin keine Fahrkarten haben, auf einen Sitz lädt? Machen Sie sofort den Platz frei und lassen Sie mich hinsetzen.«

Ohne Widerrede nahm Bélas Mutter ein Kind in den Schoß und lud das andere auf ihren Koffer. So quetschte sich die Dicke, ihr Gesäß hin und her schwenkend auf den Sitz. Dabei drückte sie Bélas Mutter weg. Bei einigen Reisenden löste die Dame Kopfschütteln aus, doch niemand wollte sich in diesen Revierkampf einmischen.

Dem Fahrplan gemäß hätte der Zug schon seinen Bestimmungsort erreicht. Doch er bummelte mit entnervender Langsamkeit durch die Gegend. Das lange Warten am Bahnhof, dann die endlose Geduldsprobe bis die Bahn endlich losfuhr, auch die Reise im schleppenden Trott drückten auf Bélas Gemüt. Einige Personen schimpften, andere saßen resigniert herum. Als die fettleibige Passagierin einschlief, schnarchte sie wie ein Sägewerk. Aber Béla hörte, wie sein Magen fast noch lauter knurrte. Zugleich bemerkte er dort ein starkes Ziehen. Ein Gefühl, das ihm seit Langem vertraut war, woran er sich aber trotzdem niemals gewöhnen würde. Unangenehm war es allemal. Er begann laut zu klagen. »Ich habe Hunger.«

Da öffnete die Schlafende die Augen. Eine Tirade von Beschimpfungen folgte. »Ich kann wegen dieses Bengels nicht in Ruhe schlafen. Wenn du nicht still bist, werde ich dir eine Lektion erteilen, die deine Mutter dir hätte beibringen sollen.«

Bösartig kniff die Frau Béla in den Arm. Mehr aus Angst und aus Frustration als wegen des Schmerzes begann Béla zu weinen.

»He! Was erlauben Sie sich?«, schrie seine Mutter.

»Seien Sie bloß still, sonst rufe ich den Schaffner und lasse Sie aus dem Zug schmeißen.«

Der Streit drohte auszuufern, bis ein Mann mittleren Alters die ausfällige Reisende mit harten Worten zurechtwies. »Meinen Sie eigentlich, Sie wären allein in diesem Abteil? Sollte jemand hier rausgeschmissen werden, dann sind es Sie.«

»Halten Sie Ihre Schnauze, das geht Sie nichts an«, brüllte sie den Mann an. Dann stemmte sie sich hoch, um polternd und sich gegen dieses bürgerliche Pack empörend ihren Platz zu verlassen. Sie blieb im Gang stehen und gab schnaubend ihre Verachtung kund.

»Der Krieg hat die Menschen verroht«, flüsterte Bélas Mutter leise vor sich hin. »Oder war diese Hexe schon vorher so vulgär?« Es kam jedenfalls nicht überraschend, dass sie sich einen kurzen Moment später wieder ins Geschehen einmischte. Als nämlich die Kinder weiter über ihren Hunger klagten und die Mutter sie auf später vertrösten musste, holte eine ältere Dame einen Apfel aus ihrer Tasche und reichte ihn Béla. Die Augen der Kinder leuchteten auf, die Mutter bedankte sich gerührt, während die Alte zufrieden lächelte.

Prompt schaltete sich die Dicke wieder ein. »Da sieht man's wieder! Diese Parasiten haben ihr ganzes Leben auf dem Buckel der arbeitenden Klasse schmarotzt. Jetzt bilden sie sich ein, dass ihre morsche Welt ewig weiterlebt. Gnädigste, ihr solltet euch lieber eine Arbeit suchen, statt eure Kinder zum Betteln zu erziehen.«

Béla guckte seine Mutter an. Zwar verstand er nicht, warum sich diese hässliche Person so aufregte. Aber er spürte doch, wie das seine Mutter irritierte. Hilflos verwirrt blickte sie sich um. Einige Reisenden begannen empört zu murren, was die Dicke nur zu neuen Hasstiraden anspornte. Schließlich spuckte sie auf den Boden und zeterte weiter.

Der Mutter standen Tränen in den Augen. Als Béla ihren Blick suchte, drehte sie sich weg. Er sah aber, wie sie mit dem Handrücken über die Augen fuhr.

Wegen der Bosheit der Dicken fühlte sich Béla verletzt. Er konnte seine Verachtung nur dadurch ausdrücken, dass er ihr die Zunge ausstreckte. Natürlich erzeugte diese Geste einen neuerlichen Schwall grober Beschimpfungen, die Frau wollte sogar gegen das Kind tätlich werden, doch ein Mann hinderte sie daran, den Buben zu packen.

Jahre später, als dieser Vorfall in seiner Erinnerung auftauchte, erkannte Béla, dass diese Szene den Alltag in seinem Land versinnbildlicht hatte. Die Unterschicht war an die Macht gelangt. Seitdem wurde sie getrieben von Missgunst gegen alle, die sie als bürgerlich eingestuft hatte. Darin entpuppte sich die Zerrissenheit eines Volkes, dem in seiner Geschichte viele Wunden geschlagen worden waren, und dem es nicht gelungen war, diese verheilen zu lassen und in der Gegenwart zusammenzuwachsen. Der bittere Hass zwischen den Bevölkerungsschichten war offensichtlich nicht aus der Welt zu schaffen. Keine Ideologie, kein nationales Empfinden, keine Religion, keine gemeinsamen Ziele konnten die Entfremdung überbrücken. Denn die Arroganz wirkte systeminhärent, sie kam jetzt als Ideologie daher. So blieben nur die Resignation und das unaufhörliche Klagen über alles, was in diesem Land geschah.

Endlich trafen sie bei den Verwandten ein. Béla staunte, als er sah, wie sich seine Mutter und Tante Paula bei der Begrüßung im Hauseingang in die Arme fielen und weinten. Er hatte jedoch keine Zeit, sich darüber den Kopf zu zerbrechen, denn schon rannten die Cousins aus ihren Zimmern und führten ein Jubelgeschrei auf.

Onkel Sàndor, ein hagerer Mann mit Hornbrille, wies die Kinder zurecht und schickte sie wieder ins Haus. Während der nächsten Zeit sollte seine Autorität auch auf Béla und Istvàn ausdehnen.

Tante Paula gefiel den Jungen gut. Sie war eine elegante, vornehme Frau, der die Ereignisse der vergangenen Jahre weniger zugesetzt hatten als Bélas Mutter. Paulas Kinder, drei Söhne und eine Tochter, bildeten eine verschworene Bande. Sie nahmen Béla und Istvàn herzlich in ihren Kreis auf.

Neugierig schaute sich Béla im geräumigen Haus um. Er staunte, als er einen reich gedeckten Tisch mit Speisen vorfand, die ihm das Wasser im Mund zusammenliefen ließen. Er ließ sich von diesem Anblick entzücken. Seit geraumer Zeit hatte er nur karge Kost erhalten, weshalb die leckeren Speisen sein Herz erfreuten.

Den Heimatlosen bot sich auf dem Land eine Verschnaufpause, um sich nach dem Wahnsinn der letzten Zeit endlich ein wenig zu erholen. Die liebenswürdige Aufmerksamkeit von Tante Paula, die ruhige Fürsorge des Onkels, die lustige Gesellschaft der drei Cousins und der Cousine erweckten in Béla den Eindruck, dass die Welt wieder heil wäre. Denn auf diesen Ort waren keine Bomben gefallen. Weder Straßen noch Häuser wirkten entstellt. Statt stundenlang auf irgendetwas zu warten, konnte Béla hier spielen und sich austoben. Zudem gab es reichlich zu essen, denn der Onkel arbeitete als Bezirksarzt und aus Dankbarkeit erhielt von vielen Landwirten allerlei Lebensmittel.

Ab und zu hörte Béla, wie seine Mutter und seine Tante über Fritz redeten. Er erfasste die Bedeutung dieser Gespräche nicht, verband diesen Namen jedoch mit dem Mann, der sie auf dem Lastwagen jener mühsamen Reise besucht hatte, dem Mann, der ihn so liebevoll in den Arm genommen hatte.

Etwa drei Wochen lang erholte sich die Familie. Eines Tages vernahm Béla von seiner Mutter: »Morgen reisen wir wieder ab.«

Eine tiefe Traurigkeit erfasste sein Herz. Nach den bedrückenden Erfahrungen, die er auf dem Hinweg hatte erleben müssen, fürchtete er sich jetzt vor der Zugfahrt. Aber dieses Mal verlief die Reise reibungslos. Es gab keine dicke Frau, die sie stets beschimpft hätte, sondern die Familie fand in einem Abteil Platz für sich allein, der Wagen war geheizt und Béla dachte nicht mehr an geborstene Fensterscheiben, durch welche die Kälte hereinströmen könnte. Außerdem hatte Tante Paula die drei hinreichend mit Proviant versorgt.

Zurück in Budapest bemerkte Béla allerdings, dass sich hier nicht das Geringste verändert hatte. Obwohl er sich schon ein wenig daran hatte gewöhnen können, schien die Welt immer noch schief in den Angeln zu hängen.

Am Südbahnhof empfing sie der Großvater und begleitete sie zu sich nach Hause. Er bot an, in seiner Behausung die Schwiegertochter und die Enkel zu beherbergen. Dafür wurde das kleine Wohnzimmer geopfert und zum »Gästezimmer« umgestaltet. Alle fühlten sich beengt. Doch die Familie musste zu dieser Notlösung greifen, denn bisher lag noch keine Nachricht darüber vor, wie es sich mit der enteigneten Wohnung zukünftig verhalten sollte.

Opa war verwitwet, hatte aber vor dem Krieg erneut geheiratet. Für Bélas Stiefgroßmutter stellte die Anwesenheit der Familie eine besonders große Belastung dar. Wie hätte es sich auch anders verhalten können? Ihr fehlte jede gefühlsmäßige Bindung zu dieser Frau und ihren Kindern. Die Einschränkungen weckten in ihr Bösartigkeit. Sie zerrte die Jungen an Ohren und Haaren, wenn deren Mutter auf Arbeitssuche ging.

Nach einigen Wochen traf Bélas Vater ein. Die Amerikaner hatten ihn aus dem Lager der Kriegsgefangenen freigelassen, bevor die Russen in Ungarn einmarschierten. Dadurch wurden die Platzverhältnisse beim Großvater noch prekärer. Nur Béla störte das überhaupt nicht, denn der Bub lernte allmählich, was sich hinter diesem Wort verbarg, weil sein Vater ebenso fürsorglich war wie seine Mutter. Béla taute ihm gegenüber langsam auf, denn »Papa« gehörte jetzt zum festen Bestandteil seines Alltags.

Dann erlebte er etwas Unerwartetes. Bei einem Spaziergang mit seinem Großvater sah er, wie sein Vater in einer Baugrube einen Schubkarren vollschaufelte. Irgendwie wollte das nicht in das Bild passen, das Béla sich bisher von ihm gezeichnet hatte. Ungläubig verfolgte er, wie ein junger Mann mit den Händen in den Hosentaschen seinen Papa zur Eile antrieb und seine Stimme auf gereizte Art erhob.

»Was tut Papa hier?«, fragte Béla verunsichert.

»Er arbeitet jetzt an diesem Ort, damit er das Geld für euer Leben verdienen kann.«

Béla wollte das nicht so recht in den Kopf. Er runzelte die Stirn. Opa vernahm seine Ratlosigkeit. »Siehst du, das Brot zum Frühstück, das Gemüse zum Mittagessen, die Milch, die

Früchte, all das muss man im Lebensmittelgeschäft kaufen. Dazu braucht man Geld. Das Geld bekommt dein Vater dafür, dass er hier arbeitet. Er macht das für dich, für Istvàn und für deine Mutter.«

Béla dachte nach. All das schien ihm ziemlich umständlich, doch irgendwie musste es ja stimmen, sonst wäre Papa nicht hier gewesen.

Allerdings währte des Vaters Anwesenheit bei der Familie nur kurz. Papa ließ sich seit Tagen nicht mehr blicken, was seit seiner Rückkehr ziemlich unüblich war. Als Béla unruhig nach dem Verbleib seines Papas fragte, antwortete die Mutter: »Er musste für eine Weile weggehen.« Mit dem Begriff »für eine Weile« konnte Béla nichts anfangen. Noch weniger wusste er, dass sein Vater durch die inzwischen an die Macht gekommenen Kommunisten ins Gefängnis geworfen worden war.

Nun, nach Bélas Nachfrage, setzte ihn seine Mutter Jahre später in Kenntnis. Im Gefängnis war ein ehemaliger Soldat aus der Einheit zu Vater gekommen und hatte ihm erklärt, er würde jetzt im Innenministerium arbeiten, wo er die Gerichtsunterlagen über den Vater eingesehen habe. Das Verdikt lautete: »Tod durch Erhängen«. Noch bevor ein Prozess begonnen war, hatte das System das Todesurteil ausgesprochen. Der eigentliche Grund der Anklage war die Teilnahme an den Kriegshandlungen der ungarischen Armee, eine Beschuldigung, die gegen tausende von Offizieren erhoben wurde. Man wollte jedoch den Vorwurf nicht allgemein halten, denn schließlich gehörte die Armee zu den institutionellen Einrichtungen des Landes. Deshalb wurde nach strafrechtlichen Verbrechen gesucht. Weil solche in den allermeisten Fällen nicht vorlagen, mussten sie erfunden werden.

Das kommunistische Regime wollte sichergehen und die bestimmenden Kräfte der Vorkriegsjahre eliminieren. Politisch, wirtschaftlich, militärisch und kulturell einflussreiche Persönlichkeiten fielen einer Säuberungsaktion zum Opfer. So war ein Großonkel Bélas, ehemals Minister für Religion und Bildung in der Regierung Szàlasi, bereits gehängt worden, zusammen mit dem früheren Ministerpräsidenten und vier anderen Mitgliedern dessen Regierung. Und auch ein Onkel von Béla, seines Zeichens Großgrundbesitzer, blieb nicht verschont. Von »Partisanen«, die nichts anderes verkörperten als Todeskommandos der neuen politischen Führung, wurde er vor den Augen seiner Frau auf der Schwelle seines Hauses erschossen. Der Großvater, ein General im Ruhestand, bei dem damals die Familie für kurze Zeit Unterschlupf gefunden hatte, war über Nacht deportiert worden, ebenso wie Bélas Taufpate, ein ehemaliger Weingroßhändler. Bélas Mutter berichtete ihm später, dass sein Vater im Gefängnis Folterungen zu ertragen hatte und also auf keinen glücklichen Ausgang seiner Sache hoffen durfte.

Die Schauprozesse gegen die Systemfeinde boten ein unwürdiges Theater. Man hielt es nicht für nötig, den Schein eines korrekten Verfahrens zu wahren, und so führten die immer gleichen falschen Zeugen ergreifende Szenen auf. Darin belasteten sie die Angeklagten mit erfundenen Gräueltaten. Eine Frau um die 30, die einen Pelzmantel trug, wurde wiederholt in den Zeugenstand geladen, wo sie hysterische Darbietungen lieferte. Stets behauptete sie, der Beschuldigte hätte ihren Vater umgebracht. Bei genauerem Hinsehen fiel allerdings auf, dass sie das Leben von mindesten sieben Vätern zu beklagen hatte. Angebliche Folterungen, Vergewaltigungen und Brandstiftungen schilderten diese bezahlten Opfer ausdauernd und beharrlich. Sie sprachen Vorwürfe aus, die dann zum Urteil gegen die Gefangenen führten.

»Machen Sie sich nicht die Illusionen, Sie könnten Ihre Unschuld beweisen«, sagte der ehemalige Soldat und gab Bélas Vater einen Wink, wie dieser aus dem Gefängnis fliehen könnte. Gleichzeitig riet er ihm, sich ins Ausland abzusetzen.

Die Flucht aus der Strafanstalt gelang an einem Abend. Noch in der besagten Nacht erschien also der Vater, um seine Familie mitzunehmen.

Eines Nachts also, als alle schon schliefen, klingelte es so lange an der Türe, bis Großvater sie öffnete. Béla wachte auf und vernahm erregte Stimmen. Er schlich zur Zimmertüre und zog diese einen Spalt breit auf. Im Flur erspähte er seinen Vater, der sich mit einer innigen Umarmung von seiner Mutter verabschiedete und sich sogleich entfernte, ohne seine Familie. Zwar wusste Béla nicht, was geschehen war, doch ihm wurde es sehr traurig ums Herz, denn er ahnte, dass diese Umarmung für beide sehr schmerzhaft gewesen sein musste. Warum ging der Vater alleine fort?

Béla war noch sehr jung, sein Bruder Istvàn noch jünger und zusätzlich krank. Béla hörte die Mutter zum Vater flüstern, mit zwei so kleinen Buben könne man nicht die Flucht an einer bewachten Grenze wagen und empfohlen, es alleine zu versuchen.

»Du wirst sehen, sie bleiben nicht lange an der Macht«, argumentierte sie. Es ging ihr darum, die Gewissensnot ihres Mannes zu verscheuchen. »Bald kommst du wieder nach Hause.«

Darin sollte sie sich allerdings gründlich täuschen. Es vergingen lange Jahre, bis Béla seinen Vater wiedersehen würde.

Béla und sein Bruder wuchsen von nun an als Halbwaise auf, wenn auch diese Bezeichnung unzutreffend war, denn sie hatten, im Gegensatz zu unzähligen anderen Kindern, irgendwo einen Vater, irgendwo eine Hoffnung.

Viel später sollte Béla erfahren, wie klug seine Mutter entschieden hatte, als sie die Flucht mit den kleinen Kindern nicht antreten wollte. Sein Vater war nachts unter den Wachtürmen der neuen Herren in Ungarn nach Österreich geschlichen. »Eiserner Vorhang« wurde die Grenze für die kommenden Jahrzehnte genannt. Doch der Name drückte nur einen Teil der Wirklichkeit aus. Denn mindestens so gefährlich wie der Zaun wirkte der Teppich, den die neuen Herren um das Land gelegt hatten: ein gerodeter Streifen, der jeden, der ausbrechen wollte, schutzlos den Kugeln der Grenzwacht auslieferte. Dazu war dieser Korridor vermint. Falls die Wächter die Flüchtenden nicht erwischten, erledigten das die Minen.

Bélas Vater hatte aus einem Versteck beobachtet, auf welchem schmalen Streifen sich die Grenzposten bewegten, um diesen Sprengladungen auszuweichen. Im Bewusstsein der Lebensgefahr, die ihn umgab und mit dem starken Willen, irgendwann zu seiner Familie zurückzukehren, setzte er behutsam einen Fuß vor den anderen. Allemal hoffte er, dass keiner seiner Schritte eine Mine auslösen würde. Der Todesstreifen schien sich unendlich lange zu erstrecken.

Mit seinen 37 Jahren war Bélas Vater seit sieben Jahren verheiratet, von denen er allerdings nur eines mit seiner Frau verbringen konnte. Er wollte sein Leben nicht mit einer Explosion beendet wissen.

Mehr als acht Jahre mussten vergehen, bis Bélas Vater seiner Familie dieses Abenteuer erzählen konnte. Béla stellte sich vor, wie das Herz seines Vaters damals in dessen Hals geklopft haben musste. Zwar wusste Béla, dass der väterliche Flüchtling den Todesstreifen unbeschadet überwunden hatte, dennoch fühlte er sich erleichtert, als die Erzählung über die Bedrohung seines Papas glücklich zu Ende ging. Oder zumindest einstweilen. Denn der Vater musste sich anschließend durch die sowjetische Besatzungszone in Österreich kämpfen. Mühlviertel hieß das Gebiet um Linz, das die Russen besetzt hielten. Eine zweite, nicht weniger bewachte Grenze lag vor dem Vater. Erst dahinter wäre er endlich in Sicherheit gelangt.

Etappenweise näherte er sich dieser letzten Hürde. Er kam zum zweiten Mal nach Mauthausen, diesem friedlichen Ort mit der schrecklichen Geschichte. Fröstelnd machte er einen weiten Bogen um das ehemalige KZ. Diesmal musste er nicht mit den Deutschen fertig werden, sondern mit der sowjetischen Besatzungsmacht. Er suchte bei der örtlichen Bevölkerung Hilfe. Einfache Leute, die seine Notlage erkannten, gaben ihm zu essen und verstecken ihn vor den patrouillierenden Soldaten der Besetzer. So konnte er sich behutsam dem Rand der Zone nähern. Schließlich erreichte er Linz. Nach der Flucht aus Ungarn konnte er sich in Österreich bei der Verwaltung einer kleinen Ortschaft einen Flüchtlingsausweis besorgen, der wohl bei den Einheimischen eine Anerkennung bedeutete, nicht aber bei den Sowjets.

Die Zonengrenze verlief entlang der Donau; hier die Russen, dort drüben die Amerikaner und in der Mitte der Brücke eine Kontrollbaracke. Alle, die hier passieren wollten, mussten ihre Ausweise vorweisen. Ein grimmig dreinblickender Russe blätterte im Dokument, dann blickte er Bélas Vater scharf ins Gesicht. Daraufhin sprach er sein »dawai« und zeigte auf ein nahe stehendes Gebäude, an dem die sowjetische Flagge gehisst war.

Damit fällte er ein Urteil. Das bedeutete erneute Verhaftung, Rückführung nach Ungarn, Haft, Folter bis zum Tod. Sollte alles umsonst gewesen sein, was er bisher überstanden hatte? An diesem Punkt durfte er jetzt nicht aufgeben. Er prüfte eilig seine Umgebung. Er sah, dass hinter der Barriere auf der Brücke im amerikanischen Sektor soeben eine Tram losfuhr. Die Entfernung betrug in etwa 50 Meter. Doch die Brücke stand voller Leute. Bélas Vater konnte nur hoffen, dass der Soldat nicht in die Menge schießen würde.

Zuerst mit festen, entschlossenen Schritten, dann im Sprint lief er der Tram nach. Verdutzt blickte ihm der sowjetische Soldat hinterher, dann fluchte dieser auf Russisch. Der Tramfahrer erfasste die Situation, hielt an und wartete, bis Bélas Vater aufspringen konnte. Dann beschleunigte er den Wagen, blickte dem Flüchtling schelmisch ins Gesicht und nickte. Es war geschafft!

Jahrzehnte nach dieser Begebenheit verschlug es auch Béla nach Linz. Er hielt mitten auf der Donaubrücke an und dachte an seinen Vater. Nichts in dieser hübschen, ruhigen Stadt erinnerte an die Nachkriegsjahre, an die russische Besetzung, an die Gefahr, der sein Vater entronnen war, als er hier sein Leben gerettet hatte. Béla ließ die Geschehnisse jener Zeit in seiner Vorstellung ablaufen. Und da tauchten, wie ein Schlag ins Gesicht, abermals die Bilder auf, die er für wenige Augenblicke im Konzentrationslager gesehen hatte. Ein Schaudern erfasste ihn. Jetzt, als er deren Bedeutung erfassen konnte, versuchte er, für sie eine Erklärung zu finden; aber vergeblich. Diese Eindrücke hatten sich ihm für das ganze Leben ins Gedächtnis gebrannt. Wie mussten Menschen beschaffen sein, die zu solchen Taten fähig waren? Wie sah es im Herzen jener aus, denen dieses Unrecht missfiel, die aber dem Gräuel machtlos zuschauen mussten? Wie ließ sich eine Weltordnung erklären, in der solche Zerstörung eine dominante Kraft sein konnte?

In seiner Jugend, als er noch ein gläubiger Mensch war, suchte Béla in der Religion eine Antwort. Zunächst ließ er sich von der Lehre blenden, diese von Gott tadellos erschaffene Welt wäre durch den Ungehorsam des ersten Menschen pervertiert worden. Demnach sei das Böse durch Verschulden der Stammeltern in die Welt, in die Schöpfung Gottes eingezogen. Adam hätte die Risse im Gefüge verursacht.

Als Béla viel später diese unbeholfenen Deutungsversuche entkräftet und Gott in die Rumpelkammer der Geschichte verbannt hatte, blieb ihm nur übrig, verständnislos den Kopf zu schütteln. Vergleichbar musste er auch einsehen, dass die Gewalt nicht ausgerottet werden konnte. War einer der ruchlosen Kraftprotze gegangen, so kamen andere und andere und nochmals andere. Die Namen waren neu, die Fratze des Bösen blieb jedoch unverändert.

Platon hatte sich die ideale Regierung als Herrschaft der Philosophen vorgestellt. Er selbst war ja Philosoph. Und Träumer. Die Waffen des Geistes waren aber nicht für das Regieren geschmiedet. Mit den Jahren nahm Béla nur resigniert zur Kenntnis, dass die Welt unter dem Gesetz des Stärkeren stand. In einem rücksichtslosen Kampf erfochten sich Muskelprotze die Macht über die Mitmenschen. Abweichend von der Verherrlichung in den Geschichtsbüchern waren die meisten Machthaber, einst wie heute, manisch Kranke.

Am Morgen nach seinem sechsten Geburtstag wurde Béla von seiner Mutter in die Schule begleitet. Die meisten Kinder mussten sich zum ersten Mal von ihrer Familie trennen. Nicht so Béla. Die offiziell alleinstehende Mutter musste arbeiten, deshalb hatte sie Béla gemeinsam mit seinem Bruder schon früh in eine Tagespflege für Kinder gegeben, wo er nach kurzer Eingewöhnungszeit einen annehmbaren Lebensraum fand.

So bewegte es ihn kaum mehr als jeden anderen Tag, als sich

seine Mutter vor der Schule von ihm verabschiedete. Neugierig blickte er seine Mitschüler an, einer nach dem anderen von der Lehrerin aufgerufen. Dabei wies sie jedem einen Platz zu.

Béla bekam die Bank neben einem hübschen Jungen, der sich als Zoli vorstellte. Als sie einander in die Augen blickten, entstand unverzüglich eine Freundschaft, und so blieb es: In den kommenden Jahren waren die beiden in jeder freien Minute zusammen. Sie fühlten sich so eng miteinander verbrüdert, dass man sie tatsächlich für Geschwister hätte halten können. Ihre Freundschaft sollte bis ins hohe Alter andauern.

Zoli war größer und stärker als Béla, was nicht weiter verwunderte, denn Béla war klein, schmächtig und unterernährt. Schon nach wenigen Tagen gaben ihm die Klassenkameraden den Spitznamen »Zwirn«, was einigermaßen traf.

Während die Klasse Zoli achtete, übergingen die Mitschüler Béla gerne, besonders bei der Aufstellung der Fußballmannschaften. Meistens landete er nur auf der Ersatzbank, was ihn besonders schmerzte. Dennoch führte Béla in der Schule ein ungetrübtes Leben, denn Zoli war stets zur Stelle, wenn er von stärkeren Mitschülern bedroht wurde. Zoli erwies sich als fairer Freund; nie ließ er Béla seine Überlegenheit spüren.

Das einzige Gebiet, auf dem Béla seinem Freund das Wasser reichen konnte, war ein skurriles Spiel: der Knopffußball. Darin brachten es beide zum Meister. Zwei Knöpfe, ein größerer mit ebener Unterseite und ein etwas kleinerer mit gewölbter Rückseite, wurden zusammengeklebt und an einer Stelle abgefeilt, damit eine schräge Fläche entstand. Diese zusammengeklebten Knöpfe bildeten die Fußballspieler. Ein Druck von oben mit den Nägeln von Daumen und Zeigfinger bewirkte, dass der Knopf nach vorne schnellte. Er musste den Ball, dargestellt durch einen Hemdknopf, so treffen, dass er in ein kleines, selbst gebasteltes Tor flog. Die Freunde hatten das Spiel zu einer wahren Kunst entwickelt. Die Knopfspieler jeder Mannschaft wurden nach bekannten Fußballern benannt, die in den damals glorreichen Nationen kickten. Mortensen, Puskas, Hidegkuti, Walter, Rahn und andere. Die mit größter Akribie betriebene Herstellung der Knöpfe, deren beste auf einem Spielermarkt sehr begehrt waren, bildeten eine Hauptbeschäftigung in Bélas und Zolis Freizeit. Und auch später würde dieses Spiel in Bélas Leben noch eine wichtige Bedeutung erhalten ...

Insgesamt war Béla ein durchschnittlicher Junge: Er war unauffällig und nicht sehr originell. Natürlich machte er bei den Flegeleien seiner Kameraden mit, wenn sie Platzpatronen auf eine Tramschiene legten, Türglocken mit Streichhölzern einklemmten oder am Abend den Schalter der Treppenhausbeleuchtung mit Honig einschmierten. Doch zu einer Führergestalt mauserte sich Béla indes nicht, dazu fehlten ihm die körperlichen und mentalen Muskeln.

Von seiner Mutter wurde er zur Vorsicht gegenüber der politischen Ordnung erzogen. Denn sein Vater war zum Feind des Systems erklärt worden, er gehörte zum »morschen Kader«. Diese Deklassierung war sozusagen »erblich«, wurde also auf die Nachkommen übertragen. Der soziale Aussatz, der diesen Kindern anhaftete, barg auf allen Gebieten Diskriminierung in sich. Dieser »infizierten« Jugend war etwa die Aufnahme zur Universität von vornherein versperrt. Ein Umstand, der Béla keine verheißungsvolle Zukunft eröffnete.

Einmal kam die Polizei zu der kleinen Familie, um die Mutter nach dem Vater zu befragen. Sie behauptete mit roten Wangen: »Dieser verantwortungslose Mann ist spurlos verschwunden. Und er kümmert sich weder um mich noch um die Kinder.«

Béla wunderte sich, wie empört sie tönte. Doch nachdem die Polizei verschwunden war, deckte die Mutter auf, weshalb sie den Vater so dargestellt hatte: »Weil ich die Familie schützen muss.« Nach diesem Vorfall trichterte die Mutter Béla und seinem Bruder ein, sie mögen genauso antworten, falls sich jemand nach ihrem Vater erkundige sollte. Die Jungen wussten wohl, dass nichts davon stimmte, denn der Vater schrieb ihnen regelmäßig Briefe. Da aber das Regime Sendungen aus dem Ausland zur Kontrolle öffnete, musste er einen Umweg wählen: Er schickte seine Briefe einer alten Witwe in Zürich, die dann des Vaters Briefe in einen neuen Umschlag steckte und in ihrem

Namen nach Budapest sandte. Der Kontakt erschien insofern glaubwürdig, als Béla zweimal einige Sommermonate mit dem Roten Kreuz bei einer Schweizer Familie verbracht hatte. Kinder, die an den Folgen der unzureichenden Ernährung in ihrem Lande litten, waren nach dem Krieg von gastfreundlichen Menschen aufgenommen worden. Diese bemühten sich darum, ihnen durch eine reichhaltige Ernährung etwas Gewicht anzuhängen.

Die Mitteilungen des Vaters beschränkten sich größtenteils auf Banalitäten und dienten in erster Linie dazu, seine Präsenz zu markieren, wenn auch die Mutter aus den verschlüsselten Nachrichten mehr herauslesen konnte. Sie konnte daraus schließen, dass der Vater in Salzburg lebte und dort als Hauswart arbeitete.

Die Mutter hielt sich mit dem Mut und der Entschlossenheit, die Frauen auszeichnen, über Wasser. Sie schlug sich als Versicherungsagentin auf Provision durch. Doch in Ungarn blieb den Menschen nach dem Krieg kaum genug, um zu überleben. Nur selten waren sie für Versicherungen zu gewinnen. Deshalb fielen Mutters Lohntüten am Monatsende stets sehr dünn aus. Trotzdem verzagte sie nicht, sondern reinigte für wenig Geld Krawatten, bügelte in fremden Haushalten und betrieb einen kleinen Schwarzmarkt, wo Bekannte diverse Habseligkeiten verkaufen konnten. Die Frau, die aus guter Familie stammte, war demütig genug, um die Notwendigkeiten des Alltags damit zu bezahlen, dass sie auf ihren Stolz verzichtete. Ihre völlige Anspruchslosigkeit in eigenen Sachen ließ ihr sogar Raum, ihrem deportierten Bruder und ihrer alten Mutter zu helfen.

Béla und sein Bruder wussten, dass sie im Gegensatz zur offiziellen Schulpropaganda in einem ungerechten, gewalttätigen und bestechlichen System lebten, in dem bloß ein falsches Wort schon zum Verhängnis für alle werden konnte. In einem tyrannischen Gefüge haben die Denunzianten ihr Schlaraffenland. Verrat brachte Vorteile oder schützte zumindest vor dem Verdacht, selbst unzuverlässig zu sein. Im ständigen Wissen um die Bedrohung, dass die Wände Ohren hatten, lernten Béla und sein

Bruder Istvàn früh, zu schweigen und zu nicken, auch wenn sie die Lügen, die sie umspülten, klar erkannten. Damals hatte Béla noch keine Ahnung davon, dass es unzählige solche Systeme in der Welt gab, wo Willkür und Unterdrückung herrschten. Zwar bezeichneten die Mächtigen das Land als »Paradies«, doch im Paradies musste man sicher nicht stundenlang Schlange stehen, um 1 Kilo Kartoffeln oder 100 Gramm Schweineschmalz zu kaufen. Hier dagegen gehörte genau das zum Alltag und die Menschen hatten sich so daran gewöhnt, dass sie ohne Murren und Gedränge diszipliniert einstanden, nachdem es sich herumgesprochen hatte, dass in einem bestimmten Laden wieder etwas zu kaufen war. Ab und zu meldete sich ein Verwegener beim Anstehen zu Wort und meckerte über die Zustände in diesem Land. Die Umstehenden drehten die Köpfe weg und reagierten auf diese Ausfälle nicht. Sie taten, als würden sie den Lästerer nicht hören, ansonsten hätten sie Anzeige erstatten müssen. Ein Eingehen auf die Kritik wäre gefährlich gewesen. Es hätte sich dabei um eine Falle handeln können, die Provokation hätte zum Zwecke haben können, aufmüpfige Elemente zu enttarnen. Béla gab sich keine Blöße und schwieg.

Ein Mal ließ er jedoch die notwendige Vorsicht fallen, was für ihn und für seine Familie verheerende Folgen hätte haben können. Er vergaß die Belehrungen der Mutter an dem Tag, als die Zeitungen auf der ersten Seite ein großes, schwarz umrahmtes Bild von Stalin veröffentlichten. Der Umstand, dass ein Foto des sowjetischen Herrschers die Titelseite der Tageszeitungen zierte, war keinesfalls außergewöhnlich. Vielmehr überraschte der schwarze Rahmen. Béla verstand sogleich, dass der Diktator tot war. Mit einigen Münzen in der Tasche konnte er sich eine Zeitung kaufen. Mit strahlendem Lächeln spurtete er nach Hause, Stalins Bild in der Hand schwenkend. Er verfiel der Illusion, jetzt wäre das verhasste System der kommunistischen Tyrannei vorbei. In kindlicher Naivität meinte er, mit dem Monster wäre auch dessen Reich gestorben und der Vater könne endlich zurück zur Familie. Er wusste nicht, dass die Welt, in der er lebte, schon lange nicht mehr von einem Einzigen beherrscht wurde, wie am Anfang, als sie erschaffen worden war. Inzwischen hatte sie sich zu einem autonomen System gewandelt, wo zahllose kleinere und größere Stalins zu einem fest gefügten Gebilde zusammengewachsen waren. Diese Maschine funktionierte selbstständig wie ein Uhrwerk. Auf Stalins Thron wurden in der Folge andere Teufelskerle gehievt, der Apparat arbeitete weiter, störungsfrei, zielsicher, unaufhaltsam.

Bélas Triumphzug mit Stalins Todesanzeige in der Hand war unüberlegt. Es war ein Glück, dass ihn auf der Straße kein Funktionär des Systems beobachtet hatte. Seine Euphorie wurde erst gedämpft, als ihn zu Hause seine Mutter tadelte. Sie öffnete ihm die Augen, indem sie ihm eine Geschichte aus der griechischen Mythologie erzählte. Darin ging es um ein vielköpfiges Ungeheuer namens Hydra. Schlug man ihm einen Kopf ab, wuchsen an dessen Stelle gleich zwei neue nach. »Stalin ist weg, doch die Hydra lebt weiter«, sagte sie mit einem traurigen Ausdruck im Gesicht.

Verschämt lauschte Béla ihren Worten. Sie machte ihn um eine Erfahrung reicher.

Die Schule verlor indes ihren anfänglichen Reiz. Béla empfand sie als Hindernis für Spiel und Sport. Die Monotonie war aufreibend und die Hausaufgaben schienen nur dazu angetan, dem schlechten Gewissen der Schüler Nahrung zu liefern. Als zusätzliche Belastung empfand Béla eine Maßnahme der Mutter, die einen Bekannten dazu bringen konnte, den Buben privaten Englischunterricht zu geben. In der Schule stand systemgetreu nur Russisch im Lehrplan, denn die westlichen Fremdsprachen galten als konterrevolutionäre Haltung und deren Unterricht wurde deshalb sanktioniert. Die Mutter fand aber, dass ihren Söhnen Englisch später im Leben mehr nutzen konnte als Russisch. Entsprechend ging sie das Risiko einer Bestrafung durch die Behörden ein. Durch ihre Entscheidung hätte sie ihre Stelle bei der Versicherungsgesellschaft verlieren können und wäre gezwungen gewesen, eine Arbeit als Putzfrau anzunehmen.

Das erste Schuljahr schien eine Ewigkeit zu dauern. Die Zeit wollte nicht vorbeigehen und Béla beneidete all jene, die in der höheren Klasse waren, weil sie nicht mehr zu den Kleinen zählten. Das Vorrücken in die obere Klasse erschien ihm wie eine Beförderung.

Außerhalb der Schule gab es Erlebnisse, die Béla für sein ganzes Leben mit einem goldigen Glanz in Erinnerung blieben. So etwa die Ausflüge im Morgengrauen mit Guszti bàcsi. In Ungarn war es üblich, dass die älteren Männer von den Jungen bàcsi, Onkel, genannt wurden. Dieser Alte war mit der Familie befreundet und nahm sich gelegentlich der Kinder an. Es war für Béla schon aufregend, aufstehen zu dürfen, noch ehe der Tag graute. Denn Guszti bàcsi zog immer in der Morgendämmerung los. Mit langsamen regelmäßigen Schritten, auf einen langen Stock gestützt, ging er seinem Ziel entgegen. Die Waldpfade bargen viele geheimnisvolle Gestalten, die in der Dunkelheit hinter den Bäumen und Gebüschen lauerten. Ihre vermeintliche Anwesenheit flößte Béla Angst ein. Aber vor allem prägten sich die Gerüche des Waldes tief in sein Gedächtnis ein. Immer, selbst nach vielen Jahren, wenn er solche Düfte wahrnahm, sollten ihm diese Ausflüge in den Sinn kommen.

Während Béla und Guszti bàcsi ihren Weg gingen, begann sich der Himmel langsam zu erhellen, die bedrohlichen Gestalten verschwanden und wandelten sich in Gebüsche, Erdhügel oder Felsen. Manchmal legte der Alte einen Halt ein. Und dann, sobald er wieder loszog, sagte er immer dasselbe: »Nur Mut, bald sind wir oben.«

Mit »oben« war der Gipfel des Berges gemeint, wo Guszti bàcsi Béla und seinen Bruder hinführte. In der Tat, nach einer Weile bot sich der Gruppe ein schöner Blick in die Landschaft. Und bald schon zeigte sich ein dünner Lichtstreifen am Horizont, die Sonne ging auf. Unmerklich wurde der strahlende Streifen größer und größer, bis die Sonnenscheibe in der Ferne auf der Linie zu ruhen schien, dort, wo sich Himmel und Erde berührten. Die Welt war jetzt hell erleuchtet. Nur schwer hätte Béla seine Gefühle beschreiben können. Freude, Friede, Bewunderung und Staunen verflochten sich zu einer überwältigenden Empfindung und er konnte vor Glück kaum sprechen. Als Guszti bàcsi diese Rührung sah, legte er eine Hand auf die Schulter des Jungen und sagte: »Das ist der Lohn deiner Anstrengung. Du hast ein Opfer gebracht und wirst nun mit einem wunderbaren Erlebnis beschenkt.« Bélas Augen leuchteten vor Freude. Er verstand, nein, er erahnte, was ihm der Alte in Aussicht gestellt hatte. »Unten wäre dein Blickfeld begrenzt durch die Berge, die du jetzt von oben siehst.« Guszti bàcsi machte mit einem Arm eine ausholende, kreisförmige Bewegung. »Hier ist dein Horizont erweitert. Du bist bei Dunkelheit losgezogen, da konnten deine Augen nichts sehen. Aber der Sonnenaufgang hat die Welt um dich eröffnet, dir das Panorama gemalt. Und nicht nur das. Du siehst auch, wie alles zusammenhängt, wie die Wege die Wälder und Wiesen verbinden, wie die Krümmungen des Geländes ineinanderfließen, wie der ferne Horizont alles einrahmt.« Aufmerksam folgte Béla den Worten und Gesten des Alten. »Und jetzt hör gut zu. Du wirst das in deinem Leben noch oft erfahren. Du wirst viele Berge besteigen müssen, häufig beschwerlich und ermüdend, doch die Opfer werden dir jedes Mal, wenn du den richtigen Anstieg erklimmst, auf dem Gipfel den Blick auf die Welt eröffnen. Das Wahre offenbart sich einem auf dem Gipfel. Du wirst die Zusammenhänge erkennen, dem Sinn begegnen und Zuversicht verspüren.«

Diese Worte bewahrte Béla tief in seinem Herzen. Er sollte zeit seines Lebens nach einem solchen Berg suchen.

Jeweils im Sommer durften Béla und Istvàn eine Woche am Plattensee bei Tante Paula verbringen. Welche neuartigen Gefühle Béla dabei empfand!

Am Anfang stand die Reise mit dem Zug. Sie kam Béla vor, als würde er in einer fremden Welt erwachen. Gab es da viel zu sehen! Dörfer, Landstraßen mit Pferdekarren, riesige gelbe Felder mit Sonnenblumen, die neugierig in die gleiche Richtung blickten. Die Bahnstationen mit Wasserstellen und Kohlengruben für die Lokomotive und eben diese Lokomotive, die sich rauchend und stinkend ihren Weg durch die Landschaft bahnte. Und dann tauchte dieser riesige See auf, der an manchen Stellen grenzenlos schien. Mussten die Menschen glücklich sein, die immer hier wohnten! Béla konnte kaum erwarten, endlich am Bestimmungsort anzukommen.

Tante Paulas Mann, der Bezirksarzt, konnte es sich leisten, für den ganzen Sommer ein Haus am Plattensee zu mieten. Dort verbrachten seine Frau und die vier Kinder ihre Zeit. Tante Paula verschaffte ihrer Schwester ein wenig Ruhe und Erleichterung, indem sie deren Söhne für eine Woche zu sich einlud. Und sie bescherte den beiden Buben unvergessliche Tage. Schon das Badevergnügen war ein phänomenales Erlebnis. Zwar war der Plattensee das größte Binnengewässer Europas, doch er hatte eine Besonderheit: Er hatte keine Tiefe. Man konnte also weit hinauslaufen, bis einem das Wasser an den Hals reichte. Das ermöglichte den Kindern im warmen Wasser alle denkbaren Spiele mit oder ohne Ball zu treiben. Sie bastelten sich Angelruten und versuchten erfolglos, Fische zu fangen. Sie zogen durch die benachbarten Wälder und drangen in unbewohnte Häuser ein. Bei einer solchen Expedition wurde Béla bestraft, denn als er eine Jalousie öffnete, störte er ein Wespenvolk. Zwei Biester stachen ihn in den Nacken. Das war eine schmerzhafte Erfahrung, die bewirkte, dass die Buben solchen Unsinn nicht mehr wiederholten.

So schön die Ferien waren, sie brachten für Béla auch Schattenseiten. Der jüngste seiner drei Cousins neigte zur Grausamkeit, wie manche Buben in diesem Alter. Er fing Frösche ein, um sie im Sand mit langen Dornen zu kreuzigen. Oder steckte die quakenden Tiere in einen Papiersack, den er anschließend in das Feuer warf. Vergnügt schaute er zu, wie die halb versengten Opfer versuchten, ihrer Pein zu entfliehen. Béla empfand diese Quälereien als widerlich und abstoßend. Zutiefst verabscheute er jede Gewalt, ob gegen Menschen oder Tiere. Er geriet in Streit mit seinem Cousin. Dieser drohte ihm, er dürfe nie mehr zu ihnen in die Ferien kommen, falls er zu Hause nur ein Wort von dem Vorgefallenen erzählte. Béla wägte die Werte ab und zog es vor, zu schweigen. Er kam sich dabei wie ein Feigling vor, doch sein Mitgefühl für die Frösche reichte nicht aus. Zu übermächtig war der Wunsch, im Sommer wieder an den See zu fahren. Seine Auseinandersetzung mit dem Cousin hatte zumindest bewirkt, dass sich dessen ältere Brüder auch gegen diese Tierquälerei stellten.

Am Ende des Urlaubs, als die Brüder wieder nach Hause fahren mussten, war Bélas Herz sehr schwer. Die Heimreise fand er bei Weitem nicht so aufregend wie die Anfahrt eine Woche zuvor.

In Budapest begann wieder der Alltag mit allen Einschränkungen, die der Bevölkerung auferlegt waren. Die Regierung konnte selten Erfolge vorweisen, die dogmatisch betriebene Planwirtschaft hatte sich als Fehlschlag erwiesen, den Menschen ging es schlecht, die heroischen Parolen, die aus den Lautsprechern tönten, konnten den Hunger nicht stillen. Die Ruinen, die nach der »Befreiung« durch die Sowjetarmee zurückgelassen wurden, prägten viele Jahre das Stadtbild. Die Stadt war grau, denn Trümmer sind immer grau. Eine farbige Stadt hielt Béla für unmöglich; er war so sehr daran gewöhnt, Gebäude ohne Formen und Farben zu erblicken, dass ihm diese zerstörte Welt als einzig denkbare vorkam. Er meinte, überall auf der Welt sähen die Städte gleich aus. Gelegentlich stopfte irgendein Ministerium die Bombenkrater mit neuen Gebäuden zu. Dann trugen diese lottrigen, hässlichen, unbequemen, farblosen Bauten dazu bei, das einst so schöne Budapest nachhaltig zu verunstalten.

Die Mutter war mit der Bemühung, ihre frühere Wohnung zurückzuerhalten, bei den Behörden abgeblitzt. Die Familie bewohnte mittlerweile eine kleine Zweizimmerwohnung. Zwar hatte die Familie anfänglich eine Wohnung mit zwei weiteren Zimmern, doch die Kosten für die große Wohnung waren für Bélas Mutter zu hoch. Deshalb hatte sie sich entschlossen, ihre eigene mit jener der befreundeten Familie Vass im gleichen Stockwerk zu tauschen. Die Nachbarn waren in einer besseren finanziellen Situation, weil der Vater anwesend war und er seine Frau sowie die zwei Töchter mit weniger Mühe ernähren konnte.

Es wurde vereinbart, die Wohnungen in einwandfreiem Zustand zu übergeben. Allfällige Schäden sollten vor dem Tausch behoben werden. Als sie dann in die neue Wohnung einzog, war Bélas Mutter sehr enttäuscht, denn manche Reparaturen wurden nachträglich nötig, die ihr mageres Haushaltsgeld belasteten. Die Freundschaft kühlte sich daraufhin ab. Bélas Mutter war nicht streitsüchtig, und so beschränkte sie sich auf eine trockene Begrüßung ohne die Nachbarn weiterhin zu frequentieren. Die Söhne wurden angehalten, den Nachbarn anständig einen »guten Tag« zu wünschen, aber nicht mehr mit den beiden Töchtern zu plaudern. Die folgenden sieben Jahre sollten in dieser winterlichen Atmosphäre vergehen. Und niemand konnte ahnen, dass die Familie Vass später einmal eine entscheidende Rolle in Bélas Leben spielen sollte ...

Doch selbst die Zweizimmerwohnung war für die Börse der Familie eine zu große Belastung. Bélas Mutter entschied sich, das Wohnzimmer, das mit zwei ausziehbaren Couches eingerichtet war, jeden Abend für sich und die Söhne in ein Dormitorium umzuwandeln und das kleine Zimmer zu vermieten. Sie fand dafür einen jungen Mechaniker, einen ordentlichen, ruhigen Mann, der mit den Zahlungen nie in Verzug geriet und keinerlei Ansprüche stellte.

Schon wenige Tage nachdem er das Zimmer bezogen hatte, beschlossen Béla und sein Bruder ihre Neugier zu stillen. Während der Mechaniker bei der Arbeit war, wollten sie in seinem Zimmer herumschnüffeln. Anfänglich wurde diese Aktion nicht belohnt, denn außer den allergewöhnlichsten Sachen wie Kleider, Unterwäsche und zwei Paar Schuhe konnten sie nichts entdecken. Der Mechaniker besaß auch fünf Bücher. Das war zwar keine imponierende Bibliothek, dennoch wurde sie von den Brüdern begutachtet. »Wie funktioniert das Radio?« oder »Das Auto von A bis Z« konnten ihr Interesse nicht wecken. Doch dann kam die Entdeckung! »Unser Geschlechtsleben« war der dritte Titel dieser bescheidenen Sammlung. Schon ein flüchtiger Blick auf den Umschlag versprach den Jungen viel. Sie starrten auf zwei nackte Menschen, einen Mann und eine Frau. Diese waren mit geschickter Hand gezeichnet.

Der Fund erhöhte den Puls der Buben. Was für ein Buch! Was für ein Bild! Aus Furcht, sie könnten vom Untermieter oder von der Mutter auf frischer Tat ertappt werden, wagten sie nur kurz, das entdeckte Neuland zu erforschen. Doch nutzten sie jede Gelegenheit, ihren Feldzug fortzusetzen. Die säuberlich ausgeführten Zeichnungen belehrten darüber, wie die Geschlechtsorgane beschaffen waren und auf welche Weise sie funktionierten. Mit prickelnden Empfindungen drangen sie in die Geheimnisse ein, die ihre Mutter noch hinter sieben Schlössern verwahrte. Sie fanden eine Devise, die in Versform gegossen war und sie nie mehr vergessen sollten:

Zweimal die Woche mach ich's dir,
Das kommt im Jahr auf hundertvier.
Und tut uns gut, so dir wie mir.
Darunter stand die Erklärung:
Nach der Maxime Martin Luthers.
Béla wusste nicht, wer Martin Luther war. So hielt er ihn für einen besonderen Kenner solch pikanter Angelegenheiten. Die Rechnung stimmte jedenfalls algebraisch.

Das neu erworbene Wissen schien für Béla sehr wertvoll. Er wollte es zunächst dazu verwenden, sein Ansehen bei den Schulkameraden zu erhöhen. Doch er brachte es nicht über sich, seine Verlegenheit und Scham zu überwinden. Daher verzichtete er darauf, solch heikle Themen anzuschneiden.

Überdies ereignete sich ein Vorfall, den Béla nicht voraussehen konnte. Eines Morgens, als die Mutter in die Küche kam, kreuzte sie im Gang eine junge Frau. Diese war aus dem Zimmer des Mechanikers geschlichen und steuerte auf den Wohnungsausgang zu. Empört hielt sie dem Untermieter vor: »Meine Wohnung ist doch kein Bordell! Sie werden hier unverzüglich ausziehen!« Sie legte den Mietzins von zwei Wochen, den der Mechaniker vorausbezahlt hatte, auf seinen Tisch und verlangte den Wohnungsschlüssel zurück. Widerstandslos begann der Untermieter seine Sachen zu packen und schon nach kurzer Zeit war er weg.

Béla bedauerte, dass mit ihm auch das rätselhafte Buch auszog.

Die Mutter nahm sich vor, jeden neuen, potenziellen Mieter auf Herz und Nieren zu prüfen, um zukünftig unliebsame »Skandale«, wie sie den Damenbesuch beim Mechaniker nannte, zu vermeiden.

Schließlich fand sie einen Ordensmann, der vom Regime zusammen mit seinen Mitbrüdern aus dem Kloster vertrieben worden war. Sie hatten die Ideologie des Systems nicht verkörpert. Die Abtei der Zisterziensermönche in Zirc war aufgelöst worden, die Mönche wurden säkularisiert, was so viel bedeutete, dass sie ihre Berufung der Glaubensverkündigung nicht mehr ausüben durften. Pater Szabolcs fand Arbeit in einer Bibliothek, wo er dank seiner humanistischen Bildung Nützliches leisten konnte. Und so zog er also in das kleine Zimmer ein.

Missgestimmt musste Béla feststellen, dass die Bücher des Paters nicht so aufregend waren wie jene seines Vorgängers. Eine Bibel, Gebetsbücher, Meditationen und Biografien von heiligen Personen waren bei Weitem nicht so interessant wie »Unser Geschlechtsleben« des Mechanikers. Dafür sorgte Pater Szabolcs auf eine andere Art für Aufregung. »Ich weiß, dass Religionsunterricht in diesem Land verboten ist und als staatsfeindliche Tätigkeit gilt«, sagte er zu Bélas Mutter. »Ich muss aber Gott gehorchen und nicht diesen Atheisten.« So bildete er einige Mittelschüler zu Katecheten aus, die dann ihrerseits kleinen Gruppen von Jungen im Privaten die Glaubensinhalte vermittelten. In eine dieser Klassen gliederte er auch Béla und Istvàn ein. So lernten die Brüder die wichtigsten Glaubenssätze der katholischen Kirche kennen. Beide Untermieter hatten also, jeder auf seine Art, dazu beigetragen, den Jungen etwas vom Leben beizubringen.

Doch das Regime hatte seine Augen und Ohren überall. Eines Nachmittags hielten sich die Brüder alleine zu Hause auf, die Mutter ging ihrer Arbeit nach. Da läutete es an der Türe. In der Überzeugung, Zoli wäre wie üblich zu ihnen gekommen, öffnete Béla die Türe. Zwei unbekannte Männer, ein großer, kräftiger Mittdreißiger und ein etwas älterer, rundlicher mit Glatze standen draußen und traten in die Wohnung, ohne eine Aufforderung abzuwarten. Sie wiesen sich als Geheimpolizisten aus und fragten nach dem Untermieter. Wie zu befürchten war, hatten die Spitzel herausgefunden, was Pater Szabolcs im Verborgenen trieb und ihm nachgestellt. Béla war eingeschüchtert. Die Polizisten wiederholten ihre Frage. Béla erklärte, dass er wohl noch bei der Arbeit war. »Ich weiß nicht, wo genau der Mann beschäftigt ist«, log er.

»Empfängt er viele Besuche, Frauen oder Männer«?

»Nein, wir haben noch nie jemanden kommen sehen.«

»Was macht er, wenn er zu Hause ist?«

»Keine Ahnung, er ist immer sehr still«, gab er ihnen zur Antwort.

Die Polizisten schrieben etwas in ein Heft und setzten sich ins Wohnzimmer. Die Buben blickten sie fragend an.

»Wir warten, bis er kommt«, sagte der Große, der wohl der Chef sein musste. »Und sollte jemand zu euch kommen, so muss er so lange hierbleiben, bis wir den Schurken haben.«

Als die Mutter nach Hause kam, wiederholten sie ihre Fragen und schrieben erneut die Antworten auf, wenn auch diese nichts Neues ergaben. Noch während die Polizisten redeten, läutete es wieder an der Tür. Mutter und Kinder wussten, dass dies nicht der Pater sein konnte, weil er einen Schlüssel besaß.

Wie üblich am Nachmittag stand Zoli draußen. »Können wir Knopffußball spielen?«

Béla schaltete schnell. In diesem Augenblick kam die kluge Dressur der Mutter zur Geltung. Er durfte Zoli nicht sagen, wer die beiden Männer waren. Er musste ihn mit einer Lüge schützen, sonst wäre der Freund auch festgehalten worden.

»Oh, nein, es geht nicht, wir haben Besuch von Verwandten.« Damit zeigte er auf die Polizisten. »Mein Pate Feri bàcsi und mein Onkel Jòzsi bàcsi.«

Die Polizeibeamten blickten ihn ungläubig an und schienen zu verstehen, dass Béla ihre wahre Identität nicht preisgeben wollte. Der Große lächelte und streichelte über die Haare Bélas.

»Ja, aber dann könntet ihr zu uns kommen,« beharrte Zoli.

Zustimmung suchend blickte Béla den Polizisten an. Überzeugt von der Gutmütigkeit der Kinder und wohl auch, um keinen Verdacht zu erwecken, bewilligten die Schergen des Systems den Ausgang für eine Stunde. Béla machte ein Zeichen an seinen Bruder, er solle auch mitkommen. Die drei Jungen verließen die Wohnung. Béla zog die Türe hinter sich zu. Im Treppenhaus flüsterte er Zoli ins Ohr: »Die zwei kommen vom AVO!« Dieses Kürzel stand für die gefürchtete Geheimpolizei, der Staatssicherheitsdienst.

»Sie suchen Pater Szabolcs. Wir müssen ihn benachrichtigen!«, fuhr Béla fort.

Zoli nickte. Er kannte zwar den Untermieter nicht und wusste nichts von den geheimen Religionsstunden. Doch die Nennung des AVO schien ihn zu überzeugen, dass etwas getan werden musste.

Aus Angst, ein dritter Agent könnte das Haus und seine Umgebung überwachen, flohen die drei durch den kleinen Hinterhof. Dort unter den Büschen kannten sie ein Loch im Gartenzaun. So gelangten sie auf die Straße hinter dem Haus. Um sich Tickets für die Straßenbahn zu kaufen, hatten sie kein Geld. Deshalb mussten sie den Weg zu Fuß zurücklegen. Der Gruppenleiter, den sie aufsuchen wollten, wohnte gut in zwei Kilometern Entfernung. Die Zeit war knapp. Sie liefen so schnell, wie sie konnten. Sich immer der Gefahr bewusst, der sie sich aussetzten. Wäre ihnen ein Polizist gefolgt, hätte dies für alle Beteiligten verheerende Folgen gehabt. Für sie selber, für den Katecheten, den sie kontaktieren wollten, für den Pater und wohl auch für ihre Mutter. Doch das Konzept der Polizei, niemanden aus der Wohnung zu lassen, bis sie den Pater geschnappt hatten, sah den Fall nicht vor, jemandem nachstellen zu müssen. Die Jungen wurden nicht verfolgt. Ihr Herz schlug schnell und beinahe hörbar, ihre Nerven flatterten.

»Zoli, du gehst nach Hause«, sagte Béla auf halbem Weg. »Falls einer von ihnen bei euch aufkreuzt, um uns zu kontrollieren, dann sagst du, wir hätten die Knöpfe vergessen und wären wieder umgekehrt.« Mit ernster Miene hängte er an: »Es hat keinen Sinn, dass du dich auch in Gefahr begibst.«

Zuerst wollte Zoli nicht aussteigen, tat aber dann widerborstig, was Béla verlangt hatte. Die beiden Brüder setzten ihren Weg fort. Ab und zu hielten sie an, versteckten sich in einem Hauseingang und beobachteten, ob ihnen jemand folgte. Wiederholt ging Béla durch den Kopf, dass nicht nur sie in Gefahr waren, sondern auch ihr Gruppenleiter, den die Polizei entdecken würde. Ihr Herz stockte, als ein Mann mit einem Hund auftauchte, der schnüffelnd den Gehsteig absuchte. War das ein Polizeihund? Als dann das Tier an einer Stelle anhielt und das Hinterbein erhob, seufzte Béla erleichtert auf.

Am Ziel angekommen, stotterten sie außer Atem die Nachricht. Der Gruppenleiter starrte sie entgeistert an, versprach aber, Pater Szabolcs eine Warnung zukommen zu lassen. Erleichtert begaben sich die Brüder wieder auf den Heimweg. Eine knappe Stunde nachdem sie von zu Hause weggegangen waren, krochen sie zum zweiten Mal unter dem Gartenzaun durch. Im Hinterhof ruhten sie sich ein wenig aus, damit sie nicht heftig schnaubend ihre Wohnung betreten mussten. Auf die Frage der Polizisten, welcher der Meisterknöpfe das Tor getroffen hatte und wie die Begegnung ausgegangen war, gaben sie bereitwillig Antwort. Das Warten auf den Priester machte insbesondere die Mutter nervös.

»Soll ich auch für Sie etwas zum Abendessen kochen?«, fragte sie die Polizisten. Sie lehnten ab.

»Bald kommt unsere Ablösung, dann gehen wir nach Hause.«

Kurz danach läutete es an der Türe. Der große Polizist öffnete. Er begrüßte zwei Kollegen, denen er die Lage erörterte. Von der Abwesenheit der beiden Jungen sprach er kein Wort.

Die Neuen nickten zur Mutter und schauten sich in der Wohnung um. Sie begaben sich ins kleine Zimmer, wo sie eine Hausdurchsuchung vornahmen. Fein säuberlich listeten sie alles auf, was sie finden konnten, und ließen das Inventar von der Mutter beglaubigen. Sie entdeckten unter anderem eine Passfotografie des Priesters und trugen in ihrem Inventar »Selbstbildnis« ein.

Bei den Burschen, die neugierig in der Türe standen, sorgte dies für unterdrückte Heiterkeit.

Nachdem die Polizisten ihre Suche beendet hatten, sagten sie zur Mutter: »Wir werden in diesem Zimmer warten. Sie können sich schlafen legen.«

Vor dem Zubettgehen flüsterte Béla seiner Mutter zu: »Istvàn und ich haben den Pater von der Gefahr benachrichtigt.«

Sie nickte und strich ihm übers Haar. Sie ließ sich nicht anmerken, ob in diesem Augenblick ihre Angst oder ihr Stolz größer war. Ein langer Seufzer verriet aber, dass sie stark besorgt war.

Von diesem Abend an stand die Familie unter strenger Kontrolle. Selbst in den Milchladen, der direkt neben der Wohnung lag, wurde Béla von einem Agenten begleitet. Dieser löste den nächsten regelmäßig ab. Drei Tage und drei Nächte harrten insgesamt sieben Polizisten aus. Alle waren sie sichtlich verärgert, weil der Priester nicht in die Falle tappte. Sie konnten keinen Reim darauf finden. Sie bestürmten Béla wiederholt, doch brachten nichts aus ihm heraus.

Sie nahmen die Mutter ins Kreuzverhör: »Hatten Sie Kontakt zu ihm?«

»Er wohnte bei uns. Da sah man sich, ab und zu«, antwortete sie anscheinend ruhig.

»Hat er mit Ihnen gegessen? Da erzählt man sich einiges.«

»Nein, war er zu Hause, so kam er nie aus seinem Zimmer. Er hatte sich selbst versorgt. Wir grüßten einander, doch sonst sprachen wir nicht. Er war sehr verschlossen.«

Wiederholt stellten ihr die Polizisten die gleichen Fragen. Sie hofften auf Ungereimtheiten oder Widersprüche, doch die Mutter fiel darauf nicht ein. Konsequent gab sie stets die gleiche Auskunft.

Die Agenten mussten sich mit diesen Informationen begnügen. Sie hatten keine Indizien, dass jemand aus der Familie eine Kontaktadresse zum Priester hatte.

Mehr als 60 Jahre später würde Béla durch einen Zufall erfahren, dass der Pater noch lebte. Als er die Abtei Zirc besuchte, knüpfte er ein Gespräch mit einem jungen Saalaufseher an.

»Als Junge habe ich einen Ordensbruder aus dieser Abtei gekannt«, erzählte er.

»Wie hieß er denn?«, fragte der Mann.

»Pater Szabolcs Barlai.«

»Ach was!«, rief der Aufseher. »Den gibt es noch.«

»Der muss ja uralt sein«, meinte Béla.

»Ja, er ist inzwischen 97 Jahre alt.«

Der Mann erklärte Béla, wie er ihn telefonisch erreichen konnte.

Bei der ersten darauf folgenden Gelegenheit wählte er die Nummer. Eine noch immer überraschend starke Stimme antwortete ihm.

»Ich bin Béla«, meldete er sich.

Der alte Pater konnte zunächst mit dem Namen nichts anfangen. Als ihm Béla dann erklärte, woher sie sich bekannt waren, war die Überraschung perfekt. Und sie schilderten einander, wie sie jenes Ereignis damals empfunden hatten. So berichtete ihm der Pater, dass er gerade in einer privaten Wohnung die Messe zelebriert hatte, als jemand zu ihm kam und ins Ohr flüsterte, er möge nicht nach Hause gehen, weil dort die Polizei auf ihn wartete. Daraufhin versteckte sich Pater Szabolcs in einem kleinen Dorf und entging dadurch der Verhaftung.

Zunächst zumindest. Denn nach einigen Jahren wurde er wegen einer Unvorsichtigkeit erwischt und verurteilt. Denn er hatte abermals junge Menschen betreut und sie im christlichen Glauben unterrichtet. Er war leichtsinnig, was ihm zum Verhängnis wurde. Insgesamt warf man ihn deshalb zwei Mal ins Gefängnis. Inzwischen waren aber die Zähne des Systems ein wenig stumpfer geworden und die Haftbedingungen verloren an Brutalität.

Überschwänglich dankte Pater Szabolcs Béla für den frechen Mut, den dieser damals an den Tag gelegt hatte. Doch zu einem Treffen zwischen den beiden sollte es nicht mehr kommen, wohl auch deshalb, weil sich die beiden inzwischen weltanschaulich auseinandergelebt hatten.

Béla bedauerte dies stark.

Nachdem die AVO die Belagerung der Familie beendet hatte, ging das gewohnte Leben für Béla weiter.

Er war ein mittelmäßiger Schüler, hielt sich nicht gerne mit so lästigen Sachen wie Hausaufgaben auf, wobei ihm Algebra, Physik und Chemie besser von der Hand gingen als Geschichte und Russisch. Das lag wohl auch daran, dass sich der Geschichtslehrer vorwiegend auf das Büffeln von Jahreszahlen beschränkte und Russisch dem Jungen verhasst war. Weil er es auf keine vernünftigen Noten brachte, musste seine Mutter befürchten, dass er im Schlusszeugnis ein »ungenügend« einkassieren würde. Dem Lehrer, einem Hünen, verpassten die Schüler den Spitznamen »Bumbàj Ferò«. Er hatte eine starke Gehbehinderung. Ein Gerücht besagte, er hätte im Krieg ein Bein verloren und trüge eine Beinprothese aus Holz. Andere sagten, der Mann wäre von Geburt an behindert gewesen und habe nie Militärdienst leisten müssen. Gegen Ende des Schuljahres rief er Béla nach vorn und ließ ihm »Pobjeda«, auf Deutsch »Sieg«, in kyrillischer Schrift an die Wandtafel schreiben. Dies gelang Béla nur teilweise, denn ihm unterlief ein Fehler in der Orthografie. Bumbàj Ferò zog ihn an sich und ließ ihn auf sein Knie setzen. Er legte ein Blatt vor sich hin und schrieb das Wort für Béla auf. Béla nickte, bedankte sich und wollte an seinen Platz zurückgehen. Der Lehrer hielt ihn auf dem Knie fest und sagte, er könnte jetzt auch hier am Lehrerpulte die Wörter lernen, die andere Schüler aufzuschreiben hatten, er müsse nicht auf seinen Platz zurück. Dann nahm er seine Hand, führte sie unter den Tisch und legte sie auf seine Hose, wo Béla etwas Hartes ertastete. Der ahnungslose Bub erschrak nur deshalb nicht, weil er nicht wusste, was er da in der Hand hielt. Er nahm an, das harte Ding sei ein Scharnier, mit dem das Holzbein des Lehrers befestigt war. Deshalb konnte er es sich auch nicht erklären, warum der Lehrer Freude daran fand, ihm dieses Stück Holz in die Hand zu geben, ließ aber alles dabei bewenden, ohne weiteres Aufsehen zu machen. Als er kurz nach dieser Begebenheit die Grundschule beendete, war er freudig überrascht, dass er im Schlusszeugnis im Russisch nicht mehr mit »ungenügend«, sondern mit »gut« benotet worden war. Erst Jahre später ging ihm auf, dass der Lehrer dadurch eine Schuld abzutragen gedacht hatte.

Béla wurde nach anfänglicher Ablehnung durch die parteitreuen Behörden trotz seiner »morschen« Herkunft in die Mittelschule aufgenommen. Das Abitur als nächstes Ziel vor Augen, verfolgte er fleißig und interessiert den Unterricht. Insbesondere fand er an Mathematik, Geometrie und Chemie Gefallen, doch das System legte viel Wert darauf, den Schülern auch Geschichte zu lehren. Oder besser gesagt – Propaganda einzuflößen, die im Lehrplan als historische Fakten postuliert wurden. Da gab es die Guten und die Bösen, die Guten waren zunächst unterdrückt, ausgebeutet, entwürdigt worden; bis sie sich eines Tages erhoben, sich wehrten, die Bösen wegfegten und ihr Schicksal selber bestimmten. Damit war man bei der reinen Ordnung angekommen, die unter der kommunistischen Führung herrschte, dem Paradies auf Erden.

All dies wurde in einer trockenen, unattraktiven Art vorgetragen. Der Geschichtsunterricht glich der Beschreibung einer Schachpartie: sachlich und langweilig. Die Begebenheiten standen unanfechtbar, eindeutig da, als wäre keine andere Sicht möglich, außer der offiziellen. Später, nachdem Béla viel gelesen hatte, entdeckte er, dass Geschichte nur die unendliche Reihe von Gewalt, Mord, Quälerei, Unterdrückung und Ausbeutung war und keineswegs mit dem sachlichen Ablauf einer Schachpartie verglichen werden konnte. Und wie stand es um das Paradies? Jene, die behaupteten, es wäre endlich im Sozialismus errichtet worden, waren genauso verlogen wie jene, die es in das göttliche Jenseits verlegt hatten. Die Sehnsucht der Menschen nach einer heilen Welt zerbrach an der harten Wirklichkeit. Das Gesetz des Stärkeren war nicht auszurotten. Einerlei, wer die Macht erobert hatte, nie war einer der Versuchung gewachsen, seine Herrschaftsgewalt zu missbrauchen. Philosophen, Theologen und Anthropologen gaben sich Mühe, die Ungereimtheiten auf der Erde zu erklären oder sogar zu rechtfertigen. Aber Béla gelang dies nie, er war mit der Schöpfung unzufrieden.

Für die Zukunft schmiedete Béla unrealistische Pläne. Ihm schwebte ein Studium in Chemie vor. Fasziniert beobachtete er im Labor der Schule einige Experimente, die viel Flamme und Rauch produzierten. Als er in der Küche versuchte, diese nachzuahmen, löste er beinahe einen Wohnungsbrand aus. Deshalb verbot ihm die Mutter, seine Forschungen zu Hause weiterzuführen. Er verfiel daraufhin der Zucht von Seidenraupen. Denn in der Zeitschrift »Leben und Wissenschaft« hatte er einen Artikel über die Nützlichkeit dieser Tiere gelesen, mit wichtigen Tipps zu deren Pflege. Die Nützlichkeit ergab sich nur aus der industriellen Haltung, die für Béla nicht infrage kam. Dennoch fand er es spannend, ein wenig dem Schöpfer Konkurrenz zu bieten. Mit Genugtuung verfolgte er, wie sich die Larven entwickelten. Sie hüllten sich zuerst in einen Kokon und kamen nach einiger Zeit als Seidenspinner heraus. Allerdings musste Béla schon bald einsehen, dass dieses Hobby nur zur Befriedigung seiner Neugier diente. Er ließ die Zucht fallen.

So entdeckte er wenig später ein neues Steckenpferd, als er sich daranmachte, ein Detektorradio zu bauen. Er besorgte sich die Bauelemente, wie Ferritkern, Kondensator, Kupferdraht, Transistor und Leuchtdioden. Dann begann eine frustrierende Arbeit. Auf dem Schaltplan, den er aus einer Zeitschrift geschnitten hatte, war alles übersichtlich dargestellt. Es schien leicht zu sein, einen solchen Apparat aus Einzelteilen zusammenzufügen. Doch wiederholt scheiterte Béla. Jedes Mal, nachdem er sein Werk vollendet hatte, setzte er den Kopfhörer auf und suchte nach irgendeinem Sender. Doch statt Musik vernahm er nur ein Ächzen, Surren und Kratzgeräusche. Die vielen Fehlversuche ärgerten ihn, trotzdem ließ er nicht nach. Und schließlich schaffte er es doch, ein funktionierendes Modell herzustellen. Mit Stolz zeigte er es seiner Mutter und stellte für sie Radio »Freies Europa« ein. Da erschrak die Mutter fast zu Tode. Systemfeindliche Nachrichtenquellen zu hören, war strafbar. Deshalb schickte sie Bélas Werk in die Verbannung.

All diese Versuche ließen Béla von einem Hochschulstudium träumen. Doch darüber lag der Schatten seines Vaters, des Systemfeinds. Mit Bélas Plänen war es daher schlecht bestellt. Den Nachteil wollte er dadurch ausgleichen, dass er eine einwandfreie Leistung lieferte.

Doch Béla sollte nie eine ungarische Universität besuchen. Sein Lebensweg nahm unerwartet eine abrupte Wende. Im Sommer 1956, als er noch im Gymnasium war, begann es im Land zu brodeln. Die Bevölkerung hatte sich ein besseres Leben gewünscht, die Knebelung durch den sowjetischen Nachbarn hatte die Geduld der Leute erschöpft. Doch die ungarische Marionettenregierung genoss ihre Macht und ließ keine Gelegenheit ungenutzt, diese auf brutale Weise auszuüben. Der Terror spiegelte sich in den verängstigten Augen der Menschen. Man rang nach Luft, nach mehr Luft. Das war ungewohnt. Nur Eingeweihte kannten den Grund dieser beginnenden Dekadenz. Chruschtschow hatte in einer außerordentlichen Parteisitzung eine lange Zeit geheim gehaltene Rede gehalten. Darin missbilligte er scharf den Personenkult, der um Stalin betrieben wurde. Mit harscher Kritik geißelte er Stalins Willkürherrschaft und ließ alle seine Zuhörer erstarren. Solche Töne waren in der Partei abartig. Dennoch: Innenpolitisch setzte eine Veränderung ein. »Tauwetter« wurde der neue Kurs benannt. Auch die Kommunisten in Ungarn sprangen auf diesen Sonderzug auf. Unbeliebte Politiker wie der stalinistische Ministerpräsident Ràkosi schickte man nach Moskau in den Ruhestand. Die neu erworbene Ellbogenfreiheit schlich sich in das Bewusstsein der Menschen. Forderungen wurden geäußert, selbst in der Partei wurde leise Kritik geübt. So kam es am 23. Oktober zu einer friedlichen Demonstration. Zum ersten Mal seit der kommunistischen Herrschaft zogen die Leute nicht auf Befehl der Partei und ohne rote Fahnen und vorgestanzten Slogans auf die Straße. Die Menschen befürchteten zunächst, die Polizei würde eingreifen. Als dies nicht geschah, witterten die Teilnehmer frische Gerüche. Das anfängliche Staunen wandelte sich in hoffnungsvolle Erwartung, dann in Euphorie. Die Demonstration artete zum Aufstand aus. Die Menge zog wutentbrannt zum Denkmal Stalins. Man versuchte, die Statue niederzureißen, doch sie war auf ihrem Sockel fest verankert. Ein erfahrener Arbeiter besorgte Schweißbrenner. Das Denkmal wurde mit Stichflammen unterhalb dessen Knien durchgesägt und stürzte mit lautem Getöse zu Boden. Nur die Stiefel blieben stramm am Zementblock stehen, als würden sie darauf warten, von einem neuen Besitzer angezogen zu werden. Die Wut, die sich seit Jahren aufgestaut hatte, entlud sich gegen den Bronzekopf des verhassten Diktators.

Die Sowjets reagierten erbost. Sie ließen ihre Panzer vor dem Parlament in Budapest auffahren, in der Meinung, dadurch den Aufsässigen Angst und Schrecken einzujagen. Sie rechneten aber nicht mit dem Bumerang, der im großen Bogen zu ihnen zurückflog. In der Schule hatte man den Ungarn Russisch beigebracht. Nun standen diese russischsprechenden Ungarn vor den Einheiten der Sowjets, welchen wiederum »von oben« offiziell erklärt worden war, bei diesem »Pöbel« würde es sich um ausländische, imperialistische und reaktionäre Elemente handeln, die niedergerungen werden müssten. Die Wortführer der Versammelten begannen auf die Offiziere einzureden. Die Aufständischen hatten inzwischen den Radiosender besetzt. Von da aus berichteten sie: »Die Situation vor dem Parlament war anfänglich explosiv. Die bedrohlich erregten Gespräche beruhigten sich mit der Zeit. Die Kontrahenten kamen miteinander ins Gespräch. Den sowjetischen Einheiten wurde klar, dass sie Arbeiter, Studenten, Bauern und Angestellte vor sich hatten und keineswegs ausländische Agenten. Statt einzugreifen, schauten sie dem Treiben passiv zu.«

Der Bumerang flog eine Schleife und traf den Jäger.

Auch in den darauffolgenden Tagen griff die Besetzungsarmee nicht ein. Die Einzigen, die schossen, waren die Einheiten der AVO und AVH, des Geheimdienstes und der politischen Polizei. Sie feuerten auf die eigenen Landsleute, während die Sowjets mit den Händen in den Hosentaschen zuschauten. Oft ballerten sie nur in die Luft, ohne ersichtlichen Grund, nur um den Gegnern Angst und Schrecken einzujagen. Als Béla und sein Bruder eines Morgens vor einem Lebensmittelgeschäft anstanden, um Brot zu kaufen, bohrte eine Salve in niedriger Höhe über ihren Köpfen Löcher in die Hausfassade.

Ab und zu wurde einer dieser Schergen von der Menge gefasst und erbarmungslos und grausam gelyncht. Die erlittenen Schrecken, die Furcht und die Frustration führten zur Verblendung der Menschen und förderten die Selbstjustiz. In einem nahe gelegenen Park sah Béla die Leichen der Geheimdiensteinheiten. Sie waren alle verunstaltet. Er musste leer schlucken. Es zog ihm den Magen zusammen. Er musste ein weiteres Mal leer schlucken. Insgeheim hoffte er, ohne sich den Grund dafür erklären zu können, dass er keinen jener Polizisten entdecken musste, die damals bei ihnen nach dem Pater gesucht hatten. Er erinnerte sich, einer hatte ihm sogar das Haar gestreichelt. Vielleicht hätte er den grauenvollen Anblick noch schlechter ertragen, falls ihm das Gesicht eines Toten bekannt vorgekommen wäre. Die leblosen, geschundenen Körper waren an den Füßen in den Bäumen aufgehängt. Ihre Arme bammelten schlaff erdwärts. Sofort tauchten auch die Bilder von Mauthausen vor ihm auf. Er kämpfte gegen die Tränen an.

Die Mutter Bélas erlebte angsterfüllte Tage. Der Ausgang dieses Aufstandes war nicht vorauszusehen, die Unsicherheit über die Zukunft war groß. Dass der kommunistische Terror enden würde, konnte sie nicht glauben. Und beim Scheitern dieser Revolte befürchtete sie einen Rachefeldzug der Regierung, der jeden treffen konnte. Die Familie eines ehemaligen Offiziers wäre dann möglicherweise starken Repressalien ausgesetzt worden. Schlagartig verstärkten sich Ihre Befürchtungen, als sie eines Morgens auf dem Balkon ihrer Wohnung stand und einem Protestzug zuschaute, der vor ihrer Wohnung vorbeizog. Zu ihrem unbeschreiblichen Entsetzen erblickte sie ihre beiden Söhne, die inmitten der Reihen marschierten und laut die Slogans skandierten, die den Kommunismus und die Sowjetarmee verhöhnten. »Alle Ungarn, kommt mit uns!«, »Nieder mit der Diktatur!«, »Verjagt den Bären aus dem Land!« schrien alle rhythmisch abgehackt. Verzweifelt rief sie nach Béla und Istvàn, doch im großen Lärm konnten sie ihre Stimme nicht hören. Sie rannte auf die Straße hinunter und konnte die Kinder einholen. Außer Atem packte sie beide an den Armen und zerrte sie aus den Reihen der Protestierenden. Béla konnte nicht verstehen, warum er nicht mit den Patrioten gehen durfte. Widerwillig folgte er seiner Mutter.

Bald darauf geschah etwas Unerwartetes: Die sowjetische Besatzungsarmee wurde nach Hause zurückgerufen. Sie hatte sich als nutzlose Dekoration erwiesen, was dem Zaren Chruschtschow in Moskau offenbar nicht reichte. Am 27. Oktober 1956 geschah das Wunder: Ungarn feierte seine zurückeroberte Freiheit. Freiheit! So dachte wenigstens die gutgläubige Bevölkerung. Grenzenlose Freude herrschte, alle Dämme waren gebrochen, alle Menschen liebten einander. Oder fast alle. Denn die AVO und die AVH schossen weiter aus dem Hinterhalt auf die Menschen, die arglos durch die Straßen flanierten – das Morden dauerte an. Indessen stellten jene in Moskau neue Truppen zusammen: klein gewachsene Soldaten aus der Inneren Mongolei, denen die umgehängten Gewehre beim Laufen an die Fersen schlugen. Und diese Soldaten erwiesen sich als gefügig; hätte man ihnen befohlen, auf ihre eigene Mutter zu schießen, so hätten sie das ohne Zögern getan.

Dann folgte der Theatercoup. Die Sowjets holten ein Parteimitglied aus der Versenkung, das anfänglich zwar auf der Seite der Revolution stand, doch dann einen Karrieresprung gewittert hatte und sich nun zu den Revolutionsgegnern, den Sowjets, gesellte. Dieser Mann hieß Jànos Kàdàr. Er war der Gründer der gefürchteten politischen Polizei AVH. Und auf ihn berief sich die Besatzungsmacht, wenn sie behauptete, jemand hätte sie im Namen des Volkes um ihre Mithilfe gebeten, den Aufstand niederzuschlagen. Der Vorwand war geschaffen, man konnte den Weg von Moskau nach Budapest erneut einschlagen.

Mit der vermeintlichen Freiheit war es schon nach einer Woche aus. Im Morgengrauen des 4. Novembers erwachte die Stadt durch das Donnern von Kanonenschüssen und Explosionen.

Béla rannte zum Fenster und sah, dass viele helle Lichtstreifen über das Quartier zogen. Aber es war kein Feuerwerk, wie
jenes, das vom Regime aus Dankbarkeit für den sowjetischen
Einmarsch am 4. April 1945 veranstaltet worden war. Diesmal
wurde Budapest von außen mit Kanonen beschossen. Schon
wieder. Erneut waren sie da, die Unterdrücker, wo auch immer
sie im Laufe der Geschichte hergekommen sein mochten. Tür-
ken, Habsburger, Russen oder Deutsche, die auftauchten, mor-
deten, zerstörten, die jedes Mal nur Tod und Leid hinterließen.
Sollte das Schicksal des ungarischen Volkes nie eine Wendung
nehmen? Mit wehmütigem Selbstmitleid sangen die Ungarn
ihre Nationalhymne: »Dieses Volk hat bereits für Vergangenheit und Zukunft gebüßt«.

Béla sah dem Spektakel verwirrt zu. Augenblicklich verstand
er, was hier ablief. Seine Kehle schnürte sich zusammen. Der
Angriff war so intensiv, dass er das Schlimmste befürchten
musste. ›Irgendwer zerstört unsere Stadt‹, dachte er. Inzwischen
standen auch seine Mutter und István neben ihm am Fenster.
Wortlos, vor Angst gelähmt, blickten sie auf den Himmel, der
von Artilleriegeschossen zerfetzt war. Als Erste fasste sich die
Mutter: »Kommt Kinder, es ist zu gefährlich hier. Wir gehen in
den Keller.« Sie zog die Buben vom Fenster weg.

Nach dem Einmarsch der Sowjets verhallten große, gewich-
tige Worte in der Welt, die UNO tadelte die Russen für ihren
Imperialismus, aber als dann Chruschtschow aus Protest gegen
diese Einmischung in seine »inneren Angelegenheiten« erbost
mit seinem Schuh auf das Rednerpult hämmerte, beließ man
es bei einem müden Lächeln und bei anerkennendem Lob für
den Mut dieser kleinen, heldenhaften Nation. Ungarns Schicksal wurde abgehakt. Es galt wichtigere Probleme zu lösen: die
Panamakrise, die Interessen Israels, das internationale Geld.

Die Ohnmacht, die Béla verspürte, war lähmend. Ein hei-
liges Feuer loderte in seinem Herzen, das alles zu verbrennen
wünschte, was ungerecht war. So träumte er von der Stärke eines mächtigen Gottes, um diese verpfuschte Welt in Ordnung zu
bringen. Aber diese Kraft wurde ihm nicht zuteil und Béla blieb

nur übrig, auf den Tag zu hoffen, da er mit Waffengewalt gegen die Besetzer kämpfen konnte. Er sehnte sich nach dem Berg, dessen Gipfel den Blick auf eine heile, von den Sonnenstrahlen erleuchtete Welt eröffnete. Er wollte auf das Wahre hinunterblicken können, wie es ihm einst Guszti bàcsi vorausgesagt hatte.

In den Tagen, die auf die Invasion folgten, intensivierten sich die Kämpfe. Natürlich blieb die sowjetische Armee überlegen. Gnadenlos schnürte sie die Stadt ein, danach konnten sich die Widerstandsnester nicht mehr lange halten. Als die Panzer der Aggressoren zu den Wohnsiedlungen vorrückten, setzten ihnen die Aufständischen mit Molotowcocktails zu. Die brennenden Tanks ließen der Besatzung kaum eine Wahl: Entweder wurden die Männer im Innern lebendig verbrannt oder sie mussten die Luke öffnen und mit erhobenen Armen herauskommen, um in die Schlünde von geladenen Gewehren zu blicken. Die Augen der jungen, russischen Grenadiere starrten mit Todesangst auf die Ungarn, die ihr Kriegsgerät in Brand gesetzt hatten. Die Soldaten waren sichtlich erleichtert, dass sie nur festgenommen wurden. Wie stets in solchen Fällen dienten sie als Spielgeld für einen späteren Gefangenenaustausch. Doch die Übermacht der Invasoren ließ den Widerstandskämpfern keine Chance. Die Gefechte forderten hunderte Opfer. Und wieder erinnerte sich Béla an die entsetzlichen Bilder von Mauthausen: In den Straßen von Budapest fuhren schweigende und zu Boden blickende Menschen ihre Angehörigen auf Ziehkarren zum Friedhof. Die Opfer lagen nicht in Särgen, denn die Zeit zwischen zwei Kampfhandlungen reichte nicht aus, eine würdige Bestattung vorzunehmen. Die Beine und Arme der Toten hingen herunter. Von den leeren Hüllen in Mauthausen unterschieden sie sich bloß insofern, als diese hier bekleidet waren.

Die sowjetischen Leichen, die in den Panzern verbrannt waren, blieben am Straßenrand liegen. Dort wurden sie mit Kalk übergossen und warteten darauf, irgendwann später bestattet zu werden. Béla blickte traurig auf sie. Zwar waren sie Feinde, Aggressoren, doch jung und verlassen, ohne jemanden, der sich um sie gekümmert hätte.

Immer stärker rückte die Besatzungsarmee, aber auch die ungarische Geheimpolizei den Rebellierenden zu Leibe. Die Budapester Straßen verwandelten sich in Kampfgebiete. Regelmäßig zwang das die Bevölkerung dazu, sich in Luftschutzräume zu begeben, denn die Gewehrkugeln kannten keinen Unterschied zwischen Freund und Feind. Auch die Familie Bélas zog sich, wie alle anderen Bewohner des Wohnblocks, in den Keller zurück. Der überfüllte Raum hatte keine Fenster, die Kohlenrutsche war mit einer Holzvorrichtung und einem Gitter verschlossen. Béla litt unter der unangenehm stickigen Luft. Die Körperausdünstungen der Leute und der Geruch der mitgebrachten Mahlzeiten vermengten sich zu einem beinahe unerträglichen Gestank. Der Mief von Schweiß, Kartoffelsuppe und Sauerkraut erzeugten Brechreiz. Als sich dann zwei Männer eine Zigarette ansteckten, platzten die Nerven eines pensionierten Briefträgers.

»Wollt ihr uns alle in diesem Loch ersticken lassen?«

»Im Gegenteil, Alter. Die Zigaretten lassen deine Fürze erträglicher erscheinen«, antwortete einer.

»Du bist zu fest den Weihrauch gewohnt! Renn also zur Kirche, wo es besser riecht«, meinte der andere.

Es wurden wilde Beschimpfungen ausgetauscht, bis am Schluss alle durcheinanderschrien.

Verschüchtert und eng gedrungen hockten Béla, sein Bruder und seine Mutter auf einer alten Wolldecke. In dieser Situation war es unvermeidlich, dass sie in Schulterkontakt mit den Personen neben ihnen, der Nachbarsfamilie Vass, kamen. Anfänglich starrten alle schweigend vor sich hin. Aber zu sagen hatten sie sich selbst hier nichts.

Der unerwartet einbrechende Motorenlärm eines tieffliegenden Flugzeugs erschreckte alle. Béla biss sich auf die Lippen. Er stellte sich vor, dass die Häuser so lange den Fluglärm abgeschottet hatten, bis die Propeller über die Straßenschlucht ratterten. Alle erstarrten vor Schrecken, denn sie wussten, dass gegen Bombenangriffe der Kellerraum nicht solide genug gebaut war.

Bélas Mutter bekreuzigte sich hastig, der Nachbar Vass flüsterte, als würde man ihm draußen hören können: »Bitte, bitte, bombardiert uns nicht!«

»Dann wären wir alle tot«, meinte jemand in der Ecke des Kellers.

»Gott möge uns beistehen«, erbat sich Frau Vass Hilfe vom Allmächtigen.

Zur Erleichterung aller, nach einer Weile verebbte der Fluglärm. Tiefe Seufzer waren zu hören. Allmählich löste die schwindende Angst alle Zungen. Der Nachbar Vass wandte sich an Bélas Mutter und kehrte zum trauten Du früherer Freundschaft zurück. »Meinst du nicht, wir sollten die alte Geschichte begraben?«

»Ja, Elemér, falls wir hier sterben, wollen wir doch diese Ranküne nicht mit uns hinüberschleppen.«

Mit diesen wenigen Worten war nach sieben Jahren das Kriegsbeil begraben. Und einige Zeit später sollte die Familie Vass das Leben Bélas tief greifend und für immer verändern.

Um diese Zeit lag die ungarische Revolution schon in der Agonie. Ein letzter Ansturm der Besetzungsarmee erstickte die vereinzelt kämpfenden Widerstandszellen. Zwar fuhr Radio »Freies Europa« fort, die Aufständischen mit Versprechen auf Hilfe – auf militärische Hilfe wohl verstanden – zum Durchhalten zu motivieren. Doch den Worten folgten keine Taten, nur viele unnötig geopferte Menschenleben. Dann verebbten allmählich auch die aussichtslosen Kampfhandlungen, bevor mit den letzten Gefallenen auch die Hoffnung eines ganzen Volkes starb. Inzwischen hatte die Marionettenregierung den Ausnahmezustand verhängt. Nach Einbruch der Dunkelheit wurde ein Ausgehverbot verordnet. Die kommunistische Heilslehre war gerettet. Jetzt konnten die Bürger aus den Luftschutzräumen hervorkriechen und ins Paradies zurückkehren.

Es waren erst drei Wochen seit dem denkwürdigen Friedensschluss zwischen Bélas Mutter und der Familie Vass vergangen, als es am Abend an der Türe von Bélas Familie läutete. Draußen stand Elemér Vass. Mit der Selbstverständlichkeit früherer Zeiten bat ihn Bélas Mutter herein. Im Flüsterton, als müsse er die

Ohren der Wände austricksen, erzählte er: »Meine Frau und die Töchter sind seit zwei Tagen in Sopron bei Verwandten.«

Sopron war eine Grenzstadt zu Österreich, wo sie Ödenburg genannt wird. Sie ragte wie ein Sporn in das Nachbarland hinein und diente als Ausgangspunkt für viele Menschen, die in den Westen flüchten wollten. So nützte auch die Familie Vass ihre verwandtschaftlichen Banden, um die Möglichkeiten einer Flucht nach Österreich auszukundschaften. Elemér Vass blieb zunächst zurück, denn hätte auch er die Wohnung verlassen, wäre diese beschlagnahmt worden. Eine verlassene Behausung erweckte den Verdacht des Fluchtversuchs. Es dauerte jeweils nicht lange, bis jemand die Behörden auf die Abwesenheit der Bewohner aufmerksam machte. Gleichzeitig empfahl dieser dann, dort seine Verwandten oder Freunde einzuquartieren. Genau das aber wollte Vass nicht riskieren. Jetzt stand aber fest, dass ein Schlupfloch nach Österreich vorhanden war. Frau Vass telegrafierte an ihren Mann: »Tante Piri ist schwer erkrankt. Komm unverzüglich.«

Vass erklärte der Mutter Bélas: »Morgen früh fahre ich nach Sopron. Ihr könnt mit mir kommen. Ich helfe euch über die Grenze.«

Bélas Mutter war überrumpelt.

»Das kommt ziemlich unerwartet.«

»Ich weiß, doch solange es nicht mit Sicherheit feststand, dass wir gehen, konnte ich dich nicht einweihen. Kommt ihr mit mir, so müsst ihr um fünf Uhr bereit sein.«

»Was muss ich mitnehmen?«

»So wenig wie möglich. Kleider und Wäsche zum Wechseln, Toilettenartikel. Nichts Überflüssiges, das ist hinderlich. Ihr braucht etwas Geld, denn nebst Bahntickets müssen auch andere Spesen gedeckt werden.«

Vass hatte es eilig. »Ich bin nebenan, falls ihr Fragen haben solltet«. Dann ging er in seine Wohnung zurück.

Die Mutter Bélas sank auf einen Stuhl. Sie starrte bewegungslos vor sich hin. Nach einer Weile raffte sie sich auf.

»Kinder, wir gehen nach Österreich. Herr Vass hilft uns rüber.«

Béla riss die Augen auf. Er war schockiert.

»Mir kommt es nicht in den Sinn, Ungarn zu verlassen. Hier warten wichtige Aufgaben auf mich.«

»Welche denn?«, wollte die Mutter wissen. Mit skeptischem Gesichtsausdruck betrachtete sie ihren Sohn.

»Ich will bei der nächsten Revolution gegen die Russen kämpfen.«

Mit dieser Reaktion hatte die Mutter nicht gerechnet. Sie brachte nun Dutzende von Gründen vor, um Béla zu überzeugen. Er wollte nicht einlenken.

»Und im Übrigen will ich unter keinen Umständen Zoli verlassen.«

Béla bemerkte die Verzweiflung seiner Mutter. Als sie sich gegen die Türe wandte, glaubte er, sie würde den Nachbarn um Unterstützung bitten. Doch dann fiel ihr etwas anderes ein.

»Béla, denkst du eigentlich nicht daran, dass du einen Vater hast, der auf uns wartet? Du schließt ihn doch jeden Abend in deine Gebete ein. Jetzt, wo du endlich zu ihm gelangen kannst, stellst du dich stur. Hast du nicht immer deine Freunde beneidet, weil sie einen Vater haben und du nicht? Dazu kommt, dass ich es alleine kaum schaffe, euch zu ernähren. Merkst du das nicht?«

Der Mutter standen Tränen in den Augen. Und Béla fühlte sich ganz schlecht, als er seine Mutter so sah. Ihre Worte hatten die gehoffte Wirkung erzielt. Sein Widerstand war gebrochen. Er warf sich weinend an die Brust seiner Mutter und gab nach.

Natürlich besaß Bélas Mutter kein Bargeld, jedenfalls nicht genug, um auf eine einigermaßen ausreichende Summe zu kommen. Einen Untermieter, den sie um Beistand bitten konnte, hatte sie seit Pater Szabolcs nicht mehr aufgenommen. Seine Sachen wurden nicht abgeholt, denn die Verwandten schienen zu befürchten, die Polizei würde sie befragen, sollten sie aufkreuzen. Das Zimmer des Priesters blieb unbewohnt. Der bescheidene Zustupf in den Einkünften der Familie fiel aus. Was tun? Es war der Mutter wegen der Ausgangssperre auch nicht möglich Freunde aufzusuchen. Sie ging zu Vass hinüber. Als dieser ihre Hilflosigkeit sah, riet er ihr, bei einigen vertrauenswürdigen Hausbewohnern die wenigen Sachen zu verkaufen, die noch im Besitz der Familie waren. Das Silberbesteck der Großeltern, zwei Perserteppiche und ein Ölgemälde wurden zu Schleuderpreisen veräußert. Doch es ging hier nicht darum, ein Geschäft zu erzielen, sondern die notwendigen Voraussetzungen zur Flucht zu schaffen. Was würde ein Ertrinkender in der Wüste für ein Glas Wasser geben?

Die Nachbarn besichtigten einer nach dem anderen die Wohnung, um die Objekte auszusuchen, die sie an dieser improvisierten Versteigerung erwerben konnten. Die Aktion barg Gefahren in sich. Jemand hätte die Familie verpfeifen können. Dann wäre alles verloren gewesen: Hab und Gut sowie Zukunftspläne. Glücklicherweise war keiner der Mitbewohner des Hauses ein Spitzel. Einige kauften und so kam etwas Geld zusammen, das Abenteuer konnte beginnen.

Bei dieser Aktion zog sich Bélas Herz zusammen. Diese Stücke waren Teil seines Lebens, begleiteten die Familie im Alltag. Sie hatten ihren festen Platz in seiner Vorstellung. Jetzt, wo sie veräußert wurden, nahmen sie auch ein Fragment der vertrauten Welt Bélas mit. Zum ersten Mal erfuhr er, dass er nichts für immer festhalten konnte. Er musste lernen loszulassen. Alles. Und am Schluss, wo wirklich alles losgelassen wurde, stand die Leere. Das sah Béla erst viel später ein.

Die Pose, die Béla seiner Mutter gegenüber eingenommen hatte, passte eigentlich nicht zu ihm. Er war nun einmal kein Heldentyp. Und auch wenn er ab und zu Mut aufbrachte, stellten ihn viele seiner Altersgenossen in den Schatten. Er war autoritätsgläubig, ordnete sich wenigstens äußerlich allen Vorschriften unter, denn offene Auflehnung war nicht seine Tugend. Die Geschichte mit Pater Szabolcs und der Polizei erfüllte ihn mit stillem Stolz, denn er verstand sie als echte Mutprobe. Doch eine Heldentat war das nicht. Zwar imponierten ihm, wie jedem

Jungen in seinem Alter, echte Heroen, doch er wusste auch, dass er nicht aus dem Holz dieser Idole geschnitzt war. Die Rolle, in der sich Béla sah, die Rolle eines Kämpfers für sein Land war vielleicht nur ein Wunschtraum. Dennoch kostete ihn der Verzicht darauf ein großes Opfer.

Doch im Moment lenkten ihn andere Aufgaben von diesen Gedanken ab. Jetzt galt es, den Koffer zu packen.

»Nehmt nur das Nötigste mit«, erinnerte sich die Mutter an die Anweisung, die Vass gegeben hatte.

»Wir werden ziemlich viel zu Fuß gehen müssen.«

Dennoch ließ es sich nicht vermeiden, dass die beiden Buben Ballast verstauten. Ihre zwei Plüschbären etwa, die nach ihrer Auffassung auch zur Familie gehörten. Sie sollten die Brücke der Erinnerung an all das bilden, was die Jungen hinter sich lassen würden. Indessen legte die Mutter, neben Kleidern und Wäsche, auch auf einige kleine Gegenstände wert, die sie im Notfall verkaufen konnte. Eine Brosche, die noch ihre Mutter getragen hatte, einen versilberten Fotorahmen, eine Porzellanfigur aus der berühmten Manufaktur Herend. Zwei mittelgroße Koffer wurden vollgestopft.

Daraufhin begann eine Nacht mit wirren Träumen für Béla. Bei Erwachen sah er seiner Mutter an, dass sie kein Auge zugetan hatte.

Es war noch stockdunkel, als Béla mit seiner Mutter, seinem Bruder und dem Nachbarn Vass aus dem Haus ging. Kalt und feucht umfing sie der winterliche Morgen. Die Straßen waren wegen der nächtlichen Ausgangssperre nicht beleuchtet, wodurch die Atmosphäre etwas Gespenstisches bekam. Der milchige Nebel verwischte die Konturen der Häuser und befeuchtete die Straßen, als hätte es in der Nacht geregnet.

Vass befürchtete, dass sie von einer Patrouille gesehen und aufgegriffen werden könnten. Deshalb ließ er die drei immer wieder in den Hauseingängen Schutz suchen und erst wieder ein Stück weitergehen, wenn er sich versichert hatte, dass die Luft rein war. Allerdings schienen die Ordnungskräfte nicht mehr sehr gründlich zu kontrollieren, denn immer mehr Menschen erschienen auf den Straßen und gingen unbekümmert ihren Weg. Der Aufstand war erstickt, die wenigen Widerstandsnester bedeuteten für die sowjetischen Besetzer keine wirkliche Gefahr mehr. Die chaotischen Ereignisse hatten den Verputz im Paradies ein wenig abbröckeln lassen, doch die beschädigten Fassaden sollten schon bald wieder übertüncht werden. Jede Erinnerung an das Geschehene musste ausgelöscht werden.

Der Südbahnhof lag am nächsten zur Wohnung Bélas. Fahrplanmäßig fuhr allerdings der Zug nach Sopron nicht von dort los. Deshalb wurde es nötig, mit der Tram die halbe Stadt zu durchqueren, um die Reise mit dem Zug antreten zu können. An einen geregelten Betrieb der öffentlichen Verkehrsmittel war nicht zu denken. Die wenigen Trams, die zu einer so frühen Stunde verkehrten, waren für Personen gedacht, die mit einer Spezialerlaubnis von der Ausgangssperre befreit waren. Zum Glück der Familie und des Nachbarn wurden keine Kontrollen mehr durchgeführt. Die Gruppe konnte also unbehelligt einsteigen, als endlich die Straßenbahn an der Haltestelle vorfuhr.

Béla blickte in verschlafene Gesichter. Männer und Frauen, die ihren Weg zur Arbeit zurücklegten und sich wenig für die anderen Fahrgäste interessierten. Wegen der Anwesenheit des Nachbarn Vass sahen sie, so überlegte Béla, wie eine normale Familie aus.

Auf der kurzen Strecke, die sie zu Fuß zurücklegen mussten, schleppte Béla beide Koffer, denn sein Bruder war noch zu klein und schwach für diese Aufgabe. Die Mutter half ab und zu mit, doch Béla fühlte die Verantwortung als »ältester Mann« in seiner Familie und trug trotz seiner schwächlichen körperlichen Konstitution mit stolzem Selbstbewusstsein die verbliebene Habe. Am Bahnhofsplatz hielten drei sowjetische Panzer Wachdienst. Das ungarische Militär ließ man in den Kasernen, da sie die »Befreiungsarmee« mit Misstrauen erfüllte, nachdem der Oberkommandierende der Armee, Paul Maléter, sich auf die Seite der Aufständischen geschlagen hatte und den Posten des Verteidigungsministers im kurz zur Freiheit gelangten Land einnahm. Der General wurde mit einem falschen Versprechen der Sowjets zusammen mit dem damaligen Ministerpräsidenten Imre Nagy zu Verhandlungen eingeladen. Man gab ihnen die ausdrückliche Zusicherung zum freien Abzug. Die beiden wollten weiteres Blutvergießen vermeiden und hofften auf eine friedliche Einigung mit den Besetzern. Ihre unverzeihliche Naivität wurde von den verräterischen Russen ausgenutzt und sie wurden unverzüglich nach ihrem Eintreffen in Handschellen gelegt, eingekerkert und nach einem schändlichen Schauprozess später hingerichtet. Die Sowjets wollten also jedes Risiko ausschließen und verzichteten auf die Unterstützung der »befreundeten« ungarischen Armee. Daher wachten an diesem Morgen nur noch sowjetische Panzer über die Budapester Straßen, nicht aber das ungarische Militär. Béla schleppte das Gepäck der Familie, während er vor den tief hinuntergelassenen Kanonenrohren entlangging, und fragte sich, warum er in den Schlünden eine Spirallinie gesehen hatte.

Als die Flüchtenden den Bahnsteig erreichten, warteten dort schon viele Leute. Den Zug konnte Béla nirgends entdecken. Außerdem verhieß es nichts Gutes, dass der Schalter für die Fahrkarten geschlossen und weit und breit kein diensttuender Schalterbeamte zu finden war. »Wahrscheinlich«, meinte Vass, »müssen wir die Fahrscheine im Zug lösen.«

Die chaotischen Zustände, die in der Stadt herrschten, hatten sich auch auf den Fahrplan ausgewirkt. Entgegen der ursprünglichen Information sollte der Kurs nach Sopron doch am Südbahnhof beginnen. Das ging Béla schlagartig auf, als der Zug einfuhr. Unverzüglich verstand er, welche fatale Auswirkungen dieser Umstand für seine Familie bedeutete. Nicht nur, dass sie inmitten der vielen Wartenden stundenlang stehend ausharren musste. Darüber hinaus wurde bei der Einfahrt des Zuges allen klar, dass dieser schon zum Bersten voll war. Absolut unmöglich, auch nur die Türen zu öffnen. Jeder Einstieg war von Reisenden versperrt, die sich eng aneinanderdrängten.

Vass gestikulierte verzweifelt mit den Armen. Sollte ihre Reise zu Ende sein, bevor sie überhaupt begonnen hatte?

Hilfesuchend rannte Bélas Mutter von einer Türe zur anderen. Doch auch sie konnte keine freie Stelle erspähen, wo die Familie hätte zusteigen können.

Nachdem jede Hoffnung auf einen Ausweg aus dieser verfahrenen Situation zu schwinden schien, tat sich unvermittelt doch ein kleiner Spalt der Zuversicht auf. Ein junger Mann, der im Gang eines Waggons stand, hatte erfasst, wie verzweifelt Bélas Mutter umherlief. Er zog das Fenster hinunter und winkte ihr zu, sie solle doch durch diese Öffnung hereinkommen. Zwar weigerte sie sich zunächst, als Erste in den Zug zu klettern.

»Dann bin ich allein im Zug. Das hat keinen Sinn.«

Doch Vass sicherte ihr zu: »Deine Söhne werden dir gleich folgen. Dann komme ich auch nach.«

Vass winkte einen Jungen herbei und gemeinsam hievten sie Bélas Mutter hoch. Ein Mann am Fenster ergriff ihre Hände und half mit, sie hinaufzuziehen. Von unten gestoßen, von oben gezogen stand sie schon bald im Gang des Waggons.

Bélas Herz pochte heftig. ›Was geschieht, wenn der Zug jetzt losfährt?‹, fuhr ihm durch den Kopf. Er ängstigte sich mehr um seine Mutter als um sich selbst. Doch viel Zeit blieb ihm zum Überlegen nicht. Schon kamen die Kinder an die Reihe. Zuerst Bélas Bruder. Der war schnell hochgezogen und selbst Béla war dann im Nu eingeladen. Der Nachbar reichte die Koffer nach, womit sich die Platznot zusehends erhöhte. Als Letzter sollte Vass einsteigen. Jetzt entstanden größere Schwierigkeiten. Denn Vass war korpulent, hoch von Wuchs, ungeschmeidig und nicht sehr sportlich. Es brauchte drei Männer, die ihn an den Beinen hochhielten und zwei weitere, die von oben an seinen Armen zogen. Mit enormer Mühe wuchteten ihn allen gemeinsam auf die Fensterkante. Dann geriet die Aktion ins Stocken. Vass war eingeklemmt, sein ansehnlicher Bauch wollte nicht durch die Öffnung rutschen. Hilflos zappelte er mit den Beinen, die sich nun auf der Höhe des Fensters befanden.

Die surreale Szene erinnerte an ein Bild, das Béla in einer Zeitschrift gesehen hatte, wo sich ein Frosch eine Heuschrecke geschnappt hatte, die er zu verzehren beabsichtigte. Ihr halber

Körper verschwand im Rachen des Frosches, während die Beine in die Luft ragten.

Zuerst fand Vass keine Lösung, sich aus dieser unbequemen Position zu befreien. Die Umstehenden waren sich der Gefahr bewusst, in der sich der Eingeklemmte befand, dennoch war es nicht zu verhindern, dass ein schallendes Gelächter die Szene begleitete. Charlie Chaplin hätte die Komik nicht besser arrangieren können. Vass' Gesicht wurde immer röter. Bélas Mutter rief aufgeregt: »Du wirst noch einen Hirnschlag erleiden. Versuch doch auszuatmen und den Bauch einzuziehen.«

Vass hätte den Ratschlag gerne befolgt, doch er war von der Anstrengung stark entkräftet und nicht fähig, die Kraft dazu aufzubringen. Er hechelte wie eine Gebärende und diese schien die richtige Methode zu sein. Die zwei Männer, die zuvor an Vass' Armen gezogen hatten, pressten nun seinen Bauch zusammen und so kam er mit kurzen Schüben durch die Fensteröffnung.

Damit hatte sich aber sein Problem noch nicht gelöst, denn er landete kopfabwärts im Handstand, mit den Füßen in der Luft. Da aber der Gang des Wagens so prall mit Menschen gefüllt war, dass zwischen ihnen selbst ein Strohhalm kaum Platz gefunden hätte, konnte sich der Unglückliche nicht drehen und sich auf die Beine stellen. Erst nach einer energischen Schubserei der Reisenden konnte etwas Platz geschaffen werden, damit sich Vass aus dieser misslichen Lage befreien konnte. Hilflos kauerte er auf dem Boden, bis ihn einige kräftige Jungen hochhoben und auf die Füße stellten.

Das Gedränge war unangenehm, die Luft roch nach Schweiß und Urin. Alle machten sich auf eine sehr beschwerliche Fahrt gefasst. Der Zug hielt an jeder Station, an ein schnelles Vorwärtskommen war deshalb nicht zu denken. Die Fahrgäste begannen miteinander zu sprechen. Vorsichtig und leise, als würden sie einander wichtige Geheimnisse eröffnen. Das Thema war stets dasselbe: wohin man reisen würde. Jeder hielt auf diese Frage eine Antwort bereit. Natürlich wollte niemand zugeben, dass er zu einer Grenzgemeinde fahren wollte, denn dann wäre seine

Absicht, nach Österreich zu fliehen, sofort ersichtlich gewesen. Folglich hieß es bei einem, er würde nach Tata zu seinen Eltern reisen, ein anderer gab Györ als Ziel an, ein dritter wünschte, seinen Freund in Komàrom zu besuchen, und ein vierter hatte in Csoma zu tun.

Der Zug erreichte eine dieser Stationen nach der anderen, doch keiner der vorausgesagten Absichten wurde verwirklicht. Niemand stieg aus, alle verharrten im Zug. Demnach genügte ein schelmischer Blick untereinander, der mehr als viele Wörter sagte.

Es hatte sich bald schon herausgestellt, dass außer Vass niemand in der Lage gewesen war, durch örtliche Kenntnisse oder Bekanntschaften die Flucht vernünftig vorzubereiten. Und dieser Nachbar erwies sich, wie Béla zufrieden feststellte, als großartiger Mensch. 13 Unbekannte lud er ein, mit ihm zu halten. Für die Nacht verteilte er sie auf verschiedene Bekannte in Sopron.

Bélas Familie konnte Vass bei einem alten Schneidermeister einquartieren. Die Tochter bereitete ein kleines Abendessen vor und führte dann die drei in ein Zimmer, wo der Schneider schon schnarchend schlief. Sie wies sie an, ruhig zu sein, wenn auch der alte Mann schwerhörig war.

Die breite Matratze, auf der sich die Gäste niederlegten, wies eine Mulde in der Mitte auf. Vergebens kämpften die Buben gegen die Schwerkraft an, immer wieder drückten sie gegen die Mutter. Flüsternd versuchten sie, die Liegeordnung so zu organisieren, dass alle schlafen konnten. Das breite Bett ermöglichte ihnen, in der Querrichtung zu liegen. Da sie vor Aufregung schon die Nacht vorher kaum ein Auge zugetan hatten, mussten sie diesmal unbedingt ausruhen, denn am nächsten Morgen wartete ein harter, gefährlicher und entscheidender Tag auf die Familie.

Obwohl der Hausherr schlecht hörte, nahm er das ungewöhnliche Treiben wahr und schlug Alarm. »Wer ist da, wer ist da?«, rief er verärgert aus. Béla rührte sich vor Angst nicht. Er hörte, wie sich der Alte vom Bett erhob und befürchtete, dass dieser jetzt auf die Familie losging. In der Dunkelheit hatte der Schneider dabei einen Nachttopf umgestoßen. Laut, mit wüsten Schimpfwörtern ließ er seinem Zorn freien Lauf. Er tappte auf dem Nachttisch mit den Händen und suchte nach der Öllampe. Zum Glück für alle drang der Lärm ins Nebenzimmer. Schon nach kurzer Zeit kam seine Tochter ins Zimmer gestürzt, um ihrem Vater zu erklären, dass die Tante ihres Mannes mit ihren Kindern die Nacht hier verbringen würde. Der Alte beruhigte sich, schlief wieder ein und reizte die Buben mit diversen Körpergeräuschen zum Lachen.

Schließlich konnten die drei einschlummern, doch als die Tochter sie in aller Herrgottsfrühe zum Aufbruch weckte, fühlten sie sich alle wie gerädert. In höchster Eile trank noch jeder eine Tasse Milch, dann gingen sie aus dem Haus. Als sie aus dem Tor traten, wartete Vass schon mit seiner Familie auf sie. Béla blieb erstarrt stehen. Die Welt grüßte im weißen Winterkleid. Der erste Schnee war gefallen. Vass schüttelte den Kopf. »Eine schlechte Voraussetzung für die Flucht«, brummte er sichtlich angsterfüllt vor sich hin.

Alle zitterten. ›Ist es die Kälte oder die Angst, die uns schlottern lässt?‹, fragte sich Béla.

Nach wenigen, endlos erscheinenden Minuten hellten sich Vass' Gesichtszüge auf. Es war Motorenlärm zu hören. Ein Lastwagen fuhr vor und Vass wies die Familie an, auf die Ladefläche zu klettern. Hier lagen schon einige Menschen bäuchlings auf der Planke. Erst als sie leise grüßten, erkannte Béla, dass er sie am Vortag schon im Zug hatte reisen sehen.

Auch die Neuen erhielten die Aufforderung, sich hinzulegen, damit die Passanten nicht sehen konnten, dass Menschen auf dem Transporter reisten. Sie streckten sich auf der verbeulten und rostigen Ladefläche aus, die Spuren von schlammiger Erde aufwies. Béla vermutete, dass man diese kürzlich transportiert hatte.

Als der Lkw ratternd losfuhr, kam Béla die Reise auf dem Militärlaster in den Sinn, die er als Kind erlebt hatte. Die Erinnerung weckte in ihm eine bedrückende Furcht. ›Wenn das nur gut geht!‹, dachte er. Im Stillen begann er das Vaterunser aufzusagen. Als er sein Gebet beendet hatte, kehrte seine Ruhe zurück. Neugierig betrachtete er auf dem Rücken liegend die vorbeiziehenden Gebäude. Ab und zu wurde ein Fenster in den oberen Stockwerken der Häuser geöffnet. Dann blickten die Frühaufsteher von oben auf eine reglose Gruppe, die auf der Ladefläche lag.

Als die letzten Schützlinge von Vass abgeholt waren, lagen 20 Menschen auf dem Laster, die Familie Vass, Béla mit Mutter und Bruder und 13 Fremde. Alle schienen äußerst verunsichert. »Hoffentlich fährt man uns nicht gleich zur Polizei«, flüsterte ein alter Mann seiner Frau ins Ohr. Béla, der gleich neben ihm lag, hörte die leise Bemerkung.

›Der meint wohl, dass Vass ein Agent der kommunistischen Partei ist‹, dachte er. Er wollte zunächst darauf eingehen, ließ aber davon ab, denn der Alte blickte ihn mit einem stechenden Blick an. Er musste bemerkt haben, dass Béla seine Äußerung verstanden hatte.

Dies geschah auf den Tag genau 30 Tage nach dem Beginn der Revolution.

Die Fahrt dauerte nicht länger als eine Viertelstunde, dann hielt der Lastwagen an einem Waldrand an. Der Fahrer ließ alle absteigen und wies Vass an, die restliche Strecke zur Grenze zu Fuß fortzusetzen. In wenigen Sätzen gab er ihm nützliche Anweisungen zur Topografie und zu den Verstecken, die sie kennen sollten, um den Fallen der Grenzwacht entkommen zu können. Dann fuhr er schnell davon und ließ eine verunsicherte, ratlose Gruppe zurück.

Ziemlich verdattert standen die Flüchtenden am Straßenrand. Die weiße Landschaft entblößte gnadenlos alles, was sich in ihr bewegte. Schutzlos und ohne Tarnung waren ihre Aussichten, von den Grenzwächtern unbemerkt durch den Todesstreifen zu kommen, sehr gering. »Kommen wir bei diesen Bedingungen durch?«, wurde Vass schüchtern von einer Frau gefragt. Béla erahnte, dass die besorgten Blicke und das vielsagende Schweigen des Nachbarn nichts Gutes verhießen. Nach kurzem Zögern raffte er sich zu einer Antwort auf.

»Wir haben eine Chance, also müssen wir sie nutzen«, meinte Vass. Er gab der Gruppe ein Zeichen, ihm zu folgen. Die Gruppe zog los und formierte sich zum Gänsemarsch.

Eine Frau konnte ihre Angst nicht loswerden und begann einen Fall aufzuzählen, wo der Fluchtversuch gescheitert war.

»Der Bruder meines Schwiegervaters wurde bei Hegyeshalom erschossen«, gab sie zum Besten.

»Und wenn man dich lebend schnappt, dann wirst du zurückgebracht und gehst für Jahre ins Gefängnis«, erwiderte ein anderer.

»Der Sohn eines Bekannten hatte Bretter auf die Achsen des Schnellzuges nach Wien gelegt, band sich darauf an und reiste so über die Grenze. Zufällig, nach zwei Wochen fanden sie ihn. Erfroren«, wusste ein anderer zu erzählen.

Vass reagierte sehr verärgert. »Wenn ihr aussteigen wollt, könnt ihr umkehren und euch in Sicherheit bringen«, sagte er.

Die Unglücksboten verstummten beschämt, aber die Stimmung war durch diesen Vorfall nicht gelöster. Jetzt war nur noch das Atmen der Flüchtenden zu hören. Béla mutmaßte, dass alle unterschwellig die Angst spürten, entdeckt zu werden. Über diese Angst konnte selbst Vass nicht befinden. Die Gesichter waren starr. Nicht nur wegen der Kälte.

Vass führte das Kommando.

»Von jetzt an spricht niemand während des Marsches, nicht einmal flüsternd. Sieht einer etwas, das ihm verdächtig erscheint, hebt er den Arm hoch. Dann verstecken sich alle, womöglich hinter einen Baum oder im Gebüsch. Weglaufen ist sinnlos, sie würden euch sofort erschießen.«

Aus der Ferne ertönte Hundegebell. Vass blieb stehen. Alle Augen weiteten sich. »Keine Panik«, beschwichtigte Vass, »das kommt aus der Richtung der kleinen Siedlung, die wir vorher passiert haben.«

»Unser Ziel ist eine Hütte in unmittelbarer Nähe der Grenzzone. Dort wohnt eine alte, alkoholsüchtige Frau, die regelmäßig über die Grenze schleicht, um in Österreich Rum einzukaufen. Sie kennt sich mit den Gepflogenheiten der Grenzwache bestens aus und kann uns für ein wenig Geld wertvolle Ratschläge geben.« Vass hielt in seiner Erzählung kurz inne und lauschte, ob er verdächtige Geräusche hörte. »Die Verwandten meiner Frau in Sopron kennen diese Person und erteilten uns diesen Tipp«, fuhr er leise fort. »Bei der Alten angekommen, steht als letztes Hindernis nur noch die bewachte Grenze vor uns.«

Nach einer Verschnaufpause setzten alle ihren Weg fort. Mit äußerster Vorsicht bewegten sich die Flüchtenden im verschneiten Wald. Die Gefahr bestand für sie nicht nur darin, gesehen zu werden, sondern auch in den Spuren, die sie im Schnee hinterließen. Falls die Fußabdrücke entdeckt wurden, war es ein Leichtes für ihre Verfolger, ihnen zu folgen. Doch jetzt gab es kein Zurück mehr. Die Spannung und die Angst trieben den meisten Schweißtropfen auf die Stirn. Béla nahm an, dass nicht nur in seinen eigenen Ohren der Herzschlag heftig trommelte. Gelegentlich erklangen Gewehrschüsse aus unbestimmter Entfernung. Niemand konnte wissen, ob die Salven nur zur Abschreckung abgefeuert wurden oder ob sie wirklich auf menschliche Ziele gerichtet waren. Eine Frau in der Gruppe ertrug die Anspannung nicht länger. Sie begann laut zu schluchzen und ihr Mann versuchte mit viel Mühe, sie zu beruhigen. Vass kam zu ihr und flüsterte eindringlich: »Falls Sie nicht unverzüglich still sind, kehren Sie sofort um, statt die ganze Gruppe in Gefahr zu bringen!«

Das hatte sie in noch größere Panik versetzt, sodass sie anfing, zusammenhanglos zu plappern. Ihr Schluchzen wurde lauter. Vass schaute ihren Mann verwirrt an, zog die Augenbrauen hoch und dann verpasste er ihr eine Ohrfeige. Dieser unerwartete Schlag erzielte die gewünschte Wirkung. Völlig verblüfft blickte die Frau Vass an und hörte zu schluchzen auf. Vass strich ihr mit der Hand leicht über das Gesicht, als wollte er sie um Entschuldigung bitten. Die Erleichterung aller war greifbar.

Um abzuwarten, ob die Grenzwächter die Geräusche gehört hatten, ließ Vass die Kolonne hinter einem Erdwall anhalten. Allzu lange konnten sie nicht warten, denn der Weg zur Grenze war gemäß den Angaben des Lastwagenfahrers noch lang. Die

Verwandten von Frau Vass hatten es ihr indes ans Herz gelegt, unbedingt bis zur Mittagsstunde bei der Hütte der Trinkerin einzutreffen. Auch auf die Gefahr hin, dass die Grenzwachen durch die Geräusche der Frau auf sie aufmerksam geworden waren und die Gruppe irgendwo abpassen würden, ließ Vass nach kurzer Zeit den Marsch fortsetzen.

Bélas Hände bluteten, selbst den kleineren der beiden Koffer konnte er nur mühsam schleppen, doch er wollte sich nicht anmerken lassen, dass er Schwierigkeiten hatte. Sonst hätte seine Mutter, die das größere Gepäck trug, auch seine Last zu sich genommen. Wie schwer wogen die wertlosen Siebensachen, die sie für einige Tage benötigten oder als Zeugen ihrer Vergangenheit mit sich nahmen! Der Weg schien ihm nie enden zu wollen. Er biss sich auf die Zähne und kämpfte weiter. Ein Mann bemerkte seine Not und hielt eine leere Hand in Richtung Béla. Der gab für kurze Zeit den Koffer ab. Das bedeutete Béla eine enorme Hilfe, denn so konnte er die vor Kälte starren Hände ein wenig ausruhen lassen. Sprechen durfte er nicht, so nickte er nur und schaute mit einem dankbaren Blick auf den Mann. Dieser lächelte und gab ihm mit einem Augenzwinkern kund, dass dies schon in Ordnung sei.

In Béla stiegen Fragen auf. War es wirklich richtig, aus seiner Heimat wegzugehen? Wie erlaubten sich diese fremden Soldaten, auf die Menschen in diesem Land zu schießen? Wer gab den Sowjets das Recht, über andere zu herrschen, über Leben und Tod zu entscheiden? Viel später, wenn Béla das Leben näher kennengelernt haben würde, würde er noch immer keine gültige Antwort auf diese Frage gefunden haben, doch es würde ihm bewusst geworden sein, dass es immer Völker gab, die andere unterdrückt hatten. Die Gewalt wäre aus dieser Welt nicht zu vertreiben, der Stärkere behielte immer das Sagen. Im Augenblick verspürte Béla aber nur Wut über alle, die für seine Vertreibung, für die Vertreibung seines Vaters, für die Vertreibung unzähliger Menschen verantwortlich waren. Doch all der Zorn und der Zweifel halfen jetzt nicht weiter, es gab kein Zurück, sondern nur einen beschwerlichen Weg, schmerzende Hände, eine beängstigende Aufregung und eine ungewisse Zukunft. Plötzlich breitete Vass die Arme aus. Alle hielten inne. Er zeigte auf eine Hütte, die in einiger Entfernung lag. Dies musste der Ort sein, wo ihre Fluchthelferin auf sie wartete.

»Ich gehe zunächst allein hin,« flüsterte er. »Wenn ich alles mit der Frau geklärt habe, werde ich euch ein Zeichen geben. Dann müsst ihr mir vorsichtig folgen.«

Alle hielten den Atem an, als sich ihr Führer entfernte und in der Hütte verschwand. Béla verstand, dass sie sich verwaist vorkamen. Bewegungslos verharrten sie im Schnee. Es hatte sich keine hierarchische Ordnung herausgebildet. Niemand hätte im schlimmsten Falle Vass' Rolle übernehmen können. Die Flüchtenden wagten nicht, einander anzublicken. Zeitlich waren sie im Fahrplan, hatte ihnen doch Vass erklärt, sie müssten bis Mittag an der Grenze ankommen. Es war erst zehn vor elf, als sie zur Hütte der Alkoholikerin gelangten. Es verging eine unendlich lange Viertelstunde des stillen Wartens. Endlich erschien Vass wieder in der Türe der Hütte und winkte ihnen zu. Mit steifen Gliedern setzten sie sich in Bewegung. Einige tiefe Seufzer waren zu hören, die von einer großen Erleichterung zeugten.

Die primitive Hütte der Frau war ärmlich eingerichtet, es war auch nicht besonders sauber in dem Zimmer und ein säuerlicher Geruch verriet, dass erst vor Kurzem etwas zum Mittagessen zubereitet worden war. Béla rümpfte die Nase und war überrascht, dass die anderen sich an den unangenehmen Umständen anscheinend nicht störten. Die Person, die diese Behausung bewohnte, war ungepflegt und in schäbige Lumpen gekleidet. Sie hatte eine brennende Zigarette im Mundwinkel und gelegentlich wurde sie von starken Hustenanfällen heimgesucht. Sie stand in der Mitte des Zimmers und blickte ziemlich gleichgültig auf die Anwesenden.

›Weiß sie, wer wir sind?‹, fragte sich Béla.

Dann begann Vass zu sprechen.

»Hier sind wir ein wenig sicherer als draußen in der Schneelandschaft. Ich weiß nun, worauf wir zu achten haben. Frau

Timea«, und er wies mit einer Kopfbewegung auf die Hausherrin, »kennt die Gewohnheiten der Grenzwächter. Ihr werdet sehen, wie auf dem Pfad dort in 50 Metern Entfernung«, und er zeigte gegen das Fenster, »die Wachen ihre Runden drehen. Zwei kommen von links und zwei von rechts und wenn sie aufeinandertreffen, kehren sie um und gehen ihren Weg zurück. Frau Timea kennt ihre Einsatzpläne und sagt, dass sie genau um halb eins eine Wachablösung halten. Das geht normalerweise fünf Minuten und der Weg zum Wachposten und zurück dauert zweimal drei Minuten. Wenn sie also kurz vor halb eins hier aufeinandertreffen und zurückmarschieren, haben wir genau elf Minuten, um hinüberzulaufen. Gebt euer verbleibendes Geld Frau Timea, denn sie kann es künftig besser brauchen als ihr.«

Die Leute kramten ihr Bargeld hervor und reichten es der grinsenden Frau. Sie zählte die Noten und die Münzen und nickte zufrieden.

Mit rauer Stimme sagte sie: »Ich war schon sehr oft drüben. Ich ging und kam immer zur Zeit der Wachablösung. Ich wurde schon viermal von den Wachen erwischt. Die wussten aber, dass ich nicht fliehen wollte. Ich bat ihnen einen Schluck aus meiner Rumflasche, danach ließen sie mich nach Hause gehen.« Was sie nicht wussten, war, dass die Frau ab und zu anderen zur Flucht verhalf.

»Seid vorsichtig, wenn ihr drüben angekommen seid«, mahnte sie, »denn die Grenzwächter benutzen einen Trick. Sie hängen österreichische Fahnen an die Bäume, die noch auf ungarischem Boden stehen. Die Leute fühlen sich dann sicher und ruhen aus, doch wenig später tauchen die ungarischen Soldaten auf und nehmen sie fest. Geht also weiter, auch wenn ihr österreichische Fahnen sehen solltet. Erst wenn ihr den Wald hinter euch habt, könnt ihr euch sicher fühlen.«

Béla merkte sich alle Einzelheiten und war sicher, dass auch Vass das Gleiche tat und sich seiner Verantwortung voll bewusst war. Kurz vor halb eins verordnete der Leader seiner Gruppe, startbereit zu sein. Bald schon erschienen die Grenzwachen aus beiden Richtungen auf dem Waldweg. Sie wechselten einige Worte miteinander, bevor sie umkehrten.

Da gab Vass das Zeichen zum Aufbruch. Das Herzklopfen der Flüchtlinge war beinahe hörbar. Gerade als sie aus dem Haus treten wollten, rief Frau Timea aufgeregt: »Gehen Sie noch nicht! Die Wachen haben diesmal einen Hund dabei. Das habe ich nicht erwartet.« Genauso wenig wie den Feldhasen, der aus einem Gebüsch hervorschoss und über den Schnee hüpfte. Der Hund schlug an und riss an der Leine. Offensichtlich wollte er dem Hasen nachrennen. Der Grenzsoldat griff nach seinem Gewehr, womöglich witterte er flüchtende Menschen. Er band das Tier los, das sich sogleich auf die Jagd nach dem Hasen begab. Als der Soldat die Situation erkannte, rief er den Hund zurück, der dem Befehl folgte. Das Gebell rief auch die zweite Patrouille auf den Plan. Die Soldaten berieten sich kurz, nahmen den Hund wieder an die Leine und ließen den Hasen springen. Nach der Aussprache setzten die Wachen ihren Weg fort. Frau Timea war sichtlich nervös geworden und erlaubte der Gruppe noch nicht aufzubrechen. Erst nach einigen Minuten, als sie sicher war, dass sich die Grenzwächter entfernt hatten, nickte sie.

»Ihr müsst euch beeilen, ihr werdet etwas weniger Zeit haben, als die elf Minuten, die ich euch angegeben hatte. Die kommen bald wieder. Viel Glück! Und mich habt ihr nie gesehen, klar?«

Alle ergriffen ihre Koffer und stürmten aus dem Haus. So schnell, wie sie ihre Beine trugen, zogen sie Richtung Todesstreifen. Sie erreichten den Pfad, den die Patrouillen ausgetreten hatten und standen vor der gerodeten Stelle. Ihre Aufregung war fast unerträglich. Hier hatten noch vor einigen Monaten Minen im Boden gelegen, die zwar mittlerweile entsorgt worden waren, doch wer konnte ihnen garantieren, dass der Aufräumtrupp keine Sprengladung vergessen hatte? Ohne Schutz, allen Blicken ausgesetzt, mussten sie dieses Hindernis überwinden. Eine Salve aus einer Maschinenpistole würde sie alle niederstrecken. Sie wussten nicht, wo die Wache mit dem Hund war, ob die Soldaten sie aus dem Wald beobachteten.

Keuchend liefen sie Richtung Freiheit. Zu ihrer Erleichterung wurde keine Salve abgefeuert, niemand hatte sie entdeckt. Alle rannten, auch Béla, soweit ihm seine Last dies erlaubte. In diesem Augenblick schien jeder nur noch daran zu denken, die eigene Haut zu retten. Béla war auf sich alleine gestellt. Seine Mutter wich zwar nicht von seiner Seite, doch sie konnte ihm nicht helfen. In einem Arm hielt sie die Hand seines Bruders, in der anderen schleppte sie den größeren Koffer. Vass lief am Schluss, wie ein Hirtenhund, der seine Herde zusammenhalten muss. Der Weg kam Béla endlos vor. Zuerst schafften es die jüngeren Männer, den Todesstreifen hinter sich zu lassen. Einer von ihnen legte den Sack, den er bei sich getragen hatte, in den Schnee und rannte zurück, um Béla den Koffer abzunehmen. Die Mutter raunte ein Dankeschön hervor.

Nach wenigen Minuten, die aber eine gefühlte Ewigkeit zu dauern schienen, war endlich die ganze Gruppe auf der anderen Seite angekommen. Alle atmeten schwer. Die Anstrengung hatte sie erschöpft.

»Weiter geht's«, flüsterte Vass. Sie konnten es sich nicht leisten, länger zu pausieren.

Nach kurzem Halt setzten die Flüchtlinge ihren Weg fort. Diesmal hatten sie das Glück, dass Gebüsche und Bäume sie vor Blicken aus der Ferne schützten. Aber sie waren noch nicht am Ziel.

Plötzlich stockte ihr Herz. Unvermittelt stand eine uniformierte Gestalt vor ihnen. Eine Frau schrie auf, ein älterer Mann sank wortlos zu Boden.

»Grüaß Gott«, ließ der Grenzwächter mit einem Lächeln verlauten. Einigen standen die Tränen in den Augen. Sie hatten verstanden, dass sie in Österreich angekommen sind.

Weil Bélas Mutter einige Brocken Deutsch sprach, bat Vass: »Frag ihn nach dem nächsten Dorf.« Das läge etwa in vier Kilometer Entfernung, doch auf halbem Weg, gäbe es einen Bauernhof und der Pächter könnte sie vielleicht mit seinem Heukarren zum Dorf fahren. Dann nahm er eine Schachtel Zigaretten aus seiner Weste und hielt sie den Flüchtlingen hin. Einige bedienten sich und rauchten mit tiefen Zügen.

Béla wollte selbstverständlich nicht rauchen, er sehnte sich nach einem Glas Wasser. Der Bauernhof, den der österreichische Grenzbeamte erwähnt hatte, schien Béla auf der anderen Seite der Erdkugel zu liegen. Ihr Weg wollte kein Ende nehmen. Als die Gruppe endlich das Anwesen erreicht hatte, kamen ihnen zwei Hunde und eine junge Frau entgegen. Béla erblickte einen Brunnen. Er ließ seinen Koffer am Boden stehen und rannte hin. Mit der Hand formte er einen Trichter und trank hastig das frische Wasser. Dann wusch er das verschwitzte Gesicht und atmete zufrieden durch. Dann begann er seine geschundenen Hände mit Schnee zu kühlen. Andere folgten seinem Beispiel.

Inzwischen erschien auch der Pächter. Mit Mühe berichtete ihm Bélas Mutter, dass sie soeben aus Ungarn geflüchtet waren. Der Bauer blickte auf die erschöpften Menschen und machte ihnen mit der Hand ein Zeichen, zu warten. Er holte ein Pferd aus dem Stall, spannte es vor einen Heukarren und lud sie ein, aufzusteigen. Danach führte er sie ins Dorf.

Béla war überglücklich. Das mühsame Schleppen war endlich zu Ende. Im Dorf angekommen, wurden sie von einigen Frauen mit Rotkreuzarmbinden empfangen, die sie in die Turnhalle des Schulhauses führten. Ihre Personalien wurden registriert und sie erhielten alle einen Ausweis mit einem roten Kreuz, in dem ihre Daten eingetragen waren. Jetzt war es offiziell: Sie waren Flüchtlinge.

Sie wurden in warme Decken gehüllt und erhielten heißen Tee. Steif vor Kälte nahm Béla gierig einen Schluck, doch er rechnete nicht damit, dass der Tee glühend war, und verbrannte sich den Mund. Nun schmerzten also nicht nur seine Hände, sondern auch seine Zunge. Von der Traurigkeit, die ihn während der ganzen Zeit befallen hatte, gar nicht zu reden.

Sie wurden danach auf den Dorfplatz geführt, wo ein Mann mit einer Trommel wartete, auf der er sogleich zu wirbeln begann, als alle Flüchtlinge in Reih und Glied standen. Aus den Häusern kamen die Leute heraus. Es wurde allen Bewohnern mitgeteilt, dass eine Gruppe aus Ungarn in der Gemeinde eingetroffen sei. Diese müssten für die Nacht untergebracht werden, darum mögen alle, die freie Betten hätten, die hier stehenden Personen bei sich aufnehmen. Dann rührte der Trommler noch einmal sein Instrument und zog davon.

Bélas hübscher Bruder fiel einer Bäuerin auf. »Diesen Knaben kann ich aufnehmen«, sagte sie und zeigte auf ihn. Eine Frau mit der Armbinde des Roten Kreuzes teilte ihr mit, dass zu diesem Kind auch seine Mutter und sein Bruder gehörten, worauf die Bäuerin allen freundlich zuwinkte, sie sollen ihr folgen. Sie ergriff beide Koffer und zog los. Schon nach wenigen Schritten waren sie in ihrem Haus eingetroffen. Ein Mann stand in der Türe und schüttelte der Mutter und den Kindern herzlich die Hände. Die Familie trat in eine schlichte, aber saubere Behausung. Die Bäuerin zeigte auf die Stühle um den Esszimmertisch und bat die drei, Platz zu nehmen. Zuerst gab es Getränke. Süßmost wurde serviert, der Béla fabelhaft schmeckte. Nach einer Weile wurde das Essen aufgetischt. Der ofenfrische, warme Fleischkäse war eine Neuigkeit für Béla. Er aß mit gesundem Appetit. Während die Familie sich verpflegte, ging die Bäuerin ins Nebenzimmer und bereitete zwei Nachtlager vor. Nach dem Essen erfrischte sich Béla in einem Waschbecken und sprang auf die Matratze. Er war todmüde und brauchte nicht lange, bis er einschlief. Das weiche Bett mit der federleichten Daunendecke gewährte der übermüdeten Familie einen erholsamen Schlaf.

Fließe, des Lebens Strom! Du gehst in Wellen vorüber,
Wo mit wechselnder Höh eine die andre begräbt.
Mühe folget der Mühe; doch kenn' ich süßere Freuden
Als besiegte Gefahr oder vollendete Müh?
Leben ist Lebens Lohn, Gefühl sein ewiger Kampfpreis.
Fließe, wogiger Strom! Nirgend ein stehender Sumpf.

———————————————

Johann Gottfried Herder
Der Strom des Lebens

Eine Flucht ist ein Trauma. Im Augenblick selbst, wenn jemand dabei ist zu fliehen, wird das Bewusstsein durch die erhöhte Nervenspannung abgelenkt. Dennoch, die Angst nistet sich in den Eingeweiden des Unterbewusstseins ein und lebt dort weiter wie ein Parasit. Ab und zu meldet sie sich, sorgt für erhöhte Herzfrequenz.

Béla träumte noch lange vom Drall im Innern des Kanonenrohrs, der ihm beim Vorbeigehen so unerklärlich erschienen war; ebenfalls vom Gedränge im Zug, von der schneebedeckten Landschaft, von den patrouillierenden Grenzsoldaten. Auch wurde er im Traum wiederholt verhaftet und von der Geheimpolizei verhört. Er sprach mit niemandem über diese Szenen, denn er deutete sie als Zeichen der Schwäche. Genauso wie das Heimweh, unter dem er von Zeit zu Zeit litt. Bei einer Gelegenheit hörte er jemanden sagen, Heimweh rühre von der Entwurzelung her. Wo waren seine Wurzeln? Sein Wohnort war ein Rahmen, keine Verankerung. Vielleicht die sozialen Beziehungen? Natürlich vermisste er seinen Freund Zoli, doch Mutter und Bruder waren bei ihm und die Schulkameraden und Bekannten fehlten ihm nicht. Die Sprache etwa? Doch auch sie ist keine Wurzel, sie ist ein Mittel. Mit der Zeit wurde ihm bewusst, dass ihm das Radio, die Festreden bei den Jugendanlässen, die Lautsprecher auf dem Schulhof eingeimpft hatten, er lebe im Land aller möglichen Vorzüge, um die ihn alle auf der Welt beneiden sollten. Eines Tages würde er dann einsehen, dass dies alle Menschen von ihrem Land dachten. Der billige Stolz auf die Nation war ein heißer Herd für unnötige Konflikte zwischen Völkern, Stammesangehörigen und Individuen. Mit Vorliebe nannten es die Großen »den Stolz auf die Heimat«. Was aber war Heimat? Vielleicht er selber. Auf Guszti bàcsis Berg. Ja, das war Heimat. Aber zu jener Zeit war Béla noch nicht so weit, dies klar zu erkennen. Erst recht hatte er keine Vorstellung von der Zukunft, die auf ihn wartete.

Als erstes schrieb Bélas Mutter einen Brief an ihren Mann, in dem sie ihm mitteilte, dass sie in Österreich angekommen waren. Sie schickte ihn an die Adresse in Zürich, denn das war die einzige, ihr bekannte Anschrift.

Wie Béla später erfahren sollte, suchte sein Vater zur gleichen Zeit bei den Behörden und beim Roten Kreuz nach seiner Familie. Denn er war zu Tode erschrocken, als er seiner Gewohnheit gemäß das ungarische Radio hörte und Zeuge eines Aufrufs wurde, in dem das ungarische Außenministerium mit Namen und Personenbeschreibung nach seiner Frau und seinen Söhnen fahndete. Zu der Zeit stand der Vater in Salzburg im Dienst der amerikanischen Besetzungsarmee. Zusammen mit einigen früheren Kameraden hatte er die Aufgabe, die Erkenntnisse auszuwerten, die der Nachrichtendienst über ungarische Ereignisse sammeln konnte. Einer dieser Offiziere war während der Unruhen nach Ungarn zurückgekehrt und wurde Aktivist auf der Seite der Aufständischen. Sein Eifer wurde ihm zum Verhängnis, denn die AVO konnte ihn gefangen nehmen und verhören. Da er die Folterungen nicht hatte ertragen können, gab er die Namen aller früheren Offiziere kund, die mit ihm den Dienst für die Amerikaner verrichtet hatten. Natürlich stufte die Staatsanwaltschaft diesen Einsatz als Spionage ein, die mit der Todesstrafe bestraft wurde.

Nur allzu gerne hätte das Innenministerium diese Verräter erwischt. Also ging die Justiz auf die Verwandten dieser Abtrünnigen in Ungarn los, um diese zu erpressen. So kam es, dass schon am Tag, nachdem Bélas Familie abgereist war, die Geheimpolizei wieder vor der Tür stand. Béla erfuhr davon durch Vass, der mit seiner in der Nähe lebenden Schwester telefoniert hatte. Die Nachbarn wurden befragt und sie sagten aus, dass sie die Mutter und ihre beiden Söhne noch zwei Tage zuvor gesehen hätten. Weit konnten sie somit noch nicht sein. So verlas der Nachrichtensprecher im Radio ein Kommuniqué, mit dem die Flüchtigen gesucht wurden. Bélas Vater stand tausend Ängste aus. Er hatte zwar erfahren, dass seine Familie die Wohnung verlassen hatte, doch weitere Auskünfte konnte er sich nicht besorgen. Ohnmächtig musste er ausharren und hoffen, dass die österreichischen Behörden ihre Flucht bestätigen würden. Eine Woche nachdem er mit der Suche begonnen hatte, erhielt er endlich die beruhigende Nachricht, dass seine Familie in Österreich registriert war. Jetzt galt es, sie zu finden. Die Nachforschung wurde erneut eingeleitet, doch sie ging nur schleppend voran. Der tägliche Standortwechsel der Familie erforderte immer wieder neue Rückfragen, sodass Bélas Vater immer einen Schritt hinter dem jeweiligen Aufenthaltsort seiner Frau hinterherhinkte.

Nicht weniger ungeduldig als ihr Mann wartete Bélas Mutter auf eine Antwort von ihm. Da tat der Zufall sein Werk. Der Postbote in Salzburg, der den Brief aushändigen musste, war ein Trunkenbold und wieder einmal nicht ganz nüchtern, als er seinen Dienst antrat, und das Schreiben von Bélas Mutter hätte aushändigen müssen. Er legte den Umschlag in ein Seitenfach seiner Tasche und trug ihn acht Tage mit sich. Diese Verspätung bewirkte, dass der Vater zunächst seine Familie nicht orten konnte. Viel später fiel ein Beschwerdeschreiben an die Post in die Hände Bélas, in dem sein Vater diese Nachlässigkeit missbilligte, doch das konnte nicht verhindern, dass das Schicksal der Familie einen entscheidenden Lauf nahm. Sie wurde nämlich täglich herumgeschoben, von einem Ort zu einem anderen transportiert. Herumgeschoben? Nein, das war keineswegs ein Vorwurf, den Béla an das Gastland Österreich richtete. Der stets wachsende Druck von Osten her, den die neuen Ankömmlinge in der Grenzregion erzeugten, machten es nötig, die Leute weiter ins Landesinnere zu verfrachten. Dennoch konnte kaum ein anderes Wort das Schicksal der Asylanten besser charakterisieren, als die tägliche Herumschieberei.

Jeden Morgen fuhr ein Bus am Schlaflager vor und lud eine Gruppe auf, um sie an eine neue Stelle zu fahren.

Dennoch blieb diese Zeit nicht nur als ziellose Wanderung in der Erinnerung Bélas. Die Eindrücke einer neuen Welt waren aufregend. Hohe Berge, wie er sie noch nie zuvor gesehen hatte, saubere Dörfer, deren Namen er schon am nächsten Tag vergessen sollte, alle Häuser mit elektrischem Licht, und nicht mit der Petrollampe beleuchtet, Kuhglocken, die etwas Sonntägliches verkündeten, Postautos, die wie Trompeten hupten und – das war besonders aufregend – an einigen Orten Fernsehapparate. Was war das nur für eine Wunderwelt! Da tönten die Schlager nicht nur aus dem Radiogerät, man konnte die Unterhaltung am Bildschirm verfolgen. Caterina Valente, die hübsche italienische Sängerin mit ihrem rassigen Programm, tat es Béla besonders an. Den Text verstand Béla zwar nicht, doch die Melodien erwiesen sich als Ohrwürmer, die er noch viel später in seinem Leben würde nachpfeifen können.

Die Tage vergingen mit viel Abwechslung und noch mehr Unsicherheit. Doch dann stellte sich endlich eine wichtige Wende ein. Nach einer langen Odyssee fuhr der Bus in einen großen Kasernenhof ein. Die Familie kam in Eisenstadt an. Hier war die Verteilerstelle der Flüchtlinge an jene Staaten, die sich bereit erklärt hatten, sie aufzunehmen. Von da ging es weiter an den endgültigen Bestimmungsort, wo für jeden ein neues Leben beginnen sollte. Die ziellos anmutende Irrfahrt war beendet, jetzt kam die Abschiebung aus Österreich. Jeder Flüchtling konnte seinen Wunsch äußern, in welches Land er als Asylant reisen wollte. Diese Entscheidung hatte die Mutter Bélas in eine große Ratlosigkeit versetzt. Die Antwort des Vaters auf ihr Schreiben stand aus, zwar vermutete sie, dass er in Salzburg lebte, doch was tun, falls das nicht stimmte? Ihre Verunsicherung wuchs mit jedem Tag, sie begann an ihrem Ehemann zu zweifeln. Vielleicht wollte er seine Familie nicht aufnehmen, möglicherweise lebte er in einer neuen Beziehung, die er nicht aufgeben wollte, im schlimmsten Fall war ihm etwas zugestoßen und er fand sich nicht in der Lage, ihren Brief zu beantworten. Also musste sie ohne den Beistand ihres Mannes handeln. Sie entschied. Schließlich wählte sie die Schweiz, kamen doch von hier seine letzten Lebenszeichen. Dies beraubte sie ihrer letzten Stütze, der Familie Vass, die nach Schweden auswandern wollte.

Das Kontingent, das die Schweiz für die Aufnahme der Flüchtlinge festgelegt hatte, war beinahe erschöpft. Die Familie konnte gerade noch in der allerletzten Transportgruppe Unterschlupf finden. Schon am nächsten Tag begann eine lange Zugreise mit zahllosen Zwischenhalten.

Sie kamen schließlich in einer kleinen Stadt nahe beim Bodensee, in Frauenfeld an. Wie alle anderen Ortschaften, die sie in den vergangenen zwei Wochen flüchtig kennengelernt hatten, war für sie der Name auch dieser Stadt bisher unbekannt. Diesmal sollte ihr Bleiben länger dauern, denn während eines Monats standen sie in der Militärkaserne unter Quarantäne. Diese Zeit diente zwar in erster Linie zur Gesundheitskontrolle der Flüchtlinge, aber gleichzeitig ermöglichte sie den schweizerischen Behörden die Verteilung der Ankömmlinge zu organisieren.

Alle wurden in den großen Schlafsälen einquartiert, wo sonst die Soldaten untergebracht waren. 24 Betten standen an den Wänden. An Privatsphäre war nicht zu denken. Eine hübsche, junge Frau besorgte sich vom Magazinverwalter eine spanische Wand, die sie vor ihrem Bett platziert hatte. Sie konnte sich dadurch vor den neugierigen Blicken der übrigen Bewohner schützen. Ein schelmischer Bursche wollte diese Abkapselung nicht hinnehmen und bohrte ein Guckloch in den Paravent, doch bevor er die Frau bespitzeln konnte, war die Öffnung zugestopft.

Für Béla und seinen Bruder schien sich diese Periode hinter den Gittern des Kasernenhofes unendlich lange hinzuziehen. Keine Bücher, keine Spielzeuge, keine Fußbälle, keine Unterhaltung, keine Abwechslung, keine Gesellschaft. Nichts half, die Langeweile zu vertreiben. Die meiste Zeit verbrachten sie an dem großen, mit einer Kette gesicherten Eisentor der Kaserne, wo sich jeweils viele Schaulustige einfanden, die mit Neugierde dem Treiben der Flüchtlinge zuschauten. Man betrachtete sie wie exotische Tiere im zoologischen Garten und staunte ein wenig, dass sie ähnlich aussahen wie die Einheimischen, auf zwei Beinen, mit Haaren auf dem Kopf. Der einzige Unterschied bestand darin, dass die meisten von ihnen nicht in der Lage waren, sich mit ihnen zu verständigen. Béla wäre nicht überrascht gewesen, falls die Lagerleitung eines Tages eine Aufschrift am Gitter angebracht hätte: »Bitte nicht füttern«. Da dies aber nicht geschah, brachten viele Süßigkeiten mit, die sie den Lagerinsassen mit einem Lächeln durch die Stäbe des Eisentores reichten. Ein junger Mann, der sich oft beim Tor einfand, schenkte einmal Béla eine kleine Mundharmonika. Er begann dem Instrument die ersten, unmelodischen Misstöne zu entlocken. Unermüdlich versuchte er, darauf Lieder zu spielen. Bald schon zog er sich den Unmut seiner Zimmergenossen zu, die von der Katzenmusik entnervt ihn zur Ruhe mahnten. Daraufhin wählte er die große Lagerbaracke zum Übungsraum. Dort fand täglich eine Stunde die Ausgabe der gebrauchten Kleider an die Flüchtlinge statt, die von der Bevölkerung gespendet wurden. Hier konnte er ungestört üben, ohne jemanden aufzuregen. Allmählich entschlüsselte er die Geheimnisse seines Instrumentes und brachte es fertig, ihm die ersten Töne eines erkennbaren Liedes zu entlocken. Eines Tages, nach langer Übungsphase, baute er sich im Schlafsaal vor seinem Bett auf und bat alle Anwesenden, sich zu erheben. Verärgert winkten sie ab und blieben auf den Betten liegen. Béla ließ sich nicht entmutigen und begann stolz die ungarische Nationalhymne zu spielen. Er wartete auf Wirkung. Die Zimmermitbewohner allerdings empfanden dies als Verhöhnung der Hymne und zischten, dass Béla aufhörte zu spielen. Er konnte nicht nachvollziehen, warum sein Spiel auf taube Ohren stieß und verzog sich gekränkt. Von da an gab er keine Konzerte mehr und übte seine Kunst ausschließlich, wenn er allein war.

Zur weiteren Abwechslung lernte er das Jonglieren. Zuerst probierte er das mit zwei Steinen und einer Hand, dann mit dreien und zwei Händen, wobei er es zu einer guten Fertigkeit brachte. Etwas schwieriger wurde es dann mit vier und mit fünf

Steinen, was ihm nur selten und für wenige Würfe gelang. Doch der Misserfolg entmutigte ihn nicht, denn er wollte damit keine Perfektion erlangen, sondern lediglich die Zeit totschlagen. Die ließ sich allerdings nicht austricksen und schlich beharrlich langsam voran.

Eine nützliche Beschäftigung bot sich Béla durch die Teilnahme am Deutschunterricht. Die Lagerleitung organisierte Sprachkurse, welche durch eine Ungarin gehalten wurden, die schon seit vielen Jahren in der Schweiz lebte. Béla und Istvàn lernten schnell und durften schon bald aus der Anfängerklasse zu den Fortgeschrittenen vorrücken. In vier Wochen brachten sie es so weit, dass sie sich radebrechend verständigen konnten. Diese Kenntnisse verhalfen Béla dazu, bei der täglichen Verteilung der gebrauchten Kleider als Übersetzer zu wirken. Mit sichtlichem Stolz verrichtete er diese Aufgabe. Der Materialchef, dem er zur Seite gestellt wurde, half ihm, wenn er nach Wörter suchen musste, und korrigierte seine Fehler mit diskreter, doch nützlicher Rücksichtnahme. Béla erfuhr, dass er beim Lernen der Sprache täglich vorankam. Das erfüllte ihn mit Stolz und Zuversicht.

Eines Abends, es war am 6. Dezember, hatte die Flüchtlingsorganisation eine kleine Feier zum Fest des heiligen Nikolaus veranstaltet. Ein als Samichlaus verkleideter Mann erschien mit seinem Gehilfen Schmutzli und beschenkte alle Kinder mit Süßigkeiten. Außerdem teilte er auf Ungarisch Ermunterungen und Ermahnungen aus. Dann ließ er die Kinder singen und ein Spiel aufführen. Béla schaute dem Treiben mit einem vielsagenden Lächeln zu und gab dadurch zu verstehen, dass er zu den Erwachsenen gezählt werden wollte, die solchem Schabernack keine Bedeutung zumaßen.

Mitten in dieser Feier wurde seine Mutter zum Telefon gerufen. Zu Hause in Budapest hatten sie kein Telefon gehabt, ein Anruf war also für sie gänzlich außergewöhnlich. Noch dazu an diesem Ort, wo niemand von ihrer Anwesenheit wissen konnte.

Sichtlich aufgeregt begab sich die Mutter ins Büro des Lagerleiters, begleitet von ihren zwei Söhnen. Sie sprach ihren Namen in den Hörer und stieß plötzlich einen lauten Freudenschrei aus. Béla nahm aus dem Hörer eine männliche Stimme wahr. Am anderen Ende des Drahtes sprach wohl sein Vater.

Die Mutter war überwältigt, sie konnte offenkundig ihre Gefühle nur mit der allergrößten Mühe unter Kontrolle halten. Stotternd brachte sie nur wenige, unzusammenhängende Sätze hervor.

»Na endlich … Ich glaube es kaum … Meine Güte … Wo bist du?«

Béla wurde bewusst, was in diesem Augenblick in seiner Mutter vorgehen musste. Nach einer unendlich erscheinenden Zeit jahrelanger Trennung konnte sie die geliebte Stimme ihres Mannes wieder hören. Als Béla ihre Ergriffenheit sah, wurde er sich bewusst, was er verschuldet hätte, falls er sich am Abend vor ihrer Flucht geweigert hätte, mitzukommen, und sie somit auch am Weggehen gehindert hätte.

Nun sprach die Mutter erregt in den Hörer. Béla vernahm nur Gesprächsfetzen, doch er verstand, dass der Vater darum bat, seine Frau möge mit den Kindern nach Salzburg zurückkehren.

»Nein, Salzburg ist so nahe an der ungarischen Grenze. Da fühle ich mich nicht sicher. Es ist besser, wenn du in die Schweiz kommst«, schlug sie vor.

Die Reaktion der Mutter verriet, dass der Vater, nach anfänglichem Widerstand, schließlich einwilligte.

»Er wird die notwendigen Vorkehrungen treffen, um zu uns zu kommen«, sprach sie erleichtert zu den neugierigen Kindern.

Der Lagerleiter machte ein Zeichen, sie möge das Telefon freigeben. Sie presste ihre Lippen aufeinander, um gegen ihre Tränen anzukämpfen.

»Lass bald wieder von dir hören. Ich bin so glücklich, ich liebe dich«, sprach sie zum Abschied.

Béla wurde klar, dass durch dieses Telefonat eine erneute Zäsur in seinem Leben entstanden war.

Die Quarantäne war beendet, keine epidemische Krankheit kam zum Durchbruch, die Flüchtlinge konnten ihren Bestimmungsorten zugeführt werden. Das setzte aber viel Organisationsarbeit voraus und ließ sich nicht ruck, zuck bewältigen. Also ging es mit dem Lagerleben weiter, allerdings unter erleichterten Bedingungen. Die Insassen durften in die Stadt gehen und Kontakt zu den Bewohnern aufnehmen.

Während der Isolierungszeit waren oft zwei Mädchen an das große Eisentor gekommen. Dort hatten sie mit Béla und seinem Bruder Bekanntschaft geschlossen. Jetzt kamen den Brüdern die erworbenen Deutschkenntnisse zunutze. Die zwei Mädchen, Ursula, die ältere, und Katja, die jüngere, schlugen ihren Eltern vor, die Familie zu sich nach Hause einzuladen. Eines Abends kamen Herr und Frau Sommer zur Kaserne und baten die Mutter, mit ihren Söhnen zu ihnen zum Abendessen zu kommen. Anschließend nahmen sie die Mutter ins Kino mit. Die beiden Burschen blieben mit den Mädchen allein zu Hause und spielten Monopoly. Irgendwann legte Ursula die Würfel weg und sagte: »Jetzt wollen wir ein neues Spiel machen.«

»Aber wir sind noch gar nicht fertig«, meinte Istvàn.

»Monopoly ist doch so langweilig. Wir ziehen uns jetzt alle aus«, sagte Katja und blickte vergnügt auf die Jungen.

»Ausziehen? Wozu das?«, fragte Béla verwundert.

»Dann sehen wir, wie wir alle gemacht sind«, antwortete Ursula.

»Ja, ja!«, rief Katja begeistert und schleuderte ihre Schuhe in die Luft.

Die scheuen Brüder, die in der Prüderie der katholischen Moral erzogen wurden, erröteten und waren äußerst verlegen. Sie waren offensichtlich vor den Kopf gestoßen und beschämt, wegen der Nonchalance der Mädchen, die ihnen abging.

Bélas Herz pochte heftig, dieser Vorschlag war verlockend. Dennoch konnte er sich nicht dazu durchringen, das Spiel der Mädchen mitzumachen.

»Wir spielen lieber das Monopoly weiter«, meinte er zaudernd.

Als er später im Bett lag, ließ er die Bilder des Abends noch einmal in seinen Gedanken vorbeiziehen. Der Vorfall beschäftigte ihn: War seine neue Welt in allem so unbekümmert? Waren diese Mädchen schamlos und verdorben oder auf eine genuine Art natürlich? Musste er sich auf eine bisher unbekannte Direktheit in den zwischenmenschlichen Beziehungen einstellen, oder war dieses Verhalten eine Ausnahme von der Regel? Was wäre geschehen, wenn er auf den Vorschlag der Mädchen eingegangen wäre?

Die Erinnerung an diesen Abend weckte später in Béla immer zwiespältige Gefühle; zum einen des Bedauerns, etwas verpasst zu haben, zum anderen aber auch der Zufriedenheit, weil er sich nicht blamiert hatte.

Einige Tage nach dieser Begebenheit teilte die Lagerleitung Bélas Mutter mit, dass man für sie eine Wohnung in einer nahe gelegenen Kleinstadt gefunden hatte. Die Familie wurde flügge.

Doch uns ist gegeben,
Auf keiner Stätte zu ruhn,
Es schwinden, es fallen
Die leidenden Menschen
Blindlings von einer
Stunde zur andern,
Wie Wasser von Klippe
Zu Klippe geworfen,
Jahrlang ins Ungewisse hinab.

Friedrich Hölderlin
Hyperions Schicksalslied

W einfelden. Eine kleine, friedliche Stadt von knapp 10 000 Einwohnern in der Nähe des Bodensees. Ruhig, ein wenig verschlafen, ein Ort, in dem alle jeden grüßten, auch jene, die sie nicht persönlich kannten, aber die vermutlich einen gemeinsamen Bekanntenkreis aufwiesen. Adrette Häuser und in der Mitte der Stadt oder sagen wir besser des Dorfes stand die reformierte Kirche, markant bullig, fast wie eine Trotzburg. Das katholische Gotteshaus beherrschte die Peripherie, mit einem schlankeren Turm, zwar nicht so dorfmittig, wie die andere Kirche, dafür aber gleich dem Friedhof gegenüber. Die Einwohner waren zum Teil Bauern, zum Teil arbeiteten sie in der Fabrik für Verpackung, Kartonage nannte man sie, oder in der Mühle.

Weinfelden stand in einem kleinbürgerlichen Duell mit Frauenfeld, der Hauptstadt des Kantons Thurgau und ihre Einwohner fanden es ungerecht, dass nicht ihr Städtchen die Kantonsregierung beherbergen konnte.

Das Außerordentlichste an diesem Ort war, dass es nie etwas Außerordentliches gab. Alle Alltäglichkeiten liefen stets mit der Präzision eines Uhrwerks ab. Täglich um 10 Uhr schwang etwa das spindeldürre Fräulein Waibel ihre 37 Kilos auf ihr Fahrrad und strampelte mit stelzengeradem Rücken, als hätte sie einen Besen verschluckt, irgendwo hin. Anscheinend hatte sie wichtige Verrichtungen zu erledigen, doch niemand konnte sagen, um welche es sich handelte. Sie fuhr den kleinen Fußweg den Bach entlang, wo keine Autos verkehrten, und verschwand nach einer Unterführung auf wundersame Weise. Eine Stunde später erschien sie wieder, ließ ihr Rad im dafür vorgesehenen Ständer stehen und ging in ihr Haus. Gewitzte Dorfbewohner verbreiteten das Gerücht, sie pflegte eine Romanze, andere jedoch schlossen dies kategorisch aus. Denn, so sagten sie, mit ihrem skeletthaften Aussehen würde sie nicht einmal einen ausgehungerten Kleriker zu lustvollen Empfindungen reizen können. Erst durch ein zufälliges Ereignis wurde ihr lang gehütetes Geheimnis gelüftet, als nämlich der Gärtnerlehrling Emil Moser sich am nahe gelegenen Fluss, der Thur, im Gebüsch mit der Tochter des Bauern Räber aus Märstetten amüsiert hatte und nebenbei beobachten konnte, wie Fräulein Waibel ihr Fahrrad an einen Baum anlehnte, einen Papiersack aus ihrem Korb, den sie immer auf dem Gepäckträger mit sich führte, herausholte und die Enten mit zischenden Lauten anlockte, um sie zu füttern.

Ebenfalls zum täglichen Dorfritual gehörte Frau Rechsteiners Bericht, den sie auf dem Marktplatz vor der Bäckerei Bachmann allen vortrug, die sie hier erwischen konnte. In sämtlichen Einzelheiten beschrieb sie ihre zahllosen Beschwerden, als bildeten diese ein unverzichtbares Kulturgut für die Weinfelder.

Eine von allen gefürchtete Jagd auf unschuldige Opfer veranstaltete Frau Ammann. Sie führte ihre beiden Hunde der Rasse Chinese Crested den Fluss entlang und erzählte ausführlich jedem, der ihr über den Weg lief, wie diese in Windeseile neue Sachen lernten und wie weit sie ihr Pedigree zurückverfolgen konnte. Tat ein Zuhörer durch sein Benehmen kund, dass er das schon früher von ihr erfahren hatte, oder schlimmer noch, sich nicht für diese Geschichte interessierte, blickte ihn Frau Ammann verärgert an, wandte sich beleidigt ab und murrte »Banause« vor sich hin.

In dieser schalen, monotonen und spießigen Welt galt die Ankunft der Flüchtlingsfamilie als kosmisches Ereignis. Das Dorf war in heller Aufregung, ein Komitee für ihre Betreuung wurde gegründet, fleißige, aufopfernde Bürgerfrauen wetteiferten im Guttun, die Damen am Tennisplatz berichteten begeistert über ihre Akte der Nächstenliebe. Ein angesehener Lokalpolitiker, der Großmeister der Freimaurerloge war, setzte sich bei den Behörden kräftig für die Familienzusammenführung ein, denn

Bélas Vater, der in Österreich aufgenommen war, galt nicht als Neuflüchtling, wurde also zunächst nicht in die Schweiz gelassen. Sein Gesuch musste vorerst durch die Amtsstuben der Verwaltung geschleust werden. Die Familie Bélas wurde in einer hübschen Wohnung einquartiert, eingerichtet mit den dafür gespendeten Möbeln anmutig geschmückt durch die fürsorgliche Hand der Frau des Vorstehers einer Versicherungsgesellschaft. Bis auf wenige Ausnahmen nahmen die Menschen von Weinfelden die Flüchtlinge mit herzlichem Beifall auf. Ob so viel Hilfsbereitschaft blieb Bélas Mutter sprachlos. Der Rausschmiss aus ihrer Wohnung in Budapest durch die Maikowskis, oder wie sie auch immer geheißen hatten, war dadurch wettgemacht. Jetzt musste nur noch der Vater zur Familie stoßen und dann würde nach dem elendig langen Leid, all den Entbehrungen, der abgründigen Angst und dem so oft erfahrenen Unrecht das Leben endlich wieder schön werden.

Doch die Bearbeitung des Aufnahmegesuchs brauchte Zeit. Sieben Monate brüteten die Behörden über den Akten, bis ein zuständiger Beamte seine Bewilligung für die Einreise des Vaters erteilte. Während dieser Zeit nahm die Mutter eine Arbeit in einer kleinen Fabrik für die Herstellung von Lederwaren an. Mit ihrem mageren Lohn und der Unterstützung des Sozialamtes konnte sie sich und die Kinder über Wasser halten.

Es vergingen somit fast 30 Wochen seit ihrer Ankunft in Weinfelden, bis die Familie an einem Mittwochnachmittag am Bahnhof stand und auf einen Zug aus Zürich wartete. Etwas beklommen sah Béla die Lokomotive immer näherkommen. Als die Bahn schließlich hielt, stieg ein Mann mittleren Alters mit grauem Hut aus. Bélas Mutter rannte mit Tränen in den Augen zu ihm und schloss ihn in die Arme. Der Mann nahm seinen Hut ab, wodurch seine Glatze entblößt wurde und setzte ihn auf den Koffer am Boden. Er erwiderte lange die herzliche Umarmung. Béla kam wieder der Abend vor der Flucht in den Sinn und erneut schämte er sich, dass er dieses Wiedersehen beinahe vereitelt hatte.

Dann, nach einer Weile, kam der Mann zu den Buben. Er

stand wortlos vor ihnen und blickte sie nur an, zuerst Béla, dann seinen Bruder. Dann drehte er sich ab, wischte seine Tränen aus den Augen. Offenbar wollte er vor seinen Söhnen keine Schwäche zeigen. Béla erahnte den Grund. ›Es ziemt sich nicht für einen ehemaligen Berufsoffizier, sentimental zu werden‹, ging ihm durch den Kopf.

Der Vater war endlich da.

Es ist nicht alltäglich, einen Vater geschenkt zu bekommen. Nicht irgendeinen, einen Ersatzvater etwa, einen Stellvertreter, den neuen Mann der Mutter, nein, den echten, richtigen, den Pflichtvater. Jenen, der in Bélas Gedanken immer anwesend, aber nie greifbar war, der in seinem Verstand, aber nicht in seinem Herzen wohnte. Und jetzt war er hier und versuchte, seinen Platz in der Welt seiner Söhne einzunehmen.

Vieles war trotzdem unwiederbringlich verloren, weil es sich nicht nachholen ließ. Etwa die gemeinsamen Stunden in der Kindheit. Die Zeit, in der jedes Kind überzeugt ist, dass der eigene Vater wie kein anderer sonst auf der Erde ist. Die Spiele am Wochenende, das klare Wort des Ordnungshüters, und nicht zuletzt der Beistand in dunklen Augenblicken. Was ebenso nicht nachgeholt werden konnte, waren jene Erlebnisse, die ein Kind fest an den Vater binden, wo Komplizenschaft und Bewunderung ineinander wachsen und viele Werte des Lebens geschmiedet werden.

Die Mutter hatte früher versucht, durch Strenge die elterliche Autorität zu begründen. Doch die Buben hatten stets das weiche Herz gespürt, das hinter ihren Strafen schlug.

Den Söhnen, die nun im Flegelalter angekommen waren, wurde als erstes klar: Eine neue Stimme machte sich in ihrem Leben hörbar. Es gab von nun an Befehle, die besser nicht diskutiert wurden. Anfänglich machte Béla ab und zu einen Versuch, dem Vater zu widersprechen, doch erfolglos, denn jener begründete mit ruhigem Tonfall seine Entscheidungen, ohne jedoch Terrain freizugeben. Und so eroberte sich der Mann anscheinend mühelos die ihm zustehende Autorität. Doch er war dabei nicht stur.

Seine fürsorgliche Art brachte Wärme ins Haus und die Mutter war durch seine Gegenwart sichtlich zwanglos geworden. Béla erlebte mit Verspätung, aber nicht weniger nachhaltig, dass er einen Vater hatte.

Wie sah es beim Vater aus? Der Mann, der an der russischen Front die Härten und Gefahren des Krieges erlebt hatte, der beim Rückzug der ungarischen Armee fast übermenschliche Anstrengungen hatte erbringen müssen, um seine Einheit vor dem Erfrieren zu retten, der die Kriegsgefangenschaft in steter Sorge um seine Familie verbracht hatte, der von den neuen Machthabern gedemütigt und geschlissen worden war, dessen Leben oft an einem seidenen Faden gehangen hatte, der über eine Lebenserfahrung verfügte, die für fünf ausgereicht hätte, hatte sich von all den erlebten Widerwärtigkeiten nicht beeindrucken lassen. Aber jetzt war er plötzlich mit einer Situation konfrontiert, auf die er nicht vorbereitet war: Er musste das Denken und Handeln von zwei heranwachsenden Söhnen verstehen. Auch ihm fehlten die Tage des langsamen Zusammenwachsens, der Freude am sprießenden Leben der Kinder, der Ausprägung seiner Autorität. Jetzt war er aufgerufen zu lenken, ohne zu entfremden, zu belehren, ohne zu erdrücken, zu behüten, ohne zu fesseln. Dies war beileibe kein Kinderspiel und verlangte ausgeprägte Seelenstärke.

Im neuen Leben Bélas war die Gegenwart des Vaters das einzige besondere Erlebnis, eine tief greifende Dimension, eine neue Epoche. Alles andere bewertete der Junge als ziemlich trivial. Er hatte sich an seinem neuen Wohnort gut eingelebt und fühlte sich zu Hause. Er spürte allerdings, wie sich in ihm eine farblose Fadheit breitmachte. Die Alltäglichkeit umklammerte seine Empfindungen wie ein Riesenkraken. Béla erlebte seine Tage als unmaßgeblich und schal. Er hatte zwar schnell Deutsch gelernt, dazu noch den Schweizer Dialekt, zwei weitere Landessprachen und Englisch obendrein. Er hatte neue Freundschaften geschlossen, wenn sie auch nicht an die Brüderlichkeit der Beziehung mit Zoli herankamen. Er hatte sich in der

Schule mühelos integriert und trat auf Anraten seines Vaters einer Pfadfindergruppe bei.

»Du wirst dort neue Freunde finden«, meinte er. Béla sehnte sich nicht nach neuen Freunden, doch er akzeptierte die Anregung. Er wurde in eine Gruppe eingeteilt und erhielt den Namen Igor. Leiter dieser Einheit war ein etwas älterer Bursche, der aus Marseille kam und einige Monate in Weinfelden verbringen sollte. Wie alle Pfadfinder hatte auch er einen Namen: Rossignol wurde er genannt, was durchaus auf seine französische Herkunft Bezug nahm. Unter einem Vorwand besuchte er eines Tages die Familie und schwärmte vom hohen Wert der Kameradschaft. Der französische Gruppenleiter machte auf die Eltern einen guten Eindruck und bestärkte sie in ihrer positiven Einschätzung der Jugendbewegung.

Die Anlässe, die organisiert wurden, waren unterhaltsam. Am meisten gefielen Béla die Orientierungsläufe, die für die Teilnehmer eine echte Herausforderung darstellten. Er lernte, Landkarten zu lesen, und konnte sich auch körperlich anstrengen. Er begann, sich mit der Pfadfinderbewegung auszusöhnen.

Nach einer dieser Übungen schlug der Franzose Béla vor, ihn nach Hause zu begleiten.

»Ich kenne den Weg, ich finde allein nach Hause«, erwiderte Béla.

»Ich würde dich gerne begleiten, da ich mir gerne für heute Abend dein Fahrrad ausleihen würde.«

Béla hatte nichts dagegen und ging mit ihm ins Untergeschoss. Dort nahm der Gruppenleiter Béla in die Arme und wollte ihn küssen. Béla wehrte sich entschlossen. Dann griff er ihm unter die kurze Hose und holte seinen Penis heraus. Das versetzte Béla in Schockstarre. Er wollte schreien, doch seine Kehle war zugeschnürt. Der Franzose streichelte sein Glied, dann begann er daran herumzudrücken und zu schütteln. Béla staunte, dass sein Penis dabei anschwoll und immer härter wurde. Sein Puls erhöhte sich, sein Atem wurde heftiger. Er war völlig unfähig, zu reagieren. Zu seiner lähmenden Beklommenheit gesellte sich auch Verwunderung. Aus dem Buch des Untermieters in Budapest wusste er, dass die Geschlechtsorgane zur Fortpflanzung dienten – wozu Frau und Mann zusammenkommen mussten. Es lag aber jenseits seiner Vorstellungskraft, dass sein Penis auch ohne diese Zweckgebundenheit irgendeine Funktion hatte. Indessen fummelte der Franzose weiter an Bélas Glied. Plötzlich spürte er eine warme, elektrische Regung und eine Flüssigkeit, die aus ihm herausströmte. Der Franzose atmete heftig, nahm dann sein Taschentuch hervor und reinigte Béla. Daraufhin drehte er sich auf den Fersen um und ging aus dem Kellerraum.

Béla stand da wie ein begossener Pudel. Die hohen Wände von Tabus, die seine katholische Erziehung errichtet hatte, schützten ihn gegen diesen miesen Angriff nicht. Allmählich dämmerte es ihm, dass mit ihm soeben ein Geschlechtsakt vollführt wurde. Er war erbost und schämte sich unsäglich.

Am Abend dachte er lange über den Vorfall nach. Er konnte davon ausgehen, dass der andere noch weitere solcher Begegnungen beabsichtigte. Dann kam ihm die Idee zur Rache. Er erzählte alles seinem Bruder.

»Du wirst sehen, der Wüstling wird sich auch an dich heranmachen. Sollte er beim nächsten Pfadfindertreffen mit dir nach Hause gehen wollen, lass dich ruhig begleiten. Ich werde euch mit zwei Freunden folgen und im entscheidenden Augenblick einschreiten.«

Istvàn schaute seinen Bruder verunsichert an, leistete aber keinen Widerstand. Die Gelegenheit ließ nicht lange auf sich warten. So kam es, dass die drei Freunde dem Bruder Bélas und dem Gruppenführer folgten, ohne dabei vom Letzteren gesehen worden zu sein. Sie warteten einige Augenblicke vor der Türe des Untergeschosses, nickten sich wie auf ein Kommando zu und stürmten dann den Raum. Der Franzose war eben daran, Bélas Bruder zu betasten. Als er die Gruppe auf sich zukommen sah, wurde er feuerrot, begann stotternd und wirr durcheinanderzureden und schließlich zu schluchzen und zu weinen. Er nahm sein Pfadfinderabzeichen von der Uniform und reichte es Béla.

»Ich bin unwürdig, dies zu tragen«, jammerte er und rannte davon.

István blickte erleichtert seinen Bruder an. Béla legte seinen Arm um seine Schulter.

»Das hätten wir erledigt«, sagte er lakonisch. »Der wird sich wohl nie mehr bei uns blicken lassen.« Er dankte seinen Freunden und stieg mit seinem Bruder die Treppen hinauf.

Irgendwann hatte sich Béla verliebt, was ihn verunsicherte, denn seine Dulzinea erwiderte seine Gefühle nicht. Lottchen war eine Mitschülerin. Sie eroberte ziemlich alle Herzen der Burschen in der Klasse. Dennoch war sie nicht aufschneiderisch und war zu allen freundlich, die um ihre Gunst buhlten. Bis auf den athletisch gebauten Sohn des Brauereibesitzers ließ sie aber alle abblitzen. Auch Béla. Das verursachte ihm einen brennenden Schmerz, doch dies unterschied sich von den früher erlebten Enttäuschungen oder Schicksalsschläge. Béla gelang es nach kurzem Leiden, diesen Misserfolg wegzustecken. Seine Gleichgültigkeit, die unerklärliche Geringschätzung von Gegenwart und Zukunft schwappte auch auf seine Gefühle über. Letzten Endes war auch der Liebeskummer bedeutungslos.

Das allererste Mal, als sie auf dem Schulplatz in Weinfelden plötzlich vor ihm gestanden hatte, in ihrem rot geblümten Rock, die Begegnung der Augen fordernd, da hatte er sie mit Freude wahrgenommen. Jahre später aber wandelte sich ihr Bild in Bélas Augen. Sie schien ihm in ihrem grauschwarzen Anzug, mit dem Blick eines streng urteilenden Richters, die Welt von oben betrachtend, die personifizierte Figur einer kaltherzigen Gefängniswärterin. Da empfand er die Erinnerung an sie als lästig. Das Gesicht Lottchens, seiner vermeintlichen Liebe, verblasste mit den Jahren. War er wirklich verliebt gewesen? Zurückblickend meinte er, es wohl eher kaum gewesen zu sein, doch es schien ihm damals, dass es an der Zeit sei, verliebt zu sein. Erwachsene waren verliebt, er wähnte sich erwachsen, deshalb beschloss er also, sich für Lottchen zu interessieren, bis die Sache ernst wurde und zu brennen anfing. Nun ließ er das Leben in sich brodeln, er fühlte sich stark, hoffnungsvoll und zukunftsgerichtet, obgleich ohne Pläne. Er war sorglos, munter und glücklich. Ja, glücklich, meinte er. Lottchen brachte unerwartet Licht in seinen grauen Alltag. Sie war stets freundlich zu ihm, ab und zu sogar neckisch.

Und dennoch wurde nichts aus ihnen. Balthasar, ein athletischer Junge, schnappte ihm und allen anderen in der Klasse Lottchen weg und hinterließ somit Bélas Selbstbewusstsein ramponiert. Sie verloren zu haben, schmerzte ihn in erster Linie nicht, eher ärgerte es ihn, verletzte seinen Stolz.

Was er später nie verstehen konnte, war dieser schwarze Schatten, den sie während langer Jahre über sein Leben warf. Er fragte sich des Öfteren, was dieses Mädchen für ihn bedeuten mochte. Sie war hübsch, doch nicht überaus schön. Ihr Gesicht ähnelte einer Porzellanpuppe, glatt, regelmäßig, etwas aufgedunsen, letztlich ausdruckslos. In der Schule war sie bloß Mittelmaß, mit ihrem stillen Wesen strömte sie Langeweile aus. Sexy war sie erst recht nicht. Lange schien es ihm sogar, dass sie auch das Geschlecht einer Puppe hatte; ohne Brüste und nichts zwischen den Schenkeln. Damals störte ihn all dies nicht, sie thronte in seiner Gedankenwelt wie eine Dulzinea und dazu brauchte sie weder schön noch gescheit oder sexy zu sein. Er würde sie erst viel später begehren, als sie schon mit Balthasar verheiratet war.

Béla spürte, dass Balthasar eine unüberwindliche Abneigung gegen ihn hegte. Anfänglich wohl aus Eifersucht, Jahre später eher aus Neid. In der Schule ließ er ihn seinen Hass spüren, weil er Lottchen umworben hatte. Balthasar war von Béla genervt, weil er stets mit dem Mädchen schäkerte.

»Sie gehört mir«, zischte er einmal Béla an. Béla nahm das mit Widerwillen zur Kenntnis, denn er merkte, dass jeder, der Lottchen mit Wohlgefallen oder offensichtlicher Begierde anschaute, beim Athleten abgeschrieben war. Er ganz besonders, denn er ging in die gleiche Klasse und hatte den Vorteil, viel mehr Zeit in ihrer Nähe zu verbringen als Balthasar.

»Du bist nur ein Angeber und ein Klugscheißer, der bei jeder Gelegenheit irgendein schwachsinniges Zitat aus Büchern auftischt. Am liebsten würde ich dir das Fell gerben.«

Béla fürchtete ihn nicht, denn er wusste, dass der stupide Schüler Baumann, der Idiot der Klasse, ein Hüne mit den pfannengroßen Händen, ihn bewunderte und ihm kein Haar krümmen lassen würde.

»Der dämliche Muskelprotz und der angeberische Feigling, diese Koalition beherrscht bekanntlich die Welt«, warf ihm einmal Balthasar an den Kopf. Jedenfalls sah er es anscheinend so. Dies und viele weitere Lebensweisheiten gehörten zu seinem mit Wohlgefallen rezitierten Repertoire. Er vertrat unter anderem die Ansicht, Gott hätte die Frau minderwertig erschaffen – und dies ganz absichtlich, versteht sich. Folglich hätte sich jede Gesellschaft in allen Beziehungen nach diesem göttlichen Willen zu richten. Ferner war er der Auffassung, die Bibel müsse im buchstäblichen Sinn gedeutet werden, sowohl das Alte wie das Neue Testament.

Béla spürte, dass Lottchen mit diesem Partner auf ein großes Unheil zusteuerte. Zuerst dachte er daran, sie zu warnen, doch das kam ihm zu lehrmeisterlich vor und somit ließ er von seiner Idee ab. Viele Jahre später nachdem er Lottchen begegnet war, erfuhr er von ihr, wie sich die Beziehung zu Balthasar entwickelte.

Die beiden haben geheiratet. Mit der Einstellung von einem solchen Ehemann war es nicht überraschend, dass er sich in seiner Ehe als ein über allem erhabener Herrscher fühlte. Zu seinem Imperium gehörten nicht nur die alltäglichen Entscheidungen, ob groß oder klein, ob wichtig oder banal, sondern auch die Person seiner Frau mit all ihrem Gehabe, ja sogar mit ihren Gefühlen und Überzeugungen. Anfänglich meinte sie, so berichtete Lottchen später, die unaufhörlichen Belehrungen und Nörgeleien ihres Gatten als harmlos entsorgen zu können. Doch als Balthasar seinen Forderungen nach Anpassung immer stärker Nachdruck verschaffen wollte, rief dies in ihr zuerst Besorgnis, dann Überdruss und schließlich Ekel hervor. Sie stritten sich immer öfter lauthals. Während er drohte, sie zu züchtigen, entzog sie sich ihm und gab sich wahllos verschiedenen Beziehungen hin. Als er dahinterkam, verprügelte er sie mit solcher Gewalt, dass sie wohl schwere Verletzungen davongetragen hätte, wären nicht die Nachbarn, durch das Geschrei alarmiert, in die Wohnung gedrungen und hätten Balthasar Rupp überwältigt. Die beiden versuchten den Vorfall zu vertuschen, gingen sich aus dem Weg und ließen sich schließlich scheiden.

Mit etlichem Zynismus legte Lottchen dann Béla die Schrulligkeit ihres Mannes offen. Balthasar war zur Überzeugung gekommen, dass er Gottes Erwählter war und die Mission hatte, ein durch Jesus von Nazareth unvollendet zurückgelassenes Werk zum Abschluss zu führen. Sein Kampf galt dementsprechend allem, was sich von ihm und von seinen Auffassungen unterschied. Bei harmlosen Diskussionen über Glaubensfragen rastete Balthasar öfters aus. Immer wieder wurde er handgreiflich gegen Leugner Gottes. Die Juden bezeichnete er grundsätzlich nur als »Gottesmörder« und die Muslime beschimpfte er mit denselben Tiernamen, die diese den Ungläubigen gaben.

Balthasar wurde wiederholt festgenommen, zweimal verurteilt. Schließlich wanderte er nach Indien aus, wo er sich dem Guru Bhagwan anschloss. Hier verlor sich für Lottchen seine Spur.

Plötzlich, nach vielen Jahren, tauchte Lottchen völlig unerwartet bei Béla auf. Es erschien ihm unangenehm, ja widernatürlich, dass sie ihn nach langer Zeit aufsuchte, als wäre es gestern gewesen, dass sie aus der Schule entlassen worden waren. Er nahm mit Befremden ihr Interesse an ihm wahr, denn sie hatte keinen Platz mehr in seinem Leben. Die Jahre hatten bewirkt, dass die Erinnerung an Lottchens Bild verblasst war, sie wirkte beinahe wie eine Fremde.

Plattitüden wurden ausgetauscht, Annäherung durch sie erfolglos gesucht. Anlässlich eines langen Spazierganges schüttete sie ihr Herz bei ihm aus und vertraute ihm an, dass sie mit Balthasar eine Fehlentscheidung getroffen hatte. Dann küsste sie Béla plötzlich und gab ihm zu verstehen, dass sie zu mehr bereit war. Er war unentschlossen. Sollte er Verpasstes nachholen? Béla horchte in sich hinein. Und er fand die Antwort schneller als vermutet. Er war dazu nicht bereit. Eine stolze Genugtuung erfüllte ihn. Schließlich endete der Flirt mit einer peinlichen Banalität. Er bemerkte erst im Auto, dass er in einen Hundekot getreten war und die Schmiere samt Gestank in ihren Wagen geschleppt hatte. Die Romantik verflog. Und er sollte Lottchen nie mehr wiedersehen.

Bei einer späteren Gelegenheit erfuhr er Einzelheiten über das weitere Schicksal Lottchens. Sie würde sich mit dem Misserfolg ihrer Ehe nicht abfinden. Sie sollte sich an allen Männern rächen, indem sie möglichst viele betörte und hinterher verstieß. Außerdem würde sie sich zu einer aggressiven Feministin aufschwingen, die alles Übel in der Welt dem männlichen Geschlecht zuschrieb.

Béla vernahm überdies, dass ihr Gehabe plump theatralisch wurde. Sie begann einen Hungerstreik mit dem Ziel, Tibet von der chinesischen Unterdrückung zu befreien. »Hat das Sinn?«, fragten sie ihre Bekannten. Ihre Antwort lautete: »Ja, es erregt Aufmerksamkeit.« Da aber nicht einmal die Lokalpresse auf ihre diesbezüglichen Hinweise reagierte, brach sie die Aktion bald wieder ab.

Um für die Emanzipation der Frauen zu kämpfen, hatte sie ihren Kopf kahl geschoren. Sie sah in den Blicken der Leute, die sie betrachteten, verlegene Scheu. Als sie erfuhr, dass man den Eindruck hatte, sie stünde unter einer Tumortherapie, begann sie Erklärungen abzugeben. Sie stieß auf Unverständnis und Empörung. »Mit so etwas scherzt man nicht«, bekam sie zu hören. Oder: »Dies ist den Kranken gegenüber respektlos.«

Da kaufte sie eine Perücke, wie dies die echten Kahlköpfe tun, und ließ darunter wieder ihre Haare wachsen. Sie war eine sehr unglückliche Frau, die hinter allem nur Bosheit, Verschwörung und Verrat vermutete und die dem Leben nichts Positives abgewinnen konnte. Wenn sie nach vielen Jahren der Selbstquälerei an Krebs erkranken und ihr Zustand sich rasant verschlechtern würde, würde sie beschließen, ihrem Leben ein Ende zu setzen. Sie sollte sich eines Abends vor einen Schnellzug auf die Schiene legen. Doch selbst in ihrer Verzweiflungsgeste mochte sie auf das Theatralische nicht verzichten: Sie würde ihren Kopf auf ein Kissen betten.

Im Schädel Bélas fand zur Schulzeit ein richtiger Flohmarkt von unsortierten, zusammengewürfelten Gedanken statt. Er war jugendlich unerfahren, empfand das aber nicht als Manko. Er war ein wenig verloren und sich dessen schon eher bewusst. Wie er meinte, befand er sich auf der Suche – auf der Suche nach sich selbst. Seine Werte lagen im Sonnenbaden, Tennis und Bücherlesen. Wahllos verschlang er jede Veröffentlichung, die ihm in die Hände geriet, auch manch Unverständliches. Und je mehr er las, desto stärker wurde ihm bewusst, wie viel er noch studieren musste, um all das zu erfahren, was ein gebildeter Mensch wissen sollte.

Das war eine niederschmetternde Erkenntnis. Sie bescherte ihm Schmerzen. Doch nicht nur sie: Zu dieser Zeit schmerzte das ganze Leben. Die Welt war eine einzige große Enttäuschung. Deshalb verachtete er sie und all die Menschen, die in ihr wohnten. Oder zumindest die meisten von ihnen. Jedes Glück, das Béla in seinem Besitz wähnte, entpuppte sich als oberflächlich. Sein Leben in bescheidener Behaglichkeit, die gewohnten Abläufe in der Schule, die sorglose Geborgenheit in der Familie, all das erschien ihm ziemlich bedeutungslos. Sollte das alles sein, was seine Ansprüche befriedigte? Irgendwie fügte sein Inneres sich schlecht ineinander. Es kam ihm vor, wie ein vielteiliges Puzzle, das darauf wartete, zu einem sinnvollen Bild zusammengesetzt zu werden. Oder wie eine Rumpelkammer, zum Bersten voll mit wertlosen Schätzen, die er ausmisten und aufräumen müsste.

Außerdem wurde ihm bewusst, dass diese pastellfarbige Idylle, die seinen Alltag ausmachte, auch sehr nüchterne Forderungen stellte. Es musste Geld her. Die Zukunft hatte ihren Preis. »Ich möchte, dass du studierst«, hatte Bélas Vater verkündet, »doch du musst deinen Beitrag leisten, die Mittel dafür aufzubringen.«

Das war mehr als eine bloße Information, das war ein Programm: »Du wirst einsteigen, deinen Teil herbeischaffen, für die Zukunft aufkommen.«

›Verstanden. Urlaub ade‹, überlegte Béla. ›Macht nichts‹, dachte er. So erschöpft war er ja nicht, dass er Urlaub benötigte.

Nach kurzer Zeit fand er eine Arbeit für einige Wochen in der Kartonage. Dort stand er an einer Tischplatte, die in der Mitte eine schräg abstehende Schiene hatte. Darunter musste er bis zu einer vorgestanzten Stelle an allen Seiten große Kartonblätter schieben und umbiegen. Neben Béla beschäftigte sich ein anderer Junge, der die Aufgabe erhielt, weitere Knicke anzubringen. Diese dienten dazu, das Objekt zu einer Kartonschachtel zu formen. Die Seiten wurden noch nicht verklebt, damit die Blätter leichter zu transportieren waren. Erst am Bestimmungsort sollte ein weiterer Arbeiter die Schachtelwände zusammenfügen, die Klappdeckel aufeinander abstimmen und das Produkt vollenden.

Béla langweilte sich sehr bei dieser Tätigkeit. Und seine Unzufriedenheit stieg noch dadurch an, dass sie mit einem miserablen Lohn abgegolten wurde.

Bei der nächsten Gelegenheit zog er es vor, eine Arbeit anderer Art zu verrichten: Er ließ sich in einer Buchbinderei anstellen. Etwas früh war es schon, wenn er jeden Tag um 7 Uhr in der Druckerei an einer Heftmaschine Platz nehmen musste. Tra-tra-tra, gab sie jedes Mal von sich, wenn die ältere Frau neben ihm das von ihm geöffnete Heftchen mit dem Falz unter die Maschine zum Zusammenheften auf die Kante legte, das Fußpedal dreimal kurz andrückte, worauf das klappernde Geräusch tra-tra-tra erzeugt wurde und die Klammern einschoss. Dieses Heftgerät wurde auch Brehmer'sche Drahtheftmaschine genannt, glich einer großen Nähmaschine und trieb einen feinen Kupferdraht in die zusammenzubindenden Papierseiten. Jedes Büchlein umfasste 20 Seiten, jede Seite 100 quadratische Felder, in die Rabattmarken eingeklebt werden sollten, die beim Einkauf je nach Höhe der ausgegebenen Summe an der Kasse abgegeben wurden. Hatte jemand die 2000 Marken eingeklebt, so wurde ihm dafür beim nächsten Einkauf die Summe von zwei Schweizerfranken gutgeschrieben. Das war damals nicht wenig Geld. Béla musste für diese Summe drei Stunden Hefte öffnen und handreichen. Die Arbeit war leicht und schon nach kurzer Zeit verrichtete er sie automatisch. Das oberste Heft vom

Stapel nehmen, die Seiten mit dem rechten Daumen und Zeigefinger so spreizen, dass der Falz in der Mitte sich öffnete, mit der linken Hand die Seiten auseinanderhalten. Dann die Blätter links zur alten Frau hinüberreichen, das nächste Heft vom Stapel nehmen.

Schwer lasteten die Stunden auf seinem Gemüt. Die Heftmaschine stand vor einer Wand, die etwa drei Meter vor seinen Augen den Horizont für seinen Blick bildete. Daran hatte die Werksuhr ihren Platz gefunden. Eine Uhr, wie sie an den Schweizer Bahnhöfen zu sehen ist, linear einfach, mit Strichen anstelle von Zahlen für jede Stunde und Minute und mit einem Sekundenzeiger, der sich verzweifelnd langsam dreht. 300 volle Runden musste dieser Zeiger absolvieren, bis die alte Frau neben Béla aufstand, ihm guten Appetit wünschte und sich mit einem »bis bald« verabschiedete.

Der Nachmittag war kürzer, nur 240 Umdrehungen musste Béla noch abwarten. Doch der daemonium meridianum legte sich auf seine Sinne und die Alte stieß ihn zornig an, wenn sein Kopf zu sinken begann.

Da galt es die Zeit totzuschlagen. Tag für Tag, Stunde für Stunde. Oder besser gesagt, die tote Zeit zu beleben. Wie? Mit Nachdenken? Anfänglich ging das, doch schon nach wenigen Minuten geht Bélas Fantasie der Stoff aus, seine Gedanken drehen sich im Kreise, das monotone tra-tra-tra der Heftmaschine stellte sich ihnen in den Weg. Der Blick auf den Sekundenzeiger lähmte seine Gedanken, Nebel zog vor ihnen herauf, letztlich ließ Béla die weiße Fahne hissen. Er versuchte, das Morsealphabet auswendig zu lernen. Gut. Im Stillen Botschaften morsen, die an niemanden gerichtet waren und nie ankommen würden. Erst Rilke half weiter: Gedichte lernen. »Herbsttag«, »Rose, oh reiner Widerspruch«, »Ich lebe mein Leben in wachsenden Ringen«, »Pont du Caroussel«. Das Schulbuch lag offen neben dem Stapel Hefte, den sie zu bearbeiten hatten. Béla brauchte keine intensive Konzentration für seine Verrichtung, die Augen waren nicht auf die Arbeit gerichtet. Er rezitierte leise und rhythmisch Rilkes Gefühlswelt, bis sich die Zeilen so tief in sein Gehirn einprägten, dass er sie das ganze Leben im Schlaf aufsagen konnte. »Herr, es ist Zeit, der Sommer war sehr groß ...«

Die alte Frau würde sich später an Béla erinnern, an seine Schweigsamkeit, an sein besonderes Verhalten. »Der stille Junge saß drei Wochen neben mir. Mechanisch, wie ein Uhrwerk, reichte er mir die losen Blätter, ordentlich gebündelt, mit dem Falz nach oben, zum Stanzen. War hinter dieser Absenz Melancholie, Teilnahmslosigkeit oder fatale Ergebenheit verborgen gewesen? Ich hätte damals gerne gewusst, was in seinem Kopf vorging. Litt er als Kind vielleicht an Liebesmangel? Wurde ihm in seiner Familie die Zuneigung entzogen? Hatte es ihn vielleicht geschmerzt, dass er an der Drahtheftmaschine sitzen musste, während seine Kameraden Fußball spielten, im Fluss badeten oder den Mädchen nachstellten? Er legte ein aufgeschlagenes Buch neben sich und las Gedichte. Wie süß! Ab und zu nickte er ein, ich musste ihn aufschrecken, nicht so sehr, weil die Arbeit ins Stocken geriet, sondern weil ich befürchtete, dass der Werkmeister es merken würde. Er hätte ihm eine Stunde von seinem Lohn abgezogen. Viel war das nicht, als Handlanger beim Straßenbau hätte er mehr verdient, doch er war so schmächtig, dass er dort wahrscheinlich schon nach einem Tag zusammengebrochen wäre. Wozu war dieser Junge gut? Was mag wohl aus ihm geworden sein?«

Die alte Frau würde noch lange nach dieser Begebenheit Bélas Bild in ihrer Erinnerung herumtragen. Sie hatte keine Kinder, umso tiefer drang in sie die Erfahrung, mit einem Heranwachsenden die Arbeit geteilt zu haben. Sie hätte zu gerne mit ihm kommuniziert, doch er ging auf ihre Fragen nicht ein. Er hatte eine Mauer zwischen ihnen hochgezogen, sie konnte nicht zu ihm hinüberblicken, um zu erblicken, was dahinter, im Herzen des Jungen lag.

Als Handlanger beim Straßenbau verdiente Béla tatsächlich mehr, so wie es die Alte gewusst hatte, die bestbezahlte Arbeit fand Béla nämlich bei einer Firma für Straßenbau. Hier war körperliche Leistung gefragt, am Abend war er folglich todmüde, er schlurfte gerädert nach Hause, mit schweren Beinen und hängenden Schultern. Doch er verdiente dreimal so viel wie in der Kartonage. Das verschaffte ihm die Möglichkeit, einen stattlichen Beitrag zu seinen Studienausgaben zusammenzukratzen. Seine Muskeln erstarkten bei der Arbeit mit Schaufel und Pickel, die Tätigkeit an der frischen Luft rötete seine bleichen Wangen, nach einem Monat hatte er eine gesunde Gesichtsfarbe bekommen.

Die Ferienzeit verging, damit nahm auch die Aushilfsarbeit ein Ende. Béla wurde zur Mittelschule zugelassen. Das bot ihm eine gute Gelegenheit, sich vollständig in seine neue Welt zu integrieren. Die Lehrfächer bewältigte er mühelos und seine Beziehung zu den Schulkameraden wurde natürlicher. Sie blickten ihn nicht mehr wie ein exotisches Tier aus dem Zoo an, denn er sprach ihre Sprache und nahm auch an ihren Freizeitveranstaltungen teil. Er wurde einer der ihrigen. Es gab sogar Gelegenheiten, durch die er eine gewisse Bedeutung erlangte, in den Mittelpunkt des Interesses rückte. Eines Abends lud ihn eine Gruppe seiner Freunde zum »Krambambuli« ein. Béla ließ es sich erklären, was er sich darunter vorzustellen hatte: Über ein Gefäß mit Glühwein wurde auf einem Gestell ein Zuckerhut angebracht, mit Schnaps begossen und angezündet. Der Zucker brannte langsam und bröckelte dann in den Wein, dem man ein wenig Gewürznelken beigab. So entstand ein süffiges Getränk, dem selbst ein Feinschmecker nicht gleich anmerkte, wie viel Alkohol es enthielt.

Die Freunde ließen sich von Béla über das Leben in Ungarn erzählen und fragten nach seiner abenteuerlichen Flucht. Béla schilderte mit Hingabe seine Erlebnisse und gefiel sich in der Rolle der Schlüsselfigur. Dabei merkte er nicht, dass er zu viel getrunken hatte. Als er aufbrach, war er stockbesoffen und torkelte schwankend nach Hause.

Plötzlich bewegte sich auf der Straße ein Licht auf ihn zu. Er hielt es für klug, sich in diesem Zustand niemandem zu zeigen, und versteckte sich hinter einem Gartenzaun. Dann vernahm er die Stimme seines Vaters.

Dieser durchschaute die Situation augenblicklich.

»Komm ruhig, mein Sohn, wir wollen nach Hause gehen«, versuchte er ihm Vertrauen einzuflößen.

Nach einigem Zögern ließ sich Béla schließlich aus seinem Versteck locken.

»Es geht dir aber gut, oder?«, erkundigte sich der besorgte Vater, der sich zu dieser ungewöhnlich späten Stunde auf die Suche nach Béla begeben hatte.

Béla versuchte vergebens, seinen Rausch zu verbergen. Er erzählte lallend, dass er viel zu viel vom gekochten Schinken gegessen hatte und deshalb mit Verdauungsproblemen zu kämpfen hatte.

»Das wird sich schon richten lassen«, zeigte sich der Vater überraschend verständnisvoll. Zu Hause angekommen brachte er ihm ein Glas Mineralwasser, das allerdings verheerend wirkte. Béla musste sich übergeben. Da kam auch seine Mutter hinzu. Als ihr bewusst wurde, was hier geschehen war, klagte sie bitter über Bélas Laster, doch sie zog die beschmutzte Bettwäsche ab und legte ihm kalte Umschläge auf. Wenige Minuten später verfiel Béla in einen tiefen Schlaf. Als er am nächsten Tag erwachte, läuteten alle Kirchenglocken zur Messe. Ein säuerlicher Gestank von Erbrochenem stach ihm in die Nase. Er lag auf der Matratze ohne Bettzeug. Seine Mutter stand weinend in der Türe.

»Alle Menschen gehen in die Kirche, nur mein Sohn liegt betrunken herum!«, beklagte sie sich. Der Vater gab sich versöhnlich. »Das gehört doch zur Erfahrung eines jeden. Lass ihn doch weiterschlafen.«

Den ganzen Tag litt Béla unter heftigen Kopfschmerzen. Reumütig nahm er sich vor, nie mehr Alkohol zu trinken.

Während der letzten Ferien vor dem Abitur meinte sein Vater, dass er besser daran täte, sich auf die Examina vorzubereiten als Geld zu verdienen. Darüber war Béla nicht unglücklich und büffelte fleißig.

Die meisten Mitschüler sahen mit großer Sorge auf die Abschlussprüfung. Béla empfand diese als trivial und absolvierte sie ohne Mühe, ebenso wie die Immatrikulation an der Eidgenössischen Technischen Hochschule in Zürich. Er hatte das Studium der Mathematik gewählt, seine Leidenschaft, in der er sich schon in der Mittelschule ausgezeichnet hatte. Dennoch fehlte ihm etwas, eine klare Sicht auf die Zukunft, ein echtes Ziel, ein Magnetpol der Verheißung. Er kam sich vor wie in einem Hamsterrad, stets am Rennen, doch vorwärts kam er nicht. Sein Leben kam ihm als eine monumentale Mittelmäßigkeit vor. Waren das die Qualen der seelischen Häutung eines jungen Mannes oder ernste Anzeichen einer Krise? Béla versuchte, seine Fragen dadurch zu verdrängen, dass er sich oberflächlichem Zeitvertreib hingab. Doch sie kehrten stets in seinen Kopf zurück. Er malte sich seine Zukunft aus … Mathematiklehrer in einer Schule? Nein, das wollte er auf keinen Fall werden. Versicherungsmathematiker, der sich ein Leben lang mit statistischen Daten herumschlagen musste? Gott behüte. Vielleicht sich mit einer ordnungsliebenden Frau und zwei bis drei Kindern abfinden? Jeden Sonntag nach dem Kirchenbesuch und dem Spaziergang sich am Braten oder Paprikahuhn ergötzen. An jedem Dienstagabend im Männerchor mit anschließendem Bierchen Gesellschaft pflegen. Während der Messen auf der Empore, die langweiligen Lieder der Gemeinde singen? Da hatte jedes Kind bessere Aussichten, das davon träumte, als Pilot, Lokomotivführer oder Schiffskapitän den Neid seiner Mitmenschen zu erwecken.

In diesen ereignislosen Zeiten fehlte etwas Wichtiges, doch Béla wusste nicht, was. Er spürte nur, dass er etwas Großes erreichen musste. Heldentum war gefragt, scharfe Konsequenz, unzweideutige Ableitbarkeit. Und weil die Lösung nicht auf der Hand lag, musste sie herbeigezaubert werden. Béla beschloss, das Schicksal nach seinen Vorstellungen zu beugen. Gelegenheit dazu fand er anlässlich der Fastenwoche.

Wie üblich kam ein auswärtiger Priester nach Weinfelden, um vor Ostern eine Reihe von Predigten zu halten. Jeden Abend besuchte Béla diese Anlässe und verfolgte mit großer Anteilnahme die Erläuterungen über christliche Tugenden. Der Missionar, so nannte man die Osterprediger, sprach überzeugend, mit Begeisterung und verbannte die Sünde aus den Gedanken der Zuhörer. Béla fand hier schließlich, was er suchte. Langsam reifte in ihm der Entschluss, sein Leben der Verkündigung der Botschaft Christi zu widmen. Als Fernziel träumte er davon, nach der Befreiung seines Heimatlandes am religiösen und moralischen Wiederaufbau Ungarns mitzuwirken. Konnte er schon nicht mit richtigen Waffen gegen das Regime kämpfen, schien es ihm als Ersatz angebracht zu sein, das Evangelium zu verbreiten.

Am Ostertag eröffnete er seinen Eltern nach dem Gebet beim Mittagessen, dass er die Absicht hatte, in den Jesuitenorden einzutreten.

Diese Mitteilung wirkte wie ein Blitz aus heiterem Himmel. Seine Mutter war wie erschlagen. Béla wusste, dass sie sich ihre Zukunft als Großmutter inmitten einer fröhlichen Enkelschar vorgestellt hatte. Er konnte sich leicht ausmalen, wie irritiert sie davon war, dass ihr verrückter Sohn auf diese absurde Idee kam, sich von der Welt abzuwenden, die Familie zu verlassen und einen steinigen Weg der Entsagung zu wählen. Das Leben im Orden war bekanntlich mit strengen Auflagen verbunden. Die drei Gelübden, Armut, Keuschheit und Gehorsam verlangten eine vollständige Absage an ureigene Erfüllung. Persönlichen Besitz gab es nicht, die sexuelle Enthaltsamkeit, wohl die schwerste Auflage für viele, bildete die rigorose Entsagung an das triebhafte Verlangen der Natur, das Gelübde des Gehorsams beraubte die Mitglieder ihrer Entscheidungsfreiheit. Das war nicht das Leben, das sich die Mutter Bélas für ihren Sohn vorgestellt hatte. Ihre Verwurzelung im Glauben reichte anscheinend nicht aus, diese letzte Konsequenz zu akzeptieren. Tagelang versuchte sie Béla diesen krummen Gedanken aus dem Kopf zu treiben. Ihre verweinten Augen waren ein unübersehbarer Vorwurf an seine Adresse, doch er ließ sich vom mütterlichen Leid nicht beirren und traf Vorkehrungen, seine Entscheidung zu verwirklichen. Natürlich tat es ihm weh, die Enttäuschung und den Schmerz seiner Mutter mitzuerleben, doch er fand, dass er an einem Punkt in seinem Leben angekommen war, wo er allein seinen Weg zu bestimmen hatte.

Der Vater konnte Bélas Wahl besser einordnen. Auch er, der ehemalige Berufsoffizier, hatte sein Leben als junger Mann an der höheren Ordnung der Landesverteidigung ausgerichtet, war also auf eine gewisse Art mit seinem Sohn seelenverwandt. Er gab sich Mühe, seine Frau zu beschwichtigen, konnte aber als einziges Argument den Glauben ins Feld führen, der die Familie in allen Lebenssituationen lenkte.

Béla liebte keine halben Sachen. Stets suchte er die Herausforderung. Auch die Wahl des Jesuitenordens gehörte dazu. Denn dieser war dafür bekannt, dass er hohe Anforderungen an seine Mitglieder stellte. Die beiden Grundstudien der Philosophie und der Theologie mussten alle absolvieren. Diese galten als Werkzeuge ihrer Mission. Jenen mit besonders guten Leistungen traute man mehr zu. Sie durften ein nach ihrer individuellen Begabung gewähltes Studiums absolvieren. Dies ermöglichte dem Orden, in den verschiedensten Spezialgebieten der Gesellschaft ihre Mitglieder einzusetzen. Diese konnten dann an allen Fronten die höchste Wirkung in der Seelsorge erzielen. Da gab es Ameisenforscher, Sozialarbeiter, Ärzte, Architekten und viele andere Berufe mehr. Bélas Zukunft plante man aufgrund seiner abgebrochenen mathematischen Studien im wissenschaftlichen Bereich.

Bélas Freunde wollten den Schritt ihres Kumpans nicht richtig ernst nehmen. Er schien ihnen zu lebensfreudig und gesellig, um die Ordensgelübde auf die Dauer auszuhalten. Armut, Keuschheit und Gehorsam bildeten ein trockenes Brot für einen Jungen wie ihn. Und während ihm alle ein kurzes Verweilen unter den Jesuiten vorausgesagt haben, wollte Béla, der insgeheim genau dadurch provoziert wurde, aus Trotz allen zeigen, wie ernst er es mit seiner Entscheidung meinte. Einer seiner Schulkameraden sagte spöttisch: »Der wird kein Heiliger, dazu ist er zu klug.« Béla empfand es nicht als nötig, die Fopperei seiner Freunde zu kommentieren. ›Ihr werdet es schon sehen‹, dachte er selbstbewusst und ließ sich nicht verunsichern.

Er war in einem Alter, in dem das Schreckgespenst der Vergänglichkeit das Bewusstsein noch nicht angenagt hatte. Das

Leben erschien noch ohne ein Ende, die alten Menschen waren offensichtlich immer alt gewesen, der Tod schaute nur dort vorbei, wo Menschen schon längst das Inventar abgeliefert hatten. Folglich legte Béla keine Rechenschaft darüber ab, dass die Tage, die er seinem Ideal opfern wollte, unwiederbringlich verloren wären. Und dass gerade seine schönste Jugend einem Moloch zum Opfer fiel.

Der Eintritt ins Noviziat war an ein Eignungsexamen gebunden. Béla wurde ins Haus des Provinzials eingeladen, wo ihn vier Jesuitenpater, einer nach dem anderen, in einer Art Verhör auf Herz und Niere prüften. Jeder dieser Priester bewohnte ein einfaches Zimmer, das mit einem Bett, einem Schreibtisch, zwei Stühlen, einem kleinen Büchergestell, einem Lavabo und einem Betschemel ausgestattet war. An der Wand über dem Bett hing bei allen ein schlichtes Holzkreuz. Die Patres stellten sich mit ihren Familiennamen vor, was Béla insofern überraschte, als er meinte, alle Ordensleute hätten nur den von den Oberen zugeteilten Vornamen getragen.

Das Gespräch verlief immer nach dem gleichen Schema. Die Ernsthaftigkeit des Glaubens wurde einem Examen unterzogen, die Familienverhältnisse wurden durchleuchtet, die Beweggründe für den Eintritt analysiert und mit besonderem Eifer wurde danach gefragt, ob der Kandidat schon eine geschlechtliche Beziehung zu einer Frau hatte. Béla fiel auf, dass dieser Punkt mit Nachdruck hervorgehoben wurde. Er wusste, dass die katholische Kirche trotz gegenteiliger Behauptung eine ausgesprochene Feindlichkeit gegen das Geschlechtliche vertrat. Alles, was mit dem Körper zu tun hatte, stank nach Sünde. Dennoch schien ihm die Beharrlichkeit, mit der die Patres seine sexuelle Erfahrung beleuchten wollten, ziemlich unangenehm. Béla war jungfräulich, entsprach also den Kriterien für die Zulassung zum Noviziat.

Diese Gespräche irritierten ihn. Béla erreichte nach der Begegnung mit den ersten drei Patres einen Punkt, wo er von großer Unsicherheit befallen wurde. Er hatte sich mehr geistigen Glamour gewünscht, diese prosaischen Gespräche enttäuschten ihn dagegen sehr. Er stellte sich seine Zukunft als Heilsverkünder würdevoll, in feierlicher Stimmung des Alltags vor. Nun stieß er auf eine strohtrockene, leidenschaftslose, staubige Wirklichkeit, die stark jener Welt glich, der er zu entrinnen suchte. Als er ins Zimmer des vierten Examinators trat, war er entschlossen, seine Entscheidung, Priester zu werden, über den Haufen zu werfen.

Der Jesuit, der ihm gegenüberstand, war jünger als die drei anderen, hatte einen offenen Blick und verzichtete auf das strenge Gehaben seiner Mitbrüder. Er empfing Béla mit einem sympathischen Lächeln und stellte sich als Pater Flavio vor. Kein Familienname also, aber familiär. Er fragte Béla nach den Eindrücken der bisherigen Begegnungen. Béla widersetzte sich der Versuchung, aus Höflichkeit seine Enttäuschung zu verbergen.

»Ich muss meine Entscheidung noch gründlich überdenken«, sagte er stirnrunzelnd.

Pater Flavio erfasste augenblicklich die Situation und nickte verständnisvoll. Er begann nicht damit, Béla Fragen zu stellen, sondern sprach von der Größe einer Berufung, von der Gnade, die dem Gläubigen dadurch zuteilwird, von der heiligen Aufgabe, sein Leben im Dienste Gottes und der Menschen zu gestalten. Aufmerksam hörte Béla ihm zu und sein Herz begann aufzutauen. Weil Pater Flavio offenbar merkte, wie sich die Gesichtszüge des Jungen allmählich entspannten, wechselte er zum Thema der Jungfräulichkeit über. Er sprach nicht von der Rolle der sexuellen Enthaltsamkeit, wie die anderen das getan hatten.

»Es ist ein großes Opfer, das einem Priester damit abverlangt wird«, sagte er nachdenklich. »Doch dieser Verzicht kommt aus der Stärke. Und er bringt die Belohnung mit sich. Die Freiheit, ohne Verzettelung durch Frau und Kinder ausschließlich Gott zu dienen, steht über dem vergänglichen Vergnügen.« Dann schwieg der Pater. Er blickte einen unbestimmten Punkt im Zimmer an, als würde er seine Worte gründlich überprüfen.

Béla wurde nachdenklich. Er fand, dass Pater Flavio nicht Buchhaltung führte, wie es die anderen Patres taten und sich mit bloßen Fakten begnügten, sondern Werte prägte, die ihn im Leben tragen würden. Er hatte sich mit seiner Entscheidung wieder versöhnt. Pater Flavio hatte mit seiner offenen, ehrlichen Art die Begeisterung für seinen Plan wiederbelebt. Béla empfand unbegrenztes Vertrauen zu diesem vorbildlichen Priester.

In einem Punkt entsprach Béla nicht den Anforderungen für den Eintritt ins Noviziat: Das Latein fehlte ihm. Denn er hatte die mathematisch-wissenschaftliche Maturität abgelegt und da wurden nur moderne Sprachen gelehrt. Und das stellte sich jetzt als gravierender Mangel heraus. Der Lehrplan an den Universitäten der Jesuiten wurde in Latein vermittelt, die Vorlesungen, die Bücher, die Examen waren alle auf Latein. Da war ein Realschüler, wie man die naturwissenschaftlichen Absolventen nannte, aufgeschmissen. Doch Béla ließ sich nicht abschrecken. Bis Mitte September, dem Beginn des Noviziates, würde er Latein lernen, beteuerte er. Der Provinzial, der Landesvorsteher des Ordens, dem er dieses Versprechen machte, runzelte ungläubig die Stirn, doch er ging auf den Handel ein. Er bot sogar Béla an, ins Ordenshaus einzuziehen, damit er konzentriert und ungestört sein Studium vorantreiben konnte.

Mitte Mai war es dann soweit. Béla verließ unerwartet früh die Familie und reiste mit dem Zug nach Fribourg. Wie er erwartet hatte, wühlte ihn das Leid seiner Mutter beim Abschied stark auf, und er musste sich zusammennehmen, um seine Emotionen nicht zu zeigen und dadurch die Situation für seine Mutter nicht noch zu verschlimmern. Er verbrachte keine unbeschwerte Reise. Bleischwer bedrückten seine Gefühle das Herz, er war nicht mehr sicher, ob seine Entscheidung schließlich doch nur einer augenblicklichen Flause entsprang.

Am Bahnhof in Fribourg wurde er von einem jungen Ordensmann etwa in seinem Alter freundlichst begrüßt.

»Ich führe Sie jetzt ins Ausbildungshaus«, meinte er.

»Ich heiße Béla, wir können uns wohl duzen.«

»Die Regeln sehen vor, dass wir uns mit Sie ansprechen. Sie werden sich schnell daran gewöhnen«, meinte der andere.

Béla war ein wenig erstaunt, doch er ging auf diese Bemerkung nicht ein.

Nach einem Fußmarsch von 15 Minuten kamen sie im Noviziat an, wo Béla die nächsten 28 Monate verbringen sollte.

Als Béla das Ordenshaus betrachtete, war er nicht wenig überrascht. Er malte sich aus, ein Gebäude im Stile von mittelalterlichen Klöstern vorzufinden. Doch der Bau hatte nichts Klösterliches an sich. Er war modern, schlicht, ein gewöhnliches Panelhaus. Keine Romantik von Kreuzgang und Patio, keine Bogendecken und verwinkelte Treppen. Eine leise Enttäuschung beschlich Bélas Gemüt.

Beim Eingang wartete ein hagerer Priester, der ihn herzlich begrüßte.

»Ich bin Pater Magister«, stellte er sich vor.

»Carissimus Bovet«, sprach er den Jungen an, der Béla abgeholt hatte, »zeigen Sie unserem Gast das Haus.«

Bovet muss den fragenden Blick Bélas wahrgenommen haben. »Wir werden während unserer Ausbildungszeit Carissimi genannt«, erklärte Bovet. Er führte Béla durch das Haus, zeigte ihm die Studierzimmer, die Schlafkojen, die Mensa, die Aula, dann die Küche und die Krankenabteilung. Schließlich führte er ihn in eine kleine Kapelle, die etwa 50 Leuten Platz bot. An der Wand über dem Alter hing eine Jesusstatue, nur der Körper mit ausgestreckten Armen, ohne Kreuz, als hätte er sein Folterinstrument vergessen.

»Das ist das Herzstück unseres Hauses«, flüsterte Carissimus Bovet respektvoll. Die beiden knieten sich für ein kurzes Gebet hin. Dann erhob sich Bovet und führte Béla zu einem kleinen Gästezimmer. »Hier werden Sie wohnen«, erklärte er. Der Raum war mit einem Bett, einem schmalen Schrank, einem Tisch, einem Stuhl und einem Betschemel ausgestattet.

Béla wurde nicht sofort in den Kreis der offiziellen Kandidaten eingegliedert, dies würde erst beim Beginn des Noviziates Mitte September erfolgen. Dennoch durfte er an einigen Anlässen der gemeinschaftlichen Tagesordnung teilnehmen, wie den Gebeten, die mehrmals gesprochen wurden, der morgendlichen Messe, dem Essen im Refektorium, der Litanei. Ferner wurde von ihm erwartet, dass er sich an den Arbeiten im Haus beteiligte. Wie alle anderen war auch er an Tischdecken, Küchendienst, Abwaschen und der Reinigung der Räumlichkeiten beteiligt. Sporadisch musste er auch in der Krankenabteilung aushelfen. Hier waren zwei uralte Patres einquartiert, die nach einem langen Leben der Glaubensverkündigung auf den in Aussicht gestellten himmlischen Lohn warteten. Beide litten an Demenz und es war für Béla eine wahre Prüfung, den Zerfall von Körper und Geist mitansehen zu müssen. Der Tod war für ihn nicht unbekannt, zur Zeit des Aufstandes in Budapest war er ihm auf erschreckende Art begegnet, doch damals hatte die Gewalt das abrupte Ende des Lebens bewirkt. Jetzt musste er erleben, wie ein unaufhaltsamer Prozess die Substanz dieser Menschen zersetzte, unumkehrbar und unheilbar. Die beiden Alten waren sich ihrer Lage nicht bewusst und die Gemeinschaft nahm das langsame Sterben mit Ergebenheit und Gleichmut hin. Béla indessen konnte sich nicht vorstellen, dass er auch einmal in diese Situation geraten könnte, er leistete die Pflege gleichsam als Außenstehender, als Betrachter, nicht wie jemand, der einmal im späteren Leben selbst betroffen wäre. Als dann einer der zwei kranken Pater an Altersschwäche starb, wurde Béla damit beauftragt, im kleinen, ordenseigenen Friedhof, der hinter einer Steinmauer im Garten angelegt war, ein Grab auszuheben. Diese Einsätze im Hausdienst und Pflege sah er als Abgeltung von Kost und Logis, die ihm unentgeltlich geboten wurden.

Bei alledem blieb ihm aber genügend Zeit, sich dem Lateinstudium zu widmen.

Béla machte sich mit Entschlossenheit ans Lernen. Bevor er nach Fribourg gereist war, hatte er sich bei einem Antiquariat ein dreibändiges Werk der lateinischen Sprache besorgt, und nun ging es los mit Vokabeln lernen. Deklinationen, Konjugationen, Zeitenfolgen und anderen Sprachattrappen. »Rosa, rosae, rosae, rosam, rosa«, meinten die Römer und Béla hatte nichts dagegen einzuwenden. Er hatte sich etwas ausgedacht: Er wollte die Aufgaben, die er am Schluss jeder Lektion gestellt bekam, erst einmal erledigen, sie dann aber drei Tage liegenlassen. Danach holte er sie wieder hervor und korrigierte sie, da er in der Zwischenzeit Fortschritte erzielt hatte und in der Lage war, die Fehler zu erkennen.

Sieben Stunden am Tag arbeitete er konzentriert. Kapitel für Kapitel kämpfte er sich durch die drei Bände seiner Grammatik. Auf die Formenlehre folgten Syntax und Stilvorgaben. Ab und zu blieb er in seinem Selbststudium stecken, dann durfte er sich um Hilfe an einen Pater wenden, der ihm jeweils aus der Patsche half.

Nach drei Monaten war Béla in der Lage, die Klassiker des alten Roms zu übersetzen, und fühlte sich bereit, sich dem Examen zu stellen. Das Gymnasium hielt im August die Nachprüfungen für die Abiturienten ab, die im ersten Anlauf gescheitert waren. Dafür konnte sich Béla anmelden. Beklommen betrat er eines Morgens den Examensraum. Wie alle anderen erhielt er diverse Blätter mit den Prüfungsaufgaben. Zuerst war er ziemlich aufgeregt, doch seine Nervosität legte sich, als er mit der Arbeit begann. Er wurde mit den Antworten rechtzeitig fertig und lieferte die Blätter dem Aufseher ab.

Dann begann die Zeit des ungeduldigen Wartens. Drei Wochen, die Béla als eine Ewigkeit vorkamen, musste er sich gedulden. Schließlich kam die erlösende Mitteilung. Nicht ganz überraschend bestand er das Abitur in Latein mit der Note »magna cum laude«. Der Autodidakt hatte sich dadurch die lange Jahre dauernde Quälerei der Lateinstunden ersparen können.

Mit unverhohlenem Stolz präsentierte er das Zeugnis dem Novizenmeister. Dieser nickte anerkennend, holte aber zu einer ernsten Belehrung aus.

»Die wahre Tugend liegt in der Demut, die selbst im Erfolg den Stolz besiegen muss. Was wir vollbringen, schenkt uns Gott. Somit müssen wir ihm für unsere Leistungen dankbar sein«, sagte er feierlich.

Béla verstand, dass in seiner neuen Welt die erste Regel Selbstverleugnung hieß. Dieser eifersüchtige Gott behielt sich das

Recht vor, die Erfolge seiner Untertanen im eigenen Leumunds-
zeugnis zu verbuchen. Beschämt entschuldigte sich Béla beim
Magister, der ihm nun freudig offenbarte, dass jetzt seinem Eintritt ins Noviziat nichts mehr im Wege stünde.

Mittlerweile war Béla der Tagesablauf der Ordensbrüder
heimisch geworden, er fühlte sich der Gemeinschaft zugehö-
rig. Die Soutane hatte er zwar noch nicht erhalten, doch es
fehlten nur wenige Tage bis zum Beginn des Noviziates. Als
Mitte September die neuen Neulinge eintrafen, fühlte sich
Béla schon als Alteingesessener. Er wusste inzwischen, dass
der Orden der Jesuiten den klösterlichen Lebensformen ent-
sagt hatte. Die starren Abläufe der Tagesordnung galten bei
ihnen als hinderlich für einen höchst wirksamen Einsatz. Ihr
Grundsatz »Ad maiorem gloriam Dei«, alles zur größeren Ehre
Gottes zu verrichten, stand über den traditionellen Formen des
Klosterlebens. Zwar erledigten sie ihre priesterlichen Pflichten
gewissenhaft, doch sie taten dies nicht, wie die meisten anderen Orden, in gemeinschaftlichen Zusammenkünften, sondern
jeder für sich, je nachdem, wo sich der einzelne gerade befand.
Die einzige Ausnahme von dieser Gepflogenheit bildete das
Leben im Noviziat. Die angehenden Ordensmitglieder sollten
mit dem Rigorismus der klösterlichen Lebensformen vertraut
gemacht werden, bevor man ihnen die lockere Form der Ei-
genverantwortung zutraute. So waren die ersten zwei Jahre
im Ordensleben Bélas die düstersten. Dennoch fühlte er sich
keineswegs enttäuscht. Er war ein Perfektionist, der alles, was
er an die Hand nahm, mit voller Hingabe erledigte. Halbe
Sachen kannte er nicht. Ab und zu musste er in seinem Eifer sogar zurückgebunden werden. So etwa während der Fas-
tenzeit, weil der an sich schon magere Novize nur die Hälfte
seiner Essensration zu sich nahm, bis der Pater Magister ihm
befahl, zum Frühstück Butter und Marmelade auf sein Brot zu
streichen und die Teller bei den Mahlzeiten leer zu essen. Béla
gehorchte. Innerlich widerstrebend war er sich aber bewusst,
dass seine versteckte Auflehnung nicht dem Geiste des Gehorsams entsprach.

Mit dem Ordenskleid erhielt er auch seinen Platz in Dormitorium, was nicht etwa eine Klosterzelle war, sondern ein Gemeinschaftsraum, der durch Vorhänge in vier Teile abgeteilt war. Dahinter befand sich jeweils ein Bett, ein schmaler Schrank und ein Waschbecken. Fortan stellte das den bescheidenen Privatraum der Novizen dar. »Cubiculum« wurde diese Schlafkoje genannt und bildete den höchst bescheidenen Mikrokosmos persönlicher Abgeschiedenheit.

Für Béla veränderte sich der Tagesablauf mit dem Beginn des Ordenslebens nur wenig. Es kamen drei Stunden »Instructiones« hinzu, wo der Magister in Vorlesungen die Ordens- und Kirchengeschichte, die Biografie der berühmten, prägenden Jesuiten, die Ordensregeln, die Grundsätze der Askese und der christlichen Tugendlehre erläuterte. Und zusätzlich wurde den jungen Kandidaten zweimal am Tag Zeit für die Gewissensforschung eingeräumt. Diese Übung fiel Béla am schwersten, denn die Suche nach vermeintlichen Vergehen in einem tugendreichen Alltag erwies sich als ziemlich aufreibende Tätigkeit. Die Abgeschlossenheit von der Außenwelt ließ keine Ritzen offen, um besonders heftige Versuchungen eindringen zu lassen, da gab es kaum Nährstoff für große Sünden. Doch die Suche nach Unvollkommenheiten wollte kein Ende nehmen. Die regelmäßige Beichte reichte den Tugendhütern nicht aus. Einmal im Monat wurde die Jagd auf Fehlern öffentlich abgehalten. Jeder Novize musste sich in der Mitte des Refektoriums hinknien und seine Verfehlungen mit ausgebreiteten Armen und lauter Stimme vortragen. Einem Außenstehenden konnten diese als Lappalien vorkommen. Die Fehler waren meistens klischeehaft wiederkehrend: »Ich habe das Silentium gebrochen« – denn außer wenigen Ausnahmen mussten die Novizen die Regel des Stillschweigens einhalten –, »ich habe einen Mitbruder in Gedanken kritisiert«, »ich war beim Essen unbeherrscht«, »ich bin nach dem morgendlichen Weckruf noch ein Weilchen im Bett liegen geblieben«. Solcherart waren die üblichen Makel, die vorgetragen wurden.

Béla fühlte sich bei der sogenannten »Venatio«, was wörtlich »Jagd« bedeutete, noch stärker erniedrigt. Dabei mussten die

Novizen wiederum, einer nach dem anderen in der Mitte des Refektoriums kniend und mit ausgebreiteten Armen anhören, was die anderen an ihm auszusetzen hatten. Diese Übung war für alle Beteiligten äußerst peinlich. Als Jäger war Béla wegen seiner Kritik verlegen, als Gejagter schämte er sich, an den Pranger gestellt zu sein. Doch es wurde keine Gelegenheit ausgelassen, den jungen Menschen unmissverständlich einzuschärfen, dass sie von Fehlern und Sünden nur so strotzten.

Als tragender Pfeiler des Ordenslebens galten drei Gelübde: Armut, Keuschheit und Gehorsam. Diese wurden zwar von den Ordensleuten erst nach Beendigung des Noviziats abgelegt, doch sie galten schon während der Einführungszeit als Richtschnur für das Verhalten.

Die öffentlichen Selbstanklagen der Novizen hatten nie eines dieser Gelöbnisse betroffen. Gegen die Armut konnte schon deshalb nicht gesündigt werden, weil niemand einen persönlichen Besitz für sich beanspruchen konnte. Zwar waren Unterwäsche und Kleidungsstücke mit kleinen Namensetiketten versehen, doch nur aus praktischen Gründen, damit nach der Reinigung jeder seiner Körpergröße entsprechende Sachen tragen konnte. Ein Besitzrecht bekam dadurch keiner zugesprochen. Auch der Gehorsam geriet nie in Gefahr, denn keiner hätte es gewagt, die Anweisung der Oberen anzufechten, was ohnehin nach einer ernsten Rüge zum Ausschluss des Widerspenstigen geführt hätte. Als wichtigstes Gebot empfanden die Ordensleute die Keuschheit. Weil das weibliche Geschlecht im Haus nicht vertreten war, hätte sie nur als homosexuelle Liebe oder Selbstbefriedigung verletzt werden können. Die Ideale der angehenden Ordensleute waren noch zu stark, um den Kampf gegen die Triebhaftigkeit zu verlieren. Dazu kam, dass die Ordensregeln das Betreten des Cubiculums der Mitbrüder streng verboten hatte.

So blieb also die öffentliche Zurschaustellung der persönlichen Makel auf Lappalien beschränkt. Béla vermutete, dass sie nur den Stolz der Einzelnen zerstören sollten.

Trotz dieser archaisch anmutenden Übungen gewöhnte sich Béla gut an das Leben im Ordenshaus. Unbemerkt befand er sich in einer heiklen Lage, denn in der Schweiz war der Orden der Jesuiten, der sogenannten Societas Jesu, verfassungsmäßig verboten. Dieser über hundertjährige Anachronismus stammte aus dem Sonderbundskrieg, in dem die fortschrittlichen und konservativen Kräfte einander bekämpften und die Jesuiten als Kriegshetzer gebrandmarkt und aus dem Land vertrieben worden waren. Man hatte zwar in der Zwischenzeit stillschweigend Kompromisse eingeführt, doch das Gesetz blieb in Kraft und die Anwesenheit der Jesuiten in der Schweiz war umstritten. Für Béla bedeutete dies ein ernstes Problem. Denn er war im Begriffe, als Staatenloser das Schweizer Bürgerrecht zu beantragen. Seine Oberen befürchteten, dass sein Gesuch abgelehnt werden könnte, falls es ruchbar wurde, dass er im Noviziat des Ordens war. Sie versuchten, seinen Status zu kaschieren, indem sie ihn an die Universität immatrikulieren ließen – mit Griechisch als Vorlesungsfach. Dies war in doppelter Hinsicht nützlich. Erstens verbarg das Studium ein mögliches Hindernis für Bélas Einbürgerung in der Schweiz und zweitens war Griechisch für das spätere Studium der Theologie nützlich. Béla freute sich über diese zusätzliche Herausforderung und über die gelegentlichen Gänge außerhalb der Mauern des Ordenshauses. Für das Privileg, die Örtlichkeiten des Ordens verlassen zu können, sollte er aber einen gewissen Preis bezahlen. Sowohl auf der Straße wie auch an der Universität war er stets großen Versuchungen ausgesetzt. Es war die Zeit der Miniröcke und der noch provozierenden Hotpants, was in Béla harte Konflikte auslöste. Im jugendlichen Alter, wenn der Geschlechtstrieb des Menschen am heftigsten auf Befriedigung drängt, waren die zur Schau gestellten prallen Hintern und strammen Oberschenkel junger Mädchen ein Stachel in Bélas Herz. Zwar schrieben die Ordensregeln vor, die Augen im Zaum zu halten, die »modestia oculorum«, das Abwenden des Blickes von aufreizenden Objekten, gehörte zu den erstrebenswerten Tugenden, zu den klugen Vorbeugemaßnahmen, um der Sünde auszuweichen. Doch man musste schließlich die Straße überqueren, den Leuten ausweichen und den Hundekot

auf dem Gehsteig vermeiden, also die Augen offenhalten. Da
war es unvermeidlich, dass die freizügig offengelegten weibli-
chen Reize ihre unheilvolle Wirkung auf Béla ausübten. Doch
das Verlangen, das in ihm geweckt wurde, stand unter seiner
·Kontrolle, er nahm die Versuchungen als zusätzlichen Beweis
göttlichen Vertrauens hin. Die Anfechtungen der Sinne konnten die stille Freude Bélas an den Vorlesungen nicht vergällen.
Sie lockerten die Monotonie des Alltags auf. Er erhielt ein Son-
derrecht vor seinen Mitnovizen und genoss diese profanen Ein-
lagen mit sichtlicher Zufriedenheit.

Bei seinen Gängen durch die Universität konnte Béla auch
einige Nachrichten aus der Welt aufschnappen. Einmal mehr
verdeutlichte es ihm, wie die jungen Ordenskandidaten lebten,
denn sie lasen keine Zeitung, sie schauten kein Fernsehen und
hörten kein Radio. Folglich hatten sie keine Ahnung, was in
der Außenwelt geschah. Sie waren wie Bewohner eines anderen
Planeten, zu dem von der Erde nie eine Botschaft gelangte. Die
einzige Neuigkeit, die Béla während der zwei Jahre in Fribourg
an einem Morgen erreicht hatte, gab Pater Sozius bekannt. So
nannte man den Vize-Novizenmeister. Beim Frühstück infor-
mierte dieser mit düsterer Miene, dass der amerikanische Präsident John F. Kennedy ermordet worden war. Sonst wurden
sie in Unkenntnis gelassen. Nicht einmal die Briefe, die sie von
ihren Familien erhielten, durften sie über die Geschehnisse jenseits der Klostermauern unterrichten. Diese Briefe wurden den
jungen Männern geöffnet ausgehändigt. Und geöffnet mussten
die Novizen ihre abgehenden Briefe beim Novizenmeister abgeben, damit er sie lesen konnte, wenn ihm das angebracht erschien.

Einen anderen Wellenbrecher im Einerlei des Ordenslebens bildeten die Exerzitien. Diese galten in den Augen der Jesuiten als
Kernstück der Spiritualität. Die geistigen Übungen, die im ersten Jahr drei Tage dauerten, waren der Meditation gewidmet.
Angestrebt wurde eine innere Läuterung durch Gebet, Stille
und Besinnung. Zuerst kamen die sogenannten »kleinen Exerzitien«. Im zweiten Jahr dann trauten die Oberen den Novizen

die »großen« Exerzitien zu, die 30 Tage dauerten und, nach Bélas Empfinden, einer geistigen Schraubenpresse glichen. Erstens war während dieser 30 Tage die völlige Isolation vorgeschrieben, die Novizen durften mit niemandem sprechen. Ein Monat Stillschweigen schien für Béla eine Ewigkeit zu sein. Alle Leitungen zu den Mitmenschen wurden gekappt, einzig mit Gott durfte er kommunizieren. Natürlich musste er während dieser Zeit auch der Universität fernbleiben. »Im Vergleich zu den Exerzitien ist alles andere unwichtig«, erklärte ihm der Novizenmeister, als Béla auf die Bedeutung seines Studiums hinwies.

Obendrein erwiesen sich die von Ignatius von Loyola konzipierten Exerzitien eine echte Gehirnwäsche für Béla. Nicht von ungefähr hatten Lenin und Mao Tse-tung die Anleitungen zu diesen Übungen gelesen, die sie angeblich anwandten, um oppositionelle Elemente umzuerziehen. Loyolas System manipulierte einwandfrei. Das Verfahren erstrecke sich über vier Etappen. Eine Woche schärfte der Exerzitienleiter den Meditierenden ihre eigene Wertlosigkeit ein: »Du bist verdorben und verdammt.« Wohl begann die Analyse auf einer höheren Ebene, die Fäulnis setzte mit dem Fall der Engel ein. Die fantasiereiche Theorie, einige von ihnen hätten sich gegen Gott aufgelehnt, stand am Anfang einer langen Kette von verheerenden Ereignissen. Einer dieser Abtrünnigen, der böse Beelzebub, verkleidet sich als Schlange. So konnte er die Stammeltern der Menschheit, Adam und Eva, zu Ungehorsam verleiten. Darüber musste nun der Meditierende nachdenken. Er war nach der Auslegung von Ignatius von Loyola schließlich dafür verantwortlich, dass Jesus von Nazareth Jahrhunderte vor Bélas Geburt ans Kreuz geschlagen wurde, dort unendlich viel Leid und den Tod erfahren musste. Der Novize sollte sich jetzt ausmalen, wie sein Erlöser unsägliche Qualen erlitt. Sein schlechtes Gewissen sollte ihm Scham bereiten, ihm Tränen in die Augen treiben. Die katholische Heilslehre züchtete die Selbstvorwürfe. Schuldgefühle sind der Brutkasten der Fügsamkeit.

Wer aber meinte, durch das Erreichen der höchsten Zerknirschung die Übung vollbracht zu haben, täuschte sich. Denn in den kommenden Tagen musste das Ganze noch einmal durchgespielt werden. Tiefspeicherung wurde verlangt.

Die zweite Woche gestaltete sich kaum unterhaltsamer. Jetzt sollte der Meditierende sich mit seiner Einbildungskraft in die Hölle begeben und das Los all jener betrachten, die der gerechte Richter dorthin verbannt hatte. Der Sünder sollte das lodernde Feuer sehen, die verzweifelten Schreie hören und das verbrannte Fleisch riechen. Das Ziel dieser Betrachtung war, dass sich zur Scham der ersten Woche nun die Angst gesellte. Und das Gebot des Schweigens während dieser Übung ließ den Bußfertigen mit seinem Elend allein. Doch nur bis zum Schluss der zweiten Woche.

Plötzlich würde sich die Gehirnwäsche zum Positiven wenden. Unerwartet leuchtete im Dunkeln ein fernes Licht, Gottes Güte machte sich bemerkbar. ›Ziemlich spät‹, dachte Béla mit seinem kritischen Geist. So gütig waren Gottes Handlungen bisher nicht gewesen. Doch bei der freiwilligen Unterwerfung der Gläubigen war Missfallen nicht erlaubt. So wurde in den nun folgenden Betrachtungen die Dankbarkeit gefordert. Gottes Liebe und Gerechtigkeit erstrahlte über die verdorbene Welt, der Mensch konnte erlöst aufatmen.

Gewissenhaft erledigte Béla die geistigen Übungen, die bei ihm jedoch keine Tiefenwirkung erzielten. Er konnte sich nicht mit der Idee des Sündenfalls abfinden, das sadistische Schauspiel der Höllenbewohner widerte ihn an und die Güte Gottes, die in diesem Zusammenhang vermarktet wurde, schien ihm nicht die richtige Erklärung für den Schöpfer zu sein. Daher verfehlte die Gehirnwäsche bei Béla ihr Ziel. In den geheimsten Ecken seines Geistes verbarg sich Zweifel an diesen biblischen Berichten. Doch nach 30 Tagen intensiver Bearbeitung erwartete der Orden von seinen Mitgliedern, dass sie erleuchtet und geläutert ihre Berufung bejahten.

Diese qualvolle Andachtsweise war allerdings erst für das zweite Jahr des Noviziates geplant. Im ersten Jahr dauerten die Exerzitien nur drei Tage und wurden in abgeschwächter Form ausgeführt. Der Zeitpunkt für diese Besinnung, für die

Aufweichung des Geistes war für Ostern vorgesehen. Inmitten eines Waldgebietes, fern jeder Lärmquelle führten die Jesuiten ein Exerzitienhaus. Hier bekamen während des Jahres fromme Gläubige ihr sündhaftes Treiben vor Augen geführt und sie wurden auf das ewige Leben vorbereitet. Die Novizen des ersten Jahres kamen zur Osterzeit hierher, um nach den Anweisungen des Magisters den vorgeschriebenen Betrachtungen zu folgen. Alle absolvierten gerne die geistigen Übungen, auch deshalb, weil dieser Ort das gewohnte Leben im Noviziat für kurze Zeit ablöste. Im großen Park konnte man betrachtend wandeln, das Essen war ein wenig abwechslungsreicher und in der Kapelle spielte oft ein Organist. Der Schlafsaal war hier größer als im Noviziat. Hier lagen sie nebeneinander auf den Betten. Die etwa zehn Pritschen erinnerten Béla an das Flüchtlingslager in Frauenfeld.

Es war Ende April, die Nächte waren nicht mehr so kalt wie im Winter. Zwei Fenster des Schlafsaals standen geöffnet, alle hießen die frische Luft willkommen. Béla schlief tief und träumte von den lateinischen Vokabeln, mit denen er vor einem Jahr täglich sein Gehirn gefüllt hatte. Als er erwachte, war es noch dunkel. Das laute Zwitschern eines Vogels suchte offenbar nach einer Antwort, die nicht lange auf sich warten ließ. Allmählich gesellten sich weitere Stimmen in den Chorgesang, bis im Wald die Oper einer fröhlichen Symphonie aus Vogelstimmen aufgeführt wurde. Die erwachende Natur überwältigte Béla. Er empfand es so, als führten die Vögel dieses wunderbare Konzert nur für ihn auf. Plötzlich erschienen in seiner Erinnerung die frühmorgendlichen Wanderungen, die Guszti bàcsi vor langer Zeit mit ihm unternommen hatte. Auch damals hatte er den Beginn eines neuen Tages im Wald erlebt, doch irgendwie schien ihm diesmal das Allegro der Vögel anders, fröhlicher und doch besinnlicher. Béla wünschte sich, dass diese Symphonie nie aufhören möchte. Bewegungslos, mit geschlossenen Augen, genoss er den Gruß des beginnenden Morgens, hörte daraus das Sprudeln des jungen Lebens und dachte dankbar an den Schöpfer der Welt, der ihm auf diese Weise eine Botschaft gesandt hatte.

Da glaubte er noch an diesen Gott, schließlich wollte er ihm dienen, ihm sein Leben widmen, sich in letzter Konsequenz für ihn aufopfern. Die zerfetzte Welt, in der er seine Kinderjahre verbracht hatte, erschien ihm hier geheilt, unangetastet, voll von Verheißungen. Er schloss die Augen und stellte sich vor, er säße auf dem Rand eines fernen Sterns und ließe seine Beine baumeln. Er genoss den Tagesanbruch. Es gibt Erlebnisse, die sich tief im Gedächtnis eines Menschen einprägen. Der Gedanke an diesen Chorgesang im Morgengrauen sollte in Béla für sein ganzes Leben Glücksgefühle erwecken.

Nach drei Tagen kehrten die Novizen in ihren gewohnten Alltag zurück und wanderten beharrlich den Pfad der Tugend, der ihnen von Pater Magister gewiesen wurde. Ein Jahr verging, ein zweites folgte, bis schließlich der große Tag der definitiven Aufnahme in den Orden anbrach. Die jungen Kandidaten durften die drei Gelübde ablegen. Sie verpflichteten sich auf die Einhaltung von Armut, Keuschheit und Gehorsam und wurden dadurch zu vollwertigen Mitgliedern der Societas Jesu. Bélas Herz pochte stark, als er sein Versprechen ablegte. Er blickte die anderen an und war sicher, dass alle ebenso aufgeregt waren. Schließlich gaben sie an diesem Tag das profane Leben auf und rissen zu ihm alle Brücken ein. Ein erstes Ziel war damit erreicht. Danach gab es kein Zurück mehr, die Gelübden ließen hinter ihnen ein Tor ins Schloss fallen, der Verzicht auf die säkulare Welt war unwiderruflich. Denn ein Abfall wäre jetzt einem Verrat an Gott gleichgekommen. Béla hatte durchgehalten, weshalb ihm niemand vorwerfen konnte, flatterhaft zu sein.

Aber war er glücklich? Mit Bedacht hatte er es vermieden, sich diese Frage zu stellen. »Glück« war kein Kriterium für die Bewertung seines Lebens. Die Grundidee des Christentums hatte das Glück aus diesem Leben verbannt, es blieb für das Jenseits reserviert. Askese, Selbstkasteiung, Verzicht, Märtyrertum hoben hervor, dass das hiesige Glück bedeutungslos, ja sogar eitel war. Gleichzeitig stellten sie jenes in Aussicht, das Gott seinen Treuen vorbereitet hatte. Im Jenseits würden alle, die erlöst wurden, für die Entbehrungen in dieser korrupten Welt fürstlich belohnt werden. »Geschäft ist Geschäft«, war Béla versucht, mit dieser Maxime der Heilslehre zu umschreiben. Die Christen konnten zwar nicht mit dem Islam mithalten, der seinen Gläubigen eine Schar großäugiger Jungfrauen zugesichert hatte, doch das fröhliche Halleluja hatte auch seinen Reiz.

Die Novizen waren vollwertige Mitglieder des Ordens geworden, aus den Carissimi wurden Patres. Jetzt ging es für Béla mit den Studien weiter. Die philosophische Fakultät der europäischen Provinz war in Pullach bei München. Dort wurden die Studierenden aus vielen Ländern zusammengezogen, die meisten aus Europa, aber es mischten sich auch einige US-Amerikaner, Inder oder Indonesier darunter. Die Studenten, insgesamt etwa 120 an der Zahl, wurden Scholastiker genannt. Diese Bezeichnung, die aus dem lateinischen »schola« abgeleitet wurde, trugen die jungen Ordensleute, solange sie sich in der Ausbildung befanden. Der Lehrgang der Philosophie dauerte sechs Semester, im gleichen Jahrgang waren also um die 40 Studierende eingeteilt. 10 bis 12 von ihnen bildeten jeweils eine Gruppe. Dadurch entstanden kleinere, beinahe familiäre Dimensionen. Die zwischenmenschlichen Beziehungen gestalteten sich persönlicher, der gegenseitige Beistand wurde in der Zeit des Studiums gefördert. Béla zählte zu der Zelle, die sich »Organisation andersdenkender Scholastiker« nannte. Von den Kommilitonen wurde für sie nur die Abkürzung OAS benutzt, was auf die Geheimarmee in Algerien erinnerte. Es wäre aber verfehlt, sich darunter eine revolutionäre Zelle vorzustellen; der selbst gewählte Name war eher ein Ausdruck des geheimen Wunsches nach Originalität.

Jetzt war die Zeit gekommen, in der Béla seine Anstrengung beim Lateinlernen zugutekam. Der Lehrstoff war in der Tat in Latein doziert, die Bücher und Exzerpte auf Lateinisch abgefasst. Béla wollte zunächst nicht einleuchten, warum das nützlich sein sollte, doch schon bald kam er zur Einsicht, dass sie die einzige Sprache war, die von den Studenten der verschiedensten Nationen verstanden wurde. Die Vorlesungen beinhalteten Erkenntniskritik, Ontologie, Naturphilosophie, Psychologie, Logik, Homiletik und Philosophiegeschichte. Zwar erschien Béla der praktische Nutzen dieser Fächer gering, doch der Orden sah sie als Werkzeuge der zukünftigen Glaubensverkündigung und fasste sie deshalb als unerlässlich auf. Ferner wusste Béla, dass sich fast jeder Philosoph entrüstet hätte, wenn jemand seine Disziplin mit Kriterien der Nützlichkeit beurteilt hätte. Geisteswissenschaften durften, so mindestens das Credo ihrer Vertreter, nicht zu solch banalen Gefilden absteigen. Daher vertiefte sich Béla in die Materie und versuchte, das Beste aus den Vorlesungen mitzunehmen.

Die Lehrmethode zielte auf Verinnerlichung – es wurde nicht nur doziert und gelernt, sondern auch überzeugt. So genannte »Disputationes« standen im Plan, bei denen ein Student das erworbene Wissen in der Rolle des »Advocatus Diaboli« angreifen sollte, mit dem Auftrag, den Versuch einer Widerlegung vorzutragen. Ein zweiter musste dann die wahren Thesen verteidigen oder mit anderen Worten die Positionen der Professoren wiederholen. War einer dieser Anwälte mit seiner Verteidigungsrede in Schwierigkeiten geraten, sprang der Dozent als Retter der Orthodoxie ein. Auf diese Weise erfuhren die Schüler, dass man an den Grundfesten des christlichen Gedankenguts nicht rütteln konnte. Doch Béla erinnerten diese Veranstaltungen an die Schauprozesse, wie sie die kommunistischen Machthaber in Ungarn durchgeführt hatten. Hier waren die Urteile schon gefällt, bevor die Anklagen formuliert wurden.

Insgesamt ließen die Vorschriften im Vergleich zum Noviziat in Pullach größere Freiräume. Béla bewohnte endlich ein eigenes Zimmer, zwar ein Mansardenloch und der Raum war so eng, dass er die gegenüberliegenden Wände berühren konnte, wenn er seine Arme ausbreitete, aber es war doch ein Raum, den Béla für sich allein hatte. Das Bett ließ eine schmale Passage frei und Béla musste es lernen, hier vorsichtig durchzuschreiten, um sein Schienbein nicht zu ramponieren. Ein kleines Fenster zwängte sich in eine Dachnische, davor stand ein winziger Tisch.

Mehr Offenheit als in Fribourg versprach zudem die Tagesordnung. Natürlich gab es auch hier vorgeschriebene Fixpunkte. Zu denen gehörten der Besuch der Messe, der gemeinsamen Mahlzeiten oder der Vorlesungen. Doch sonst konnte jeder seine Zeit selbst einteilen. Zeitungen waren vorhanden und sogar ein Fernsehapparat stand im Gemeinschaftsraum, wo die Studenten mit Vorliebe Fußballspiele verfolgten.

Außerdem durften die jungen Jesuiten mit dem Bus nach München fahren und in die Bibliothek, in Ausstellungen oder sogar ins Kino gehen. Es wurde von jedem erwartet, dass er sich dabei in Selbstverantwortung bewegte, stets im Sinn der Ordensideale. In dieser Hinsicht ließ sich Béla nie etwas zuschulden kommen.

Béla schätzte den neuen Lebensstil. Er fühlte sich nicht mehr bevormundet, wie im Noviziat, wo er auf Schritt und Tritt an eine Leitplanke stieß. Er erhielt seine Korrespondenz ungeöffnet, war dem Gebot des Stillschweigens nicht mehr unterworfen, konnte sich auch mal kurz hinlegen, wenn er sich müde fühlte und musste niemandem Rechenschaft ablegen, was er mit seiner Zeit anfing. Diese kleinen Freiheiten schmälerten aber nie sein Pflichtbewusstsein. Er tat alles mit reifer Verantwortung.

Da noch immer einige Hindernisse bewältigt werden mussten, um Bélas Einbürgerung in Weinfelden positiv abzuschließen, war es von Wichtigkeit, dass man ihn dort gelegentlich zu Gesicht bekam. Die dortigen Bekannten meinten, Béla würde immer noch an der Universität in Fribourg studieren. Wäre sein Aufenthalt im Ausland bekannt geworden, so hätten die Behörden sein Gesuch, das schweizerische Bürgerrecht zu erhalten, sofort abgelehnt. Sein Status als Staatenloser sicherte ihm erneut einen Vorteil: Er durfte als besonderes Privileg zwei- bis dreimal im Jahr seine Eltern besuchen.

Béla hatte eine starke Abneigung gegen Chauvinismus und exzessiven Patriotismus. Das Gefühl von Zusammengehörigkeit und Solidarität eines Volkes war ihm nicht fremd, er selber hatte die Pläne gehegt, sich für sein Heimatland Ungarn einzusetzen. Doch geifernden Fanatismus empfand er als unerträglich. Ob in der Wirtschaft, der Politik, der Geschichtsschreibung oder im Sport, die Äußerungen des Nationalismus verletzten ihn stets. Jedoch war die Organisation und Verwaltung von Staaten meistens durch die nationalen Gegebenheiten bestimmt. Es gab nicht die Möglichkeit, diese durch kosmopolitische Strukturen zu ersetzen. Als Staatenloser wusste er das nur zu gut und musste es wiederholt am eigenen Leib erfahren.

Einmal entwickelte sich dieser Nachteil zu einer absurden Situation. Béla hatte schon lange den Wunsch gehegt, Salzburg zu besichtigen. Sein Vater, der dort nach seiner Flucht viele Jahre gelebt hatte, erzählte ihm des Öfteren vom Charme dieser Stadt, die sein verpfuschtes Leben ein wenig mit Licht und Wärme erfüllt hatte. Eines Tages, als aus Gründen, an die sich Béla später nicht mehr erinnern würde, die Vorlesungen ausfielen, beschloss er, von München per Autostopp einen Ausflug nach Salzburg zu unternehmen.

Ziemlich schnell fand er bei einem freundlichen Mann eine Mitfahrgelegenheit. Zufrieden genoss er die Reise, der Tag hielt ein Erlebnis bereit. Sorglos blickte er aus dem Fenster auf die vorbeiziehende Landschaft. An der österreichischen Grenze wurden seine Pläne abrupt unterbrochen. Die Straßenschilder meldeten, dass sie sich der Zollstation näherten. Der Fahrer verlangsamte seine Geschwindigkeit und rollte im Schritttempo auf die Staatsgrenze zu. Was Béla hier noch nicht ahnte, waren die Folgen dieses Stopps für den Rest seines Ausflugs, denn es war seine Endstation. Als der Grenzbeamte seinen Ausweis kontrollierte, zog er plötzlich eine drohende Miene auf, runzelte die Stirn und betrachtete Béla wie einen lang gesuchten Kriminellen. Er forderte ihn auf, auszusteigen und ihm zu folgen. Schuldbewusst blickte Béla den Autofahrer an, der dadurch aufgehalten wurde. Béla verstand nicht, was dem Grenzbeamten an ihm so verdächtig erscheinen konnte. Als sie sich vom Wagen entfernten, rief ihnen der Mann im Auto nach: »Falls Sie länger fortbleiben, muss ich Sie hierlassen, denn ich habe es eilig.« Unsicher blickte Béla den Beamten an, der aber so tat, als ginge ihn diese Frage nichts an. Im Kontrollraum begann jener dann in einem dicken Register herumzublättern. Als Béla sich erkundigt hatte, was er suchen würde, lautete die Erklärung, er kontrolliere, wo sein Flüchtlingsausweis ausgestellt worden war. »In der Schweiz« erklärte ihm Béla bereitwillig. Der Grenzbeamte klappte den Ausweis zu und sagte: »Ohne Visum können Sie nicht nach Österreich reisen.«

»Gut, dann stellen Sie mir bitte ein Visum aus«, ersuchte ihn Béla.

»Das kann nur in der Botschaft oder im Konsulat beantragt werden«, erhielt er zur Antwort. Béla beharrte. Vielleicht gäbe es ein Tagesvisum oder Ähnliches. Nach der neuerlichen Ablehnung versuchte Béla andere Argumente vorzubringen.

»Ich rufe mal den Vorgesetzten«, meinte der Beamte, als ihn die Beharrlichkeit Bélas offenkundig zu nerven begann und ging in einen Nebenraum. Schon nach kurzer Zeit stolzierte ein anderer Uniformierter hinein und setzte eine arrogante Miene auf. »Was ist also mit dem jungen Mann los?«, fragte er überheblich.

»Nichts Besonderes, alter Mann.« Ihm war durchaus bewusst, dass er damit provozierte. So schaute ihn der Vorgesetzte mit hasserfüllten Augen an. »Ich gebe Ihnen genau zwei Minuten zum Verschwinden, wenn Sie sich dann nicht aus dem Staub gemacht haben, lasse ich Sie verhaften.«

»Verhaften? Warum?«, wollte Béla wissen. Er spürte, dass in ihm eine vage Furcht aufstieg. Kalt erwiderte der Chefbeamte: »Wegen illegalen Grenzübertritts.«

Béla war gereizt. »Was für ein Grenzübertritt? Sie lassen mich ja gar nicht erst einreisen.« Mit einem zynischen Lächeln hob der andere den Zeigefinger. »Junger Mann, Sie befinden sich hier schon auf österreichischem Boden. Also machen sich des illegalen Grenzübertritts schuldig.«

Darauf hatte Béla keine Antwort mehr bereit. Kleinlaut verließ er den Raum ohne Gruß. Als er die Türe schloss, blickte er kurz zurück und sah, wie die beiden Uniformierten ihm siegesbewusst und gering schätzend nachschauten. Natürlich war inzwischen der Autofahrer weitergereist, aber auch wenn er gewartet hätte, wäre dies für Béla unnütz gewesen. Mit hängenden Schultern ging er also zum deutschen Check-Point zurück. Der Grenzbeamte nahm seinen Ausweis entgegen. »Wohin fahren Sie?«

»Nach München.«

»Was machen Sie in München?«

»Ich studiere.«

»So, so«, meinte der Grenzbeamte. »Aber Sie wissen, dass Ihre Aufenthaltsbewilligung für Deutschland abgelaufen ist.«

»Nein, das ist mir entgangen.«

»Unter diesen Umständen kann ich Sie natürlich nicht einreisen lassen.«

Béla erstarrte. Was hat er sich da eingebrockt? Er war zwischen zwei Landesgrenzen eingeklemmt, wie ein zu dicker Mensch in einer Karuselltür, der weder vorwärtsgehen noch zurückweichen kann. In dieser ungemütlichen Situation hoffte er im Stillen auf das Verständnis des deutschen Beamten. Deshalb erzählte er diesem nun sein Erlebnis mit dem österreichischen Kollegen.

»Was kann ich jetzt tun?«, wollte er wissen. »Auf der Grenzlinie zwischen Deutschland und Österreich in die Schweiz wandern?«

Auch der Beamte musste es einsehen, dass dies nicht zu bewerkstelligen war. Er betrachtete Béla forschend. Aber dieser Mann blickte ihn weniger wichtigtuerisch und aggressiv an als der Ordnungshüter in Österreich. Béla schätzte, dass seine Aussichten auf eine Amnestie hier besser standen.

»Also, hören Sie mir zu.« Zunächst hielt es der Deutsche für notwendig, Béla eine Belehrung zuteilwerden zu lassen. Er wies ihm einen Stuhl zu und holte zu einer Ansprache aus.

»Sie absolvieren die Universität, werden also später in führender Stellung arbeiten. Wie wollen Sie dann Ihren Untergebenen ein gutes Beispiel sein, wenn Sie so nachlässig sind und Ihre eigenen Angelegenheiten ungeregelt lassen?«

Demütig hörte sich Béla die Moralpredigt an, denn er wusste, dass er auf das Wohlwollen dieses Beamten angewiesen war. Er wollte ihn nicht berichtigen, dass er nie Untergebene haben werde, und nickte schuldbewusst. Als jener seinen Vortrag beendet hatte, machte ihm der Zöllner den Vorschlag, er würde auf Kosten Bélas bei der Polizei in München anrufen.

»Sollte nichts gegen Sie vorliegen, so lasse ich Sie unter der Bedingung einreisen, dass Sie noch heute Ihre Aufenthaltsbewilligung beim Einwohneramt verlängern.«

Béla hatte fünf Mark in der Tasche. Ohne zu zögern, legte er die Münze auf den Tisch.

»Mehr habe ich nicht dabei.«

Der Beamte überlegte kurz, dann griff er zum Hörer. Béla saß wie auf Nadeln. ›Was mache ich, wenn der sich auch stur stellt?‹, ging ihm durch den Kopf. ›Sollte ich wirklich auf der Polizeiwache landen, werde ich von meinen Oberen eine gehörige Kopfwäsche erhalten. Darüber hinaus ist uns Autostopp ausdrücklich untersagt.‹

Nach langem Hin und Her nickte der Beamte und legte endlich ein. Er steckte die fünf Mark ein, holte aus der Kasse 30 Pfennig, reichte sie Béla und nickte.

»Sie können gehen. Die Polizei wird kontrollieren, ob Sie heute Ihre Aufenthaltsbewilligung verlängern. Gute Reise«, verabschiedete er ihn mit einem zynischen Lächeln.

Nun hatte Béla die Bestätigung, dass eine Staatszugehörigkeit für einen Menschen unerlässlich war. Zwar wäre er mit einem Schweizer Pass der gleiche Mensch wie jetzt, doch die Behörden könnten ihn einwandfrei einordnen, er hätte seinen Platz in der politischen Gesellschaft und wäre nie mehr zwischen zwei Grenzen eingeklemmt.

Das letzte Semester in Pullach brachte für Béla eine zusätzliche Ausnahme. Er rechnete damit, von den Behörden vorgeladen zu werden, um das Verfahren seiner Einbürgerung abzuschließen. Deshalb schickten ihn seine Oberen nach Zürich. Dort sollte er die nächsten Wochen in einem Ordenshaus verbringen und seine Prüfungen in der Philosophie vorbereiten. Er erhielt das Studienmaterial aus München, er konnte sich also auch ohne Besuch der Vorlesungen den Stoff für das Examen aneignen.

Diese Monate bewirkten in Béla eine gewisse Unruhe. Die im Ordenshaus in Zürich vertretenen Patres waren eine andere Generation, als die Studenten in München und so erlebte Béla nun aus der Nähe, wie seine Ordensbrüder in einem bestimmten Alter aussahen. Besonders war, dass sämtliche dieser Priester berühmte Leute waren, ein erfolgreicher Schriftsteller, ein Psychologe, ein Starprediger, ein Journalist und andere. Alle hatten sich aber zu bizarren Individuen entwickelt mit Macken und kleinen Eitelkeiten, mit einem Hang zur Hypochondrie, ein wenig selbstverliebt und ziemlich verweichlicht.

»Ist das auch mein Schicksal?«, fragte sich Béla. »Werde ich in 30 Jahren auch so aussehen?« Es schauderte ihn beim Gedanken, doch mit Sicherheit konnte er diese Zukunft nicht ausschließen. Ein weiterer Ziegelstein im Gebäude seiner Ideale begann, sich zu lockern.

Béla bestand mühelos die Prüfungen in Philosophie, legte dabei ein tadelloses Latein an den Tag und erhielt wiederum die Bewertung »magna cum laude«. Er beherrschte nun einen großen Haufen von Theorie, deren Profit ihm nicht völlig einsichtig war, das umfangreiche abstrakte Wissen, das er gespeichert hatte, würde er in einer späteren Tätigkeit kaum nutzbringend verwenden können. Darüber hinaus konnte er aber auch praktische Kenntnisse wie Psychologie, Naturwissenschaft oder Geschichte zu seinem Wissensschatz zählen. Diese Fächer vermittelten ihm lebensnahe Kenntnisse, weshalb die Jahre in Pullach also nicht ganz umsonst gewesen waren.

Nach dem Philosophiestudium begann die härteste Zeit in Bélas Ordensleben. Er wurde in das Internat der Jesuiten in Feldkirch als Präfekt abkommandiert. 80 Jungen zwischen 14 und 16 Jahren wurden ihm anvertraut. Er musste sie in der Zeit außerhalb der Schulstunden betreuen. Das hieß, Béla trug Tag ein Tag aus etwa 18 Stunden die Verantwortung für 80 Burschen. Die Herausforderung war groß. Er musste ihr Studium überwachen, Sport mit ihnen machen, ihre Freizeit gestalten, Konflikte schlichten, Wunden verbinden, Probleme anhören und lösen, Verfehlungen bestrafen, Ratschläge erteilen, Kultur vermitteln und sogar ihren Schlaf hatte er zu überwachen. Kein Ruhetag wurde ihm gegönnt, denn er hatte keinen Stellvertreter, der ihn hätte ablösen können. Die Anstrengung und der Stress machten sich schon nach kurzer Zeit in Form von starken Kopfschmerzen bemerkbar, die mit wenigen Unterbrechungen ein ganzes Jahr andauerten. Doch trotz dessen bewältigte Béla seine Aufgaben zur Zufriedenheit seiner Vorgesetzten. Bis auf ein Mal, als Béla in Konflikt mit Pater Rektor geriet. Einer seiner Zöglinge zog Béla ins Vertrauen und teilte ihm mit, dass der Koch den Jungen zu sich gerufen und liebevoll gestreichelt hatte. In Bélas Erinnerung tauchte das Erlebnis mit dem französischen Pfadfinder auf. Er kochte vor Wut. Unverzüglich erstattete er Meldung und erwartete, dass ebenso unverzüglich Maßnahmen gegen den Fehlbaren ergriffen wurden. Doch der Rektor war ein Pragmatiker, dem ein Ausfall des Kochs Kopfzerbrechen bereitet hätte.

»Ich werde bei Gelegenheit den fehlbaren Koch entfernen lassen«, versprach er Béla.

»Was heißt schon bei Gelegenheit? Ohne Aufschub, ich bitte Sie.«

»Überlegen Sie doch. Der Koch ist für die Gemeinschaft unverzichtbar«, erklärte er. »Wer soll seine Aufgaben erledigen, wenn ich ihn jetzt versetzen lasse?«

Béla zögerte. »Da gibt es in der Küche einige Leute, die einspringen können«, wand er sich raus.

»Sie haben sich Ihrem Gehorsamsgelübde entsprechend zu fügen«, sagte der Rektor autoritär. Trotz Gehorsamsgelübde war Béla jedoch nicht bereit, in dieser Sache Kompromisse einzugehen. Er stellte seinem Vorgesetzten ein Ultimatum: »Entweder geht der Koch oder ich!«, drohte er.

Der Rektor erstarrte. »Diese offene Auflehnung entspricht nicht unserem Ordensgeist,« erwiderte er mit ernstem Gesicht.

Béla konterte: »Der Laienbruder« – so wurden die Mitglieder bezeichnet, die keine Geistliche waren – »hatte doch auch ein Gelübde abgelegt, nämlich jenes der Keuschheit. Ich kann meine Schüler nicht mit dem Vorwand einer falschen Toleranz einer großen Gefahr aussetzen. Ich will es nicht soweit kommen lassen, dem Schuldigen einen Mühlstein um den Hals zu binden und ihn ins Wasser zu schicken, wie es das Bibelwort verlangt. Doch wir dürfen unsere Verantwortung nicht auf die leichte Schulter nehmen.«

Dieses Argument ließ den Oberen einlenken. Der Laienbruder wurde am nächsten Tag in ein anderes Haus versetzt. Der Rektor indes trug dieses Ereignis Béla stets nach.

Nach vielen Jahren erfuhr Béla, dass der frühere Koch an Depressionen gelitten und schließlich Selbstmord begangen hatte. Das Schicksal wollte, dass Béla Jahrzehnte später im Haus des Noviziates vorbeikam. Im hinteren Teil des Geländes lag der ordenseigene Friedhof. Hier, wo die verstorbenen Jesuiten aus der Schweiz ihre letzte Ruhestätte fanden, entdeckte Béla das Grab des ehemaligen Kochs. Er stand vor dem schlichten Holzkreuz, auf dem Name, Geburts- und Todesjahr seines früheren Mitbruders standen, und sprach einige Worte der Rechtfertigung zu dem Toten. Er konnte jedoch seine Haltung von damals nicht bereuen.

Das Jahr als Präfekt hatte seine Spuren hinterlassen. Äußerlich war Béla noch magerer geworden, seine Wangen waren eingefallen, doch seine Muskeln waren nun stramm, denn er hatte mit seinen Schülern stets Sport getrieben. Innerlich war er unabhängiger geworden, er nahm nicht alle Ansichten seiner Vorgesetzten vorurteilslos hin. Der Prozess der Entfremdung begann. Das Studium der Theologie auch.

Was Pullach für das Philosophiestudium darstellte, verkörperte Lyon für die Ausbildung in der Theologie. Die Fakultät war hier zwar etwas größer als in Deutschland, doch die Lehrtätigkeit beruhte auf dem gleichen Prinzip. Oder beinahe, denn die Vorlesungen wurden nicht in Latein, sondern auf Französisch gehalten.

Als Béla die lange Zugreise von Feldkirch nach Lyon antrat, war er einerseits erleichtert, das aufreibende Jahr als Präfekt beendet zu haben. Andererseits freute er sich auf die neue Herausforderung, die der letzte Abschnitt auf seinem Weg sein sollte, bevor er zum Priester geweiht werden würde. Die Oberen ließen ihn auch an der Universität Lyon immatrikulieren, um sein Spezialstudium in Kybernetik neben der Theologie zu absolvieren. Langweilig sollte es ihm also nicht werden.

Am Bahnhof in Lyon angekommen, wartete auf Béla ein Mitbruder, den er bereits aus dem Noviziat kannte. Sie bestiegen einen Autobus und fuhren auf den Hügel Fourvière. Gleich neben der Kathedrale, die im Volksmund gerne als »liegender Elefant« bezeichnet wurde, weil ihre vier wuchtigen Türme wie die Beine eines auf dem Rücken liegenden Dickhäuters wirkten. Direkt daneben befand sich das Haus der Jesuiten, das die theologische Fakultät beherbergte. Das Zimmer, das Béla zugewiesen wurde, war wunderbar: Es war geräumig, hatte ein großes Fenster, einen herrlichen Blick auf die Stadt und auf die beiden Flüsse Rhône und Saône. Bei gutem Wetter, was zum Bedauern Bélas in Lyon eher selten der Fall war, saß er lange am Fenster und genoss diese Aussicht.

Eine besondere Freude bereitete ihm sein Studium an der Universität Lyon. Als Nebenfach besuchte er Vorlesungen über Kybernetik, einer damals neuen Wissenschaft, deren Erwähnung bei den meisten Leuten große Augen bewirkten. Inzwischen war sein Gesuch um das Schweizer Bürgerrecht erfolgreich abgeschlossen, es war nicht mehr nötig, weiterhin Versteckspiele aufzuführen. Diese Weiterbildung diente nicht als Vorwand, sie stand in Bélas Lehrplan.

Welch große Befriedigung er in diesen Vorlesungen empfand! Die klare Logik dieser Wissenschaft brauchte nicht in »Disputationes« erhärtet werden, die zwingenden Ableitungen standen unverrückbar fest. Jede neue Formel, die Béla entschleiern konnte, erfüllte ihn mit Stolz und Befriedigung.

Weniger begeistert war Béla vom Studium der Theologie. Er empfand alles erzwungen, gekünstelt, behelfsmäßig und unecht. Wohl wurde Gott als unfassbar definiert, doch die Theologie tat nichts anderes, als ihn greifen zu wollen. Die archaischen, anthropomorphen Schriften des Alten Testamentes erschienen Béla als unglaubwürdig und erklärungsbedürftig. Die Erläuterungen hinkten aber genauso wie die biblischen Berichte selbst. Beharrlich wiederholten die Professoren die althergebrachten

Deutungen durch Wunder Jehovas, als ob inzwischen nicht tausende von Jahren neue Erkenntnisse gebracht hätten. Dazu kam, dass das Neue Testament gleichsam als Fortsetzung, ja Erfüllung des Alten verstanden wurde, was es einer soliden Grundlage beraubte. Als besonders anstößig empfand Béla die Lehre vom Sündenfall. Diese mythologische Erzählung erachtete er als widersprüchlich und inkohärent. Die Professoren allerdings stellten sie als Ausgangspunkt und Verankerung des christlichen Glaubens dar: Ohne Erbsünde gäbe es keine Erlösungslehre, das ganze Gerüst stürzte ein. Auch die theologische Deutung der Geschehnisse im Leben von Jesus von Nazareth reizte Béla zum Widerspruch. Sie wurde später durch einen Eiferer, dem heiligen Paulus, zubereitet. Er war selbst kein Augenzeuge der Erzählungen des Neuen Testamentes und verfolgte verbissen die fixe Idee, seinen jüdischen Glaubensbrüdern zu beweisen, dass die Prophetien aus alter Zeit endlich zur Erfüllung gelangt waren. So schuf er den »Sohn Gottes«. In diversen Briefen an die verstreuten christlichen Gemeinden propagierte er den neuen Glauben. Béla bezeichnete die Briefe des heiligen Paulus abfällig als »Boulevardtheologie« und verfolgte mit Argwohn die verkrampften Bemühungen seiner Lehrer, daraus verbindliche »Wahrheiten« abzuleiten.

Béla schwankte zwischen Zweifel und Glaubensstärke. Er fühlte sich unsicher auf seinem Lebensweg. Wie nützlich wäre es gewesen, hier die Ratschläge des Pater Flavio anhören zu können! Er war ihm in den letzten Jahren mehrmals begegnet, sie verstanden einander gut und waren zu einer lockeren Freundschaft gekommen. Doch Pater Flavio war nach Rom berufen worden, wo er ein Amt erhalten hatte, das zu den höchsten im Jesuitenorden zählte. Er wurde Assistent des Generaloberen, Vorgesetzter aller Jesuiten in den Ländern Deutschland, Schweiz, Holland, Österreich und Ungarn. Als höchster deutschsprachiger Jesuit zählte er nun zu den Mächtigen des Ordens.

Béla suchte in seiner größer werdenden Verwirrung Hilfe bei seinen Lehrern, doch weit kam er dabei nicht. Beim Mittagessen klagte er einem Professor: »Ich bin drauf und dran, den Glauben zu verlieren.«

Jener erwiderte unbeschwert: »Das geschieht mit allen beim Studium. Dies ist ziemlich normal. Im ersten Jahr verlieren alle den Glauben, bis zum vierten Jahr aber finden sie ihn wieder.«

Béla war überrascht. Wie konnte ein Bruder, dem die religiöse Überzeugung fehlte, im Orden verbleiben? Noch sah Béla die eigene Zugehörigkeit durch seinen Glauben berechtigt. Er fragte sich insgeheim, welches Medikament er schlucken musste, um die kommenden Jahre in diesem Zustand zu ertragen. Wie konnte einer beten und die Kommunion empfangen, wenn er die Grundlagen seiner Religion nicht mehr anerkannte?

Wie auch immer, Béla war kein Mensch der Kompromisse, kein Mensch der halben Sachen. Seine Zweifel wuchsen sich zu Ablehnung aus und forderten eine Entscheidung. Tagelang rang er mit sich, suchte nach einem Ausweg aus diesem zermürbenden Konflikt. Er versuchte, zu beten, doch sein Verstand lehnte auch das Gebet ab.

»Gottes Beschlüsse stehen angeblich seit Ewigkeit fest. Was nützt es, wenn ich ihn mit meinen Gebeten beeinflussen will?«

Nach langem inneren Ringen beschloss er, aus dem Orden auszutreten. Resigniert verfasste er ein Schreiben an den Provinzial und bat um seine Entlassung. Er legte den Brief auf den Tisch und war fest entschlossen, ihn am nächsten Tag abzuschicken. In der Nacht tat er kein Auge zu, sein Beschluss auf dem Tisch raubte ihm wie ein schlechter Geist den Schlaf. Heftige Gewissensbisse plagten ihn, er kam sich wie ein Verräter vor. Beim Aufstehen sah er lange auf den Brief, der auf seinem Tisch lag. Zögernd griff er danach. Er hatte nicht den Mut, das Schreiben abzuschicken. Er riss es in kleine Fetzen und warf diese in die Toilette.

Doch der Konflikt in Bélas Herzen blieb bestehen. Während der Vorlesungen hielt er sich gelegentlich die Ohren zu, um sich nicht zu empören. Die Dozenten schienen dies nicht weiter zu bemerken und erklärten unbekümmert wie bisher das Unfassbare, beherrschten das Unerklärliche, holten das Unendliche ein. Man sann darüber nach, ob Gott alle Möglichkeiten kennen könne, die aus bereits gefällten Handlungen entstehen würden, falls sie in der Vergangenheit anders ausgefallen wären, »Futuribilien« hieß die Disziplin. Béla fragte sich, was zum Teufel diese Spitzfindigkeit mit dem Glauben zu tun haben mochte. Ähnlich aberwitzig ging es in der Moraltheologie zu, alle möglichen Sünden wurden mithilfe von Listen kategorisiert und gewichtet und mit Strafen belegt, als ob es keine Erkenntnisse von Sigmund Freud gegeben hätte. Die »Kasuistik« trieb krankhafte Blüten und behandelte theoretische Fälle, die kaum im realen Leben vorkommen konnten. Ob die Engel ein Geschlecht hätten und wie viele von ihnen auf einer Nadelspitze Platz fänden wurde eifrig erörtert. Béla hielt es fast nicht mehr aus. Ein zweites Mal verfasste er sein Austrittsgesuch, ein zweites Mal schreckte er davor zurück, den letzten Schritt zu wagen. Wiederum hielt er es zurück. Worauf hoffte er? Hoffte er etwa insgeheim auf Versöhnung, auf ein Lächeln der Professoren, die augenzwinkernd verkündeten, dass dies alles nur ein Scherz wäre und die Sachen nun seriös angepackt werden sollten?

Doch so weit kam es nicht. Die Krise erfasste auch die Grundlehren der Christenheit, Jungfrauengeburt, Göttlichkeit Jesu, Auferstehung und Himmelfahrt, alles zog Béla in Zweifel. Zuletzt stand er da, mit leeren Händen und war völlig ratlos. Er ersuchte seinen Vorgesetzten, sich für einige Tage zurückziehen zu dürfen, um in stiller Besinnung über seine Zukunft zu entscheiden. Der Rektor verstand sofort, dass Béla in Nöten war.

»Sie machen harte Zeiten durch, nicht wahr?«, fragte er und blickte Béla eindringlich an. Béla begnügte sich mit einem leichten Kopfnicken. »Wollen Sie sich aussprechen?«

Béla ergriff die Gelegenheit und berichtete dem Rektor über seine Anfechtungen. Als er seine lange Rede beendete, standen ihm Tränen in den Augen. Der Rektor betrachtete ihn schweigend mit einem einfühlsamen Blick.

»Gerne würde ich Ihnen helfen, doch das müssen Sie alleine durchstehen. Meine Worte würden an der Oberfläche bleiben.

Gehen Sie in unser Exerzitienhaus nach Marseille. Hier können Sie sich in Ruhe sammeln und vielleicht, mit Gottes Hilfe, zur Klarheit gelangen.«

Béla staunte. Das war eine ernsthaftere Antwort, als jene, die er einmal von einem Professor erhielt. Aber auch der Rektor konnte seine Entscheidung nicht erleichtern.

Das Ordenshaus in Marseille lag auf einer kleinen Erhöhung. Der weite Horizont des offenen Meeres gönnte sich als Schmuck nur eine winzige Insel. Bélas Gemüt wurde beim Blick aus dem Fenster von einer tiefen Ruhe erfasst. Er fühlte sich gewappnet, den Prozess der Läuterung in Angriff zu nehmen.

Die Entscheidung fiel ihm leichter als befürchtet. Er durchlief in Gedanken die Ereignisse der letzten Jahre, erwog, wie seine Hoffnungen und Ziele ihn beseelten, konfrontierte diese mit seinen Enttäuschungen und mit der Ernüchterung, die sein Glauben erfahren hatte und zog die Summe seiner Überlegungen. Ein Verbleiben im Orden erschien ihm unmöglich. Béla rang sich durch – nun definitiv – auszutreten und ein neues Leben zu beginnen. Er hatte sich während sieben harter Jahre blenden lassen und war einer Fata Morgana nachgelaufen. Er stand vor einem Scherbenhaufen. Trotzdem fürchtete er sich davor, dass er sich von seinem Entschluss wieder zurückziehen könnte. Er beschloss deshalb, eine unwiderrufliche Situation zu schaffen, nach der es sicher kein Zurück mehr gab.

Als er bei seiner Ankunft in Marseille durch den Bezirk vom Hafen schlenderte, fielen ihm einige Straßenmädchen auf, die ihn aufreizend anlockten. Nun angelte er sich eine Prostituierte. Mit 28 Jahren lag Béla zum ersten Mal mit einer Frau im Bett. Und dieser Umstand setzte seinen Plänen als Seelsorger definitiv ein Ende. Zwar hätte ihm der Beichtvater verziehen und ihm die Absolution erteilt, doch er konnte sich selber nicht vergeben. Sein Ideal war in Stücke zerbrochen.

Den lichtgefluteten Berg, den Guszti bàcsi versprochen hatte, fand er auch bei den Jesuiten nicht.

Die Braut von Solothurn verteilt Fledermäuse
unter das hungrige Volk.

Titel eines Werks von Meret Oppenheim

B éla war orientierungslos.

Er stand verloren, etwas wehmütig mit seinem kleinen Koffer vor dem Tor des Ordenshauses in Lyon, als seine zukünftige Schwägerin, die Verlobte seines Bruders Istvàn, mit dem Auto eintraf, um ihn nach Zürich zu fahren. Nachdenklich saß er auf dem Beifahrersitz und fragte sich, was er nun mit sich anfangen sollte. Die Spitzfindigkeiten des Philosophiestudiums, die Spiegelfechterei der theologischen Vorlesungen, das zweimal abgebrochene Mathematikstudium mochten für ihn einen Wissensschatz gebildet haben, doch davon leben konnte er nicht. Eine existenzielle Angst befiel ihn, denn er konnte sich nicht vorstellen, was er im Leben unternehmen sollte. Die praktische Erfahrung zur Bewältigung des Alltags fehlte ihm, er gab sich Rechenschaft darüber, dass er bisher in seinem Leben nie für sein tägliches Brot hatte aufkommen müssen. Zuerst hatte er vom Geld seiner Eltern gelebt, dann von einem dünnen Stipendium und schließlich vom Jesuitenorden. Zwar hatte er als Student gelegentlich Aushilfsarbeiten angenommen, auf der Baustelle, bei der Post oder in Fabriken, doch diese währten nur kurze Zeit während der Schulferien. Das Ziel bestand darin, mit den bescheidenen Verdiensten seine Eltern ein wenig zu entlasten. Diese Jobs hatten also keine nachhaltige Beschäftigung dargestellt. Jetzt befand er sich im offenen Meer der Unsicherheit und konnte nirgend Land erblicken. Der zukünftige Schwiegervater seines Bruders betrieb in Zürich eine Arztpraxis. Hier wurde ihm vorübergehend ein kleines Zimmer angeboten. Wenigstens war er damit der Sorge enthoben, sich eine Bleibe suchen zu müssen. Er blätterte die Zeitungen nach Stellenangeboten durch, musste aber bald einsehen, dass er den beschriebenen beruflichen Anforderungen in keiner Weise entsprach. Seine Ratlosigkeit steigerte sich zu stiller Verzweiflung.

Da platzte plötzlich eine Bombe! »Ranghoher Jesuit verlässt den Orden«, las er die Schlagzeilen, als er wieder einmal die Inserate durchsuchte. Mit beklommenem Herzen suchte er den Artikel, den er rasch überflog. Da erfuhr er zu seiner großen Überraschung, dass Pater Flavio, der ranghöchste deutschsprachige Jesuit, aus dem Orden ausgetreten war. Béla rieb sich die Augen. Er konnte es kaum glauben. Aber er erblickte in dieser Nachricht auch einen Strohhalm, an den er sich klammern konnte. Er vermutete, Pater Flavio, der jetzt nicht mehr »Pater«, sondern nur noch »Herr« Flavio Heuberger war, hatte seine Entscheidung gewiss an neue Projekte geknüpft und konnte möglicherweise für ihn eine Lösung bereithalten. Das hätte ihn gerettet. Er schrieb also an die alte, ihm bekannte Anschrift von Pater Flavio, die noch zur Kurie in Rom gehörte. Höflich erkundigte sich Béla, ob er in irgendeinem der Zukunftspläne seines früheren Mitbruders untergebracht werden könnte. Die Rückmeldung kam überraschend schnell. Ungeduldig und aufgeregt riss Béla den Umschlag auf. Er war auf alles gefasst, hoffte und verzagte, als er sich die möglichen Antworten vorstellte. Erleichtert nahm er zur Kenntnis, was er vermutet hatte. Flavio schmiedete in der Tat Pläne und deutete an, dass er für Béla diverse Einsatzmöglichkeiten sah. Dem Brief lag ein Flugbillett nach Rom bei mit der Einladung, zu einer Besprechung in die Ewige Stadt zu kommen.

Béla war kaum noch zu halten. Nicht nur, dass sich eine Perspektive eröffnete, sondern dies in Gemeinschaft mit einer von ihm hochgeachteten Person, die er als seelenverwandt erachtete. Wegen seiner früheren hohen Stellung musste Flavio im Vatikan über wichtige internationale Beziehungen verfügen, die jetzt einen Ausweg aus der Sackgasse bedeuten konnten. Béla kannte den Grund, warum Flavio ausgetreten war, nicht. Die Zeitungen berichteten, in der strategischen Ausrichtung des Ordens hätte es ernste Meinungsverschiedenheiten zwischen ihm und dem Jesuitengeneral gegeben. Doch dies wollte Béla bei Gelegenheit direkt von Flavio erfahren. Jetzt beschäftigte ihn nur die eigene Zukunft. Er malte sich aus, was Flavio beabsichtigen könnte. Eine Bildungsstätte in der Dritten Welt vielleicht? Oder ein Projekt mit Bohrungen, um Trinkwasser in Afrika zu erschließen? Oder er wollte eine Klinik einrichten, irgendwo in jenen Gegenden, wo die Gesundheitsversorgung im Argen lag. Bestimmt hatte Flavio etwas Nützliches vor. Und Béla war für alles offen.

Obwohl er am liebsten sogleich nach Rom geflogen wäre, musste er sich noch einige Tage gedulden. Die Hochzeit seines Bruders stand an. Béla freute sich, dass sich nach langer Zeit seine Familie wieder zusammenfand. Während der letzten Jahre spielte er oft mit dem Gedanken, zur gegebenen Zeit selbst die Trauung seines Bruders als Priester zelebrieren zu können. Dieser Plan wurde infolge seines Sinneswandels vereitelt, als Trauzeuge durfte er dennoch bei der Hochzeit eine Rolle übernehmen. Während der Zeremonie zwinkerte die Mutter Béla komplizenhaft zu, als wollte sie sagen: »Als Nächster bist du dran!« Béla hatte jedoch andere Sorgen als Heiratspläne. Fortwährend dachte er an sein Treffen mit Flavio und stellte sich alle möglichen Szenarien seiner Zukunft vor.

Mit großen Erwartungen bestieg er am Morgen nach der Hochzeitsfeier das Flugzeug nach Rom. Am Flugplatz Leonardo da Vinci winkte ihm schon von weitem Flavio zu. Er begrüßte ihn mit einem herzlichen Lächeln und ging sogleich locker zum freundschaftlichen »Du« über.

»Willkommen in Rom, du kommst wie gerufen, warst du schon früher hier?«

»Nein, obwohl ich dich gerne besucht hätte.«

Béla war sogleich aufgefallen, wie elegant sich Flavio kleidete. Die dunkelgrauen Anzüge, die er als Jesuit getragen hatte, wurden durch hellere, aus feinem Stoff geschneiderte Kleider ersetzt. Seine modischen Schuhe mussten, wie Béla vermutete, einen teuren Markennamen tragen. Eine bunte Seidenkrawatte passte zum hellblauen Hemd mit feinen Streifen.

Nach einem kurzen Fußmarsch gelangten sie zum großen Parkplatz. Flavio öffnete die Türe zu einem schnittigen Maserati Mexico. Die geballte Kraft dieser Maschine schien Flavio sehr zu gefallen, denn auf der Autobahn nach Rom drückte er das Gaspedal durch und gab den Pferden freien Lauf. Béla kam es vor, als säße er im Flugzeug beim Abheben. Beeindruckt blickte er Flavio an.

»Schön kräftiger Karren«, meinte dieser, als er die hochgezogenen Augenbrauen Bélas bemerkte. »Der Wagen gehört Frau Doktor.«

Béla hatte keine Ahnung, wer »Frau Doktor« war, ließ es aber bei einem schüchternen »aha« bewenden. Nach etwa 20 Minuten kamen sie an die Via Cassia zum großen Tor einer eleganten Residenzsiedlung, die rundum mit einem hohen Zaun eingegrenzt war. Ein dienstfertiger Pförtner öffnete eilig die schweren Flügel des prunkvollen Portals. Flavio parkte und führte Béla zur großen Eingangstür. Die hochpolierten Messingklinken glänzten um die Wette. Er geleitete Béla in eine moderne, luxuriöse Wohnung im vierten Stock und ließ ihn im geräumigen Salon Platz nehmen.

»Ich melde Frau Doktor, dass wir angekommen sind«, sagte er und ging aus dem Raum, nicht ohne vorher eine Bedienstete angewiesen zu haben, Béla eine Erfrischung zu bringen.

Neugierig schaute sich Béla um. Die mondäne Einrichtung dieser Wohnung wollte nicht recht zum bisherigen Lebensstil Flavios passen, der doch wie Béla aufgrund seiner Gelübde die letzten Jahre unter dem Zeichen der Armut gelebt hatte. Doch das wollte nichts sagen, schließlich war dies ja die Wohnung der erwähnten »Frau Doktor«.

Nach kurzer Zeit erschien Flavio wieder und hielt die Türe auf. Er ließ eine attraktive Blondine eintreten, die etwa so alt sein musste wie Béla. Lächelnd ging sie auf ihn zu und streckte ihm die Hand entgegen.

»Sie sind also Béla, ich begrüße Sie. Ich heiße Christina. Flavio hat mir viel Gutes über Sie erzählt. Oder wollen wir uns gleich duzen?«

Béla nickte verlegen. Hier ging es anscheinend ziemlich locker zu.

Christina war äußerst gepflegt, mit geschmackvoller Eleganz gekleidet. Sie hinterließ einen selbstbewussten Eindruck und strahlte die Überlegenheit jener Frauen aus, die genau wissen, wie sie auf Männer wirken.

Béla war beeindruckt. Diese war also die ominöse Frau Doktor, die jetzt irgendeine Rolle in Flavios Leben spielte.

»Beim Mittagessen werden wir uns ein wenig näher kennenlernen«, fuhr sie fort. Daraufhin tauschten sie noch ein paar unverfängliche Sätze aus, während sich Flavio wieder entfernte. Als er zurückkam, brachte er ein junges Mädchen mit, das etwa zehn Jahre alt war.

»Das ist meine Tochter Angela«, stellte Christina vor. Béla gab auch ihr die Hand, dann stutzte er plötzlich. Es schien ihm, als hätte er das Mädchen schon einmal gesehen, er konnte sich aber nicht genau erinnern. Er verscheuchte aber sogleich den Gedanken, es war schlechthin unmöglich, dem Kind schon früher begegnet zu sein.

Gemeinsam bestiegen sie nun eine andere Limousine, einen geräumigen und prunkvollen Lincoln Continental, das Modell, mit dem der amerikanische Präsident chauffiert worden war. Christina setzte sich ans Steuer und brachte sie in eine nahe gelegene Osteria namens »Casalone«.

Béla blickte aus dem Fenster und betrachtete die Pinienhaine. Noch nie hatte er solche Bäume gesehen, die Sonnenschirmen glichen. Er wunderte sich über die sonst karge Vegetation.

»Es wird am heißen und trockenen Klima liegen, dass die Flora hier so spärlich ist«, folgerte er. Die neue Welt bezauberte Béla. Sie war gänzlich anders, als die ihm bisher bekannten Gegenden. Dazu kam, dass er jetzt, wo er sich vogelfrei fühlte, alles mit anderen Augen wahrnahm.

Diese Gaststätte »Casalone« befand sich auf einer Ausfallstraße Roms. Auch hier ragten hohe Pinienbäume in den Himmel. In ihrem Schatten reihten sich drei lange Tische zu Buffets aneinander, auf denen unzählige herrliche Spezialitäten der italienischen Küche angerichtet waren. Weil Béla an die karge Küche der Jesuiten gewohnt war, konnte er sich kaum entscheiden, was er von diesen Köstlichkeiten auf seinen Teller häufen sollte.

Das Kennenlernen, das Christina vor der Abfahrt in Aussicht gestellt hatte, verlief danach nur einseitig. Ohne selbst etwas preiszugeben, stellte sie Béla eine Reihe von Fragen. Wo lagen seine Interessen? Hatte er Ideen für gemeinsame Projekte? Wäre er bereit, nach Rom umzusiedeln? Und könnte er sich vorstellen, für eine Tätigkeit in der Welt herumzureisen? Béla war auf die meisten Fragen nicht vorbereitet und antwortete gelegentlich nur zögernd. Flavio kam ihm zu Hilfe.

»Er ist erst seit wenigen Tagen ausgetreten, wahrscheinlich braucht er unsere Hilfe, um sich in seiner neuen Situation zurechtzufinden.«

Béla nickte dankbar. Erneut hatte sich Flavio in ihn hineinfühlen können. Unvermutet wurde die Konversation unterbrochen.

»Verzeiht, ich bin im Verkehr stecken geblieben.« Ein Mann gesellte sich zu ihnen, der sich als Jeff de Vries vorstellte. Béla erfuhr, dass auch er ein früherer Jesuit war und anscheinend auch zu Christinas Umfeld gehörte. Sie bat ihn, Béla am Nachmittag Rom zu zeigen.

Die Ewige Stadt bot ein großartiges Erlebnis. Die alten Bauten und Ruinen, die Geschichte verströmten, übten eine hypnotische Wirkung auf Béla aus. Beim Anblick der alten Monumente stellte er sich Cicero vor oder Cato den Älteren, der seine Reden mit dem berühmten »Cetero censeo Carthaginem esse delendam« abschloss. Er malte sich auch den Überfall auf Julius Caesar aus, der meuchlings an dieser Stätte ermordet wurde, oder den Ausdruck Neros, der die brennende Stadt betrachtete.

»Welch ein wunderbarer Tag!«, rief Béla aus.

Jeff lud Béla in ein Café ein.

»Kennst du Christina schon lange?«, wollte Béla wissen.

»Ja, seit der Zeit, als Flavio nach Rom kam. Ich arbeitete mit ihm. Als Holländer war ich sein Verbindungsmann zur niederländischen Provinz.« Als Jeff den fragenden Blick Bélas wahrnahm, begann er zu erzählen. Er kannte einige Details aus dem Leben Christinas. Sie hatte an der Universität in Zürich Medizin studiert. Als sie eines Tages einem Vortrag vom Jesuiten Pater Flavio über die ethischen Verpflichtungen der Ärzte folgte, hatte sie sich auf eine längere Diskussion mit ihm eingelassen und darum gebeten, bei einer anderen Gelegenheit gründlicher über dieses Thema informiert zu werden. Es kam zu regelmäßigen Begegnungen zwischen den beiden, bis sich Christina entschied, zum Katholizismus zu konvertieren. Der damalige Studentenseelsorger Pater Flavio Heuberger hielt einen Kurs für Konvertiten, in den sie sich eingeschrieben hatte.

Auf die Frage nach dem Kind kannte Jeff keine sichere Antwort. Ihm wurde erzählt, Christina sei mit einem deutschen Industriellen, dem angeblichen Vater Angelas, liiert gewesen. Noch vor der Hochzeit aber, während ihrer Schwangerschaft, sei er bei einem Autounfall umgekommen. Daraufhin hatte Christina ihr Studium abgebrochen und wenn sie sich auch bei den titelverehrenden Italienern »Frau Doktor« nennen ließ, hatte sie kein Staatsexamen vorzuweisen. Christina mietete in der Residenz vier Apartments. Ein Penthouse, das sie selber bewohnte, eine elegante Dreizimmersuite, die sie Flavio zur Verfügung gestellt hatte, als dieser den Jesuitenorden verließ, und ferner zwei kleinere Wohnungen, die sie ihren jeweiligen Gästen anbot. Gegenwärtig wurden diese von Jeff de Vries und Béla benutzt.

Der Luxus, der Béla hier umgab, brachte eine völlig neue Dimension in sein Leben. Darüber schien er zu vergessen, dass er hierhergekommen war, um seine Zukunft zu gestalten. Flavio und Christina gaben sich keine Mühe, diesen Punkt anzusprechen. Deswegen überlegte Béla, ob sie tatsächlich Projekte hatten. Vielleicht warteten sie auch nur eine Weile ab, bevor sie mit ihm darüber sprechen wollten. Er beschloss, sie nicht zu drängen. Irgendwann würden sie schon auf das Thema zu sprechen kommen. Bis dahin schien Christina an Béla Gefallen zu finden.

Sie benahm sich sichtlich kokett und verführerisch, was Béla in große Verlegenheit brachte. Jeden Tag gefiel sie ihm mehr und er fand es immer schwerer, seine Zuneigung zu kaschieren. Sie trieben ein Spiel miteinander, das für Béla gefährliche Ausmaße annahm. Ob Christina ihn nur foppte oder mit dem Flirt mehr bezweckte, konnte er nicht erkennen. Doch eines Tages war es so weit: Sie lagen sich in den Armen. Béla schwebte in den Wolken. Diese wunderbare Frau hatte sich ihm ergeben. Er verstand die Welt nicht mehr. So machte er sich auch keinerlei Gedanken, als plötzlich Jeff de Vries abreiste, ohne ihm Lebewohl zu sagen. Er war zu unerfahren und naiv, um zu merken, was der Grund des Verschwindens war. Er jedenfalls hatte sich über beide Ohren in Christina verliebt. Seine Zukunft trat nun in den Hintergrund, die Pläne wurden bedeutungslos. Denn seine Gefühle waren in Aufruhr, während die Leidenschaft Sturm lief. Und Rom trug das seinige zu Bélas Glückseligkeit bei. Er hätte jetzt einen Pakt mit dem Teufel geschlossen. »Verweile doch, du bist so schön!«, hätte er ausrufen wollen, um die Zeit anzuhalten, was ihm jeden Preis wert gewesen wäre. Er genoss die Gastfreundschaft Christinas, doch plötzlich wollte er mehr. Und so kam es, dass er, nach etwa einem Monat in Rom, bei einem Beisammensein mit Christina um ihre Hand anhielt. Er spürte, wie absurd der Antrag wirken musste, doch seine Ungeduld spornte ihn an. Ohne Christina konnte er sich das Leben nicht mehr vorstellen. In vielen Stunden hatte er seine Worte eingeübt, dennoch war er jetzt völlig überfordert. Das Herz pochte ihm bis zum Hals.

»Bitte, halte mich nicht für verrückt, aber ich will dich heiraten«, stottere er nervös hervor.

Sie lächelte, zuckte mit den Achseln und gab ihm keine Antwort. Béla wusste nicht, ob er hoffen oder verzweifeln sollte, doch er wagte es nicht, sie zu einer schnellen Reaktion zu drängen. Würde jetzt der Augenblick kommen, in dem er seine Ration persönlichen Glücks einheimsen konnte? Die letzten Jahre waren geprägt gewesen von den düsteren Weisen der Selbstkasteiung. Er dachte an die Exerzitien des Ignatius von Loyola, die jede Freude vernichteten, als handle es sich um Unkraut.

Konnte das jetzt durch Zufriedenheit und innere Wärme abgelöst werden? Béla fehlte es an diesbezüglicher Erfahrung und übersah, dass diese Verheißung nur eine Fata Morgana war. Er dachte nicht an Enyo, Pemphredo und Deino, die Töchter des Phorkys. Diese Gestalten aus der griechischen Mythologie besaßen zu dritt nur einen Zahn und ein einziges Auge, weshalb sie, sobald Bedarf bestand, die Körperteile einander überlassen mussten. Wollte eine der Töchter sehen, so blieben die anderen beiden blind, aß eine, so darbten die Schwestern. Daraus ließe sich eine wichtige Lektion ableiten, die Béla jedoch nicht erkannte: Das Glück einer Person im Leben ist durch das der übrigen Menschen beschnitten. Die Torte ist immer gleich groß, der Kampf tobt um die Stücke, die jeder für sich zu ergattern wünscht.

Am nächsten Abend saßen Christina, Flavio und Béla nach dem gemeinsamen Essen im Salon. Plötzlich sah Flavio ernst zu Béla und sprach: »Du hast Christina einen Heiratsantrag gemacht.« Béla errötete. Es störte ihn, dass sie Flavio gleich davon berichtet hatte. Dies war zunächst eine intime Angelegenheit. Niemand sonst brauchte das vorläufig zu erfahren, selbst wenn es um Flavio ging.

»Was meint Christina dazu?«, fuhr Flavio fort.

Béla empfand dies als Heuchelei. Offensichtlich hatten die beiden schon darüber diskutiert, sonst hätte Flavio keine Kenntnis davon gehabt. Warum musste er jetzt so tun, als wäre er ahnungslos?

Christina blickte Flavio an und fragte mit gespielter Untertreibung: »Wer würde mich denn sonst heiraten?«

Etwas entging Béla an diesem Abend. Eine Nuance, die seine bisherige Lebenserfahrung nicht hatte fassen können. Flavio wurde verlegen, kaschierte aber schnell seine Irritation. Im nächsten Moment gelang es ihm wieder besser, seine Gesichtszüge zu kontrollieren.

»Na ja«, merkte er an, »du betrachtest den Jungen wohl als Ersatzspieler. So kann wenigstens niemand mehr behaupten, ich wäre wegen einer Frau aus dem Orden ausgetreten.« Dabei setzte er ein schelmisches Lächeln auf. Béla war zu angespannt und unerfahren, um aus diesem Satz das Leuten der Alarmglocken herauszuhören. Er erkannte nicht, dass es Gerüchte geben könnte, die vermuten ließen, Flavio hätte den Orden wegen Christina verlassen. Die Einmischung Flavios erklärte sich Béla damit, dass er schließlich ihr Seelsorger gewesen war und sie ihn bei wichtigen Fragen wahrscheinlich schon früher um Rat gefragt hatte. Dann eröffnete Flavio: »Also, Béla, Christina ist einverstanden.«

Béla kniff die Augen zusammen. Sein Atem stockte vor Glück. Doch irgendetwas gefiel ihm nicht an diesem Patronat, das Flavio übernommen hatte. Er schaute auf Christina, sie aber vermied seinen Blick und hörte den Worten Flavios mit einem Lächeln zu.

»Und jetzt gehen wir schlafen«, verkündete er und erhob sich.

Béla hätte die Nacht gerne mit Christina verbracht, doch sie wies ihn ab. So zog er sich in seine Gästewohnung zurück und legte sich zu Bett. Schlafen konnte er allerdings nicht. Unaufhörlich kehrten die Bilder des Abends in seine Gedanken zurück. Euphorisch stellte er sich sein zukünftiges Leben mit Christina vor. Er hätte vor Glück schreien können. Und dennoch wunderte er sich über den leichten Zweifel, der sich in seinem Herzen breitmachte. Erst tief in der Nacht kam der Schlaf über ihn, aber seine wirren Träume gewährten ihm wenig Erholung.

Christina beabsichtigte schon seit etlichen Monaten, ihren Wohnsitz zu wechseln. Sie fühlte sich von den Bewohnern der Luxusresidenz in ihrer Privatsphäre eingeschränkt. Noch bevor Béla nach Rom reiste, hatte sie Flavio auf die Suche nach einem neuen Heim geschickt. Er fand ein Haus von einem kleinen Park umgeben. Es lag an einer Straße zwischen den Ardeatinischen Höhlen, der Gedenkstätte, in der die Wehrmacht über 300 Zivilisten massakrieren ließ, und der Appia Antica.

Nach bewährter römischer Praxis war die kleine Siedlung von fünf Liegenschaften ohne Baubewilligung erstellt worden, doch die Stadtbehörden schienen sich nicht an diesem Mangel zu stören. Die Häuser standen in diskretem Abstand nebeneinander, alle von wohlhabenden und wichtigen Menschen bewohnt. Direkt in Christinas Nachbarschaft lebte etwa Ingrid Bergman, die berühmte Schauspielerin und frühere Ehefrau des bekannten Regisseurs Roberto Rossellini, mit ihren beiden Kindern. Christina hatte sich in ihr neues Heim zunächst nur eingemietet, nicht direkt das Gebäude erworben. Sie befürchtete, dass irgendwann eine Kontrolle stattfinden könnte, die möglicherweise zu Schwierigkeiten führen würde, wegen des unrechtmäßigen Baus der Häuser. Dennoch hatte sie eine Baufirma beauftragt, einige Änderungen im Ausbau vorzunehmen.

»Wir müssen jetzt wohl die Baupläne ein wenig ändern«, fand Flavio nach den Heiratsplänen Christinas.

»Natürlich«, meinte sie mit einem Lächeln, »wir haben einen zusätzlichen Bewohner erhalten.«

Im neuen Haus sollte sie den oberen Stock bewohnen, in einer bequemen Suite, neben Angelas Zimmer. Ebenerdig würden der Salon und die Funktionsräume liegen sowie eine Wohnung für Flavio. Zuunterst würden die Garage und ein Kellerraum als Wohnort für Béla umgebaut. Eine kleine, elegante Wohnung mit einem Zimmer und einem Bad sollte entstehen. Das Garagentor würde einer großen Glasscheibe Platz machen, die für genügend Licht in der Wohnung sorgte. Béla hatte keine Ansprüche, er fand die Lösung durchaus angebracht.

Eine kirchliche Hochzeit war nicht vorgesehen. Weil das Brautpaar in der Schweiz heiraten wollte, war nur eine schlichte Vermählung am Standesamt in Zürich geplant. Béla schlug vor, seine Eltern einzuladen, doch Flavio teilte ihm mit, dass die Eltern nicht erwünscht waren.

»Warum soll meine Familie nicht an die Trauung kommen?«, wollte Béla die Frage vertiefen.

»Bitte verstehe, Christina ist sozusagen verwitwet, sie möchte also auf eine Zeremonie verzichten.«

Béla fand das unverständlich, denn seine Eltern hätten Christina gerne kennengelernt und auch er wollte mit seinen Schwiegereltern Bekanntschaft schließen. Doch Flavio blieb unbeugsam und Christina überließ ihm, in stillem Einverständnis, sämtliche Vorkehrungen. Béla konnte sich keinen Reim darauf machen. Wollte Flavio die Familien auseinanderreißen oder hatte er andere Gründe für seine Weigerung? Aber welche mochten das sein? Einige Tage vor der Reise nach Zürich nahm Flavio Béla beiseite und kam auf den Vater Angelas zu sprechen. Er erzählte Béla die ihm bereits bekannte Geschichte vom deutschen Industriellen, der Christina hatte heiraten wollen, doch unter tragischen Umständen umkam. Er war Opfer eines Autounfalls geworden. Béla hatte tiefes Mitgefühl mit Christina. »Sie muss gewiss viel gelitten haben. Ich werde mich bemühen, für das Mädchen ein guter Stiefvater zu sein.«

»Das brauchst du nicht«, meinte Flavio. »Wie du wahrscheinlich schon gemerkt hast, kommt diese Rolle mir zu.« Flavio zog dabei die Augenbrauen zusammen. Seine Stimme tönte beinahe drohend.

In der Tat hatte Flavio die Erziehung Angelas übernommen. Sowohl er wie auch Christina legten dabei jedoch eine Härte an den Tag, die Béla ungerecht erschien. Bei einem Wutausbruch Christinas gegen ihre Tochter riss sie das Mädchen an den Haaren mit dem Stuhl zu Boden. Béla verließ daraufhin aus Protest das Esszimmer. Christina versuchte, die Lage zu entspannen, doch Béla konnte diese Gewalt nicht rechtfertigen. Auch deshalb hatte er sich vorgenommen, sich nach der Hochzeit intensiver mit Angela abzugeben, Flavio hin oder her. Nun waren beim Standesamt nur der Standesbeamte, das Brautpaar, Flavio als Trauzeuge der Braut und die Sekretärin des Beamten Schnebeli anwesend, die als Zeugin für Béla agierte. Nach 20 Minuten war der schnörkellose Akt in der Amtsstube beendet. Béla war verheiratet.

Bereits am Tag nach der Trauung kehrten alle nach Rom zurück. Der Alltag begann für Béla eine merkwürdige Wende zu nehmen. Zuerst überrascht, allmählich aber besorgt stellte er fest, dass Flavio immer mehr Raum in seinem Leben beanspruchte. Er bestimmte alles, was im Haus geschah, nahm sich Béla gegenüber immer mehr Rechte heraus. Das ging so weit, dass sich Flavio sogar in dessen intimen Sphären wie seine Geschlechtsbeziehung zu Christina einmischte. »Du musst dich zügeln und Christina nicht mit deiner Begierde überfordern«, ermahnte er Béla.

»Ich glaube, das ist unsere Sache«, erwiderte dieser.

Flavio wurde ungehalten. »In dieser Gemeinschaft müssen alle aufeinander Rücksicht nehmen. Es ist also keineswegs ›deine‹ Sache.«

»Ich werde das mit Christina besprechen«, entgegnete Béla.

»Das brauchst du nicht. Ich habe das schon mit ihr geklärt.«

Béla schluckte leer. ›Welchen Preis muss ich für meine Liebe bezahlen?‹, dachte er. Es missfiel ihm jeden Tag stärker, dass sich Flavio zum Alleinherrscher aufspielte.

Doch der Fall war damit noch nicht abgeschlossen. »Und hör auf, mit deinem Kinderwunsch Christina auf die Nerven zu fallen.«

»Auf die Nerven fallen? Es ist doch nur natürlich, dass ein Ehepaar Kinder haben will.«

»Kinder? Schlag dir das aus dem Kopf! Christina hat schon eine Tochter und das reicht ihr.«

Fassungslos starrte Béla Flavio an. ›Was erlaubt er sich?‹, stieg es in ihm hoch. ›Ist das seine Meinung oder hat ihm das Christina gesagt?‹

»Sie soll mir das selber mitteilen«, erwiderte Béla trotzig.

»Es reicht, wenn ich dir das sage.«

»Roma locuta, causa finita«, zischte Béla durch die Zähne. Er wurde von einer tiefen Traurigkeit erfasst, in die sich Missmut mischte. Wie konnte er aus dieser kränkenden Abhängigkeit herausfinden, ohne seine Liebe zu opfern? Er fühlte sich verlassen, konnte niemanden um Rat fragen. Er empfand das Bedürfnis, sich mit jemandem auszusprechen, doch er hatte keinen Menschen, dem er sich hätte anvertrauen können. Unheilvolle Gedanken bestürmten seine Fantasie, die den Unfrieden in seinem Herz nur entfachten.

Flavio und Christina nahmen sich auffallend viel Zeit für abgesonderte Zweisamkeit, gingen zusammen auf Geschäftsreisen, die sie Béla gegenüber nicht näher definierten. Sie bemühten sich,

ihn bei jeder Gelegenheit loszuwerden, schickten ihn mit faden-
scheinigen Vorwänden und luftigen Aufträgen nach Zürich oder
ließen ihn in Rom zeitraubende Verrichtungen erledigen.

Béla verfasste seine Dissertation »Philosophische Erwägungen
zur Kybernetik« an der elitären Universität der Jesuiten »Grego-
riana«. Seine einstigen Ordensbrüder waren großzügig genug,
um ihm eine Chance zum Weiterkommen zu bieten, obwohl er
nicht mehr zur Gemeinschaft gehörte. Béla hoffte, mit einem
Doktortitel eine gut bezahlte Arbeit finden zu können. Er arbeitete fleißig und beabsichtigte, möglichst schnell seine These zu
verteidigen und dadurch sein Studium abzuschließen.

Mit der Begründung, ihn in bequemer Nähe der Bibliothek zu halten, mietete Flavio für ihn ein Dachzimmer in der
Nachbarschaft der Fontana di Trevi. Damit würde er sich ersparen, Zeit im chaotischen Stadtverkehr zu verlieren. Béla kam es
indessen vor, als wollten Christina und Flavio ihn von dem gemeinsamen Haus fernhalten. Zu Hause wurde er fast als Fremder
behandelt. Die Bediensteten sollten nicht wissen, dass Béla der
Ehemann Christinas war, und machten Bücklinge vor Flavio.

Eine plötzliche Erleuchtung versetzte Béla den nächsten
Schlag. Angela zeigte ihm ihr Fotoalbum mit den Aufnahmen
ihrer Erstkommunion. Auf einem Foto war sie mit Christina
und Flavio zu sehen. Béla traf das Bild wie ein Blitz. Jetzt
wusste er, warum er bei der ersten Begegnung mit Angela den
Eindruck hatte, sie schon einmal gesehen zu haben. Sie schien
Flavio aus dem Gesicht geschnitten zu sein. Diese Aufnahme
war etwa drei Jahre alt, seither hatten sich ihre Züge leicht
verändert, doch bei genauer Betrachtung konnte Béla selbst
jetzt die Ähnlichkeit mit ihrem Vater erkennen. Sie hatte erst
kürzlich ihren neunten Geburtstag gefeiert, folglich musste sie
zwei gewesen sein, als Béla und Flavio einander zum ersten
Mal begegnet waren. Damals – als der Priester so überzeugend
die noble Seite der Reinheit und Ehelosigkeit propagiert hatte.
Béla war wie erschlagen. Jetzt verstand er auch, warum Flavio
es so vehement abgelehnt hatte, ihn mit seinen Schwiegereltern
in Kontakt zu bringen. Diese wussten, wer der Vater Angelas

war. Flavio musste befürchten, dass sie sich verplappert und so die Lügengeschichte mit dem deutschen Industriellen entlarvt hätten.

Béla wollte diese Situation nicht weiter dulden. Er machte Christina Vorwürfe, die sie stets mit sofortigen Tränen und Gegenvorwürfen beantwortete. Sie nannte ihn undankbar, herzlos und anmaßend. Natürlich beklagte sie sich bei Flavio. Dieser sprach ernst zu Béla: »Du kannst ja gehen, falls dir unsere Gemeinschaft nicht passt.«

»Ich habe Christina geheiratet, sie ist meine Frau. Wenn jemand gehen muss, so liegt es an dir.«

Flavio lachte ihn aus. »Wie willst du für den Lebensunterhalt deiner Frau aufkommen?«

»Ich werde eine Arbeit annehmen, sobald ich meine Promotion beendet habe.«

Flavio brach nun in ein schallendes Gelächter aus. »Hört, hört! Der Junge will arbeiten! Du machst dich lächerlich! Du willst mit dem Monatslohn eines Büroangestellten Christinas Standard finanzieren. Abgesehen davon wäre es ein Absurdum zu denken, der Ehemann einer solch brillanten Frau verdiente in einem Büro sein Brot.«

Béla kannte die Quelle des Vermögens nicht, die die hohen Ausgaben der beiden ermöglichte. Eines Tages allerdings sorgte ein Artikel im »Spiegel« für ziemliche Furore. Demnach ging der Wohlstand auf ein krummes Geschäft zurück, das Flavio getätigt hatte, als er noch seine hohe Stellung im Jesuitenorden bekleidet hatte. Er sprach beim deutschen Bundesminister für Landwirtschaft vor und bot an, einen beachtlichen Teil des »Butterberges« gegen eine Maklerprovision zu vermitteln. Die Überproduktion der staatlich subventionierten Butter in Deutschland verschlang große Summen, weil die Ware kostspielig gekühlt werden musste. Zwar wäre Italien an einer großen Lieferung zu niedrigen Preisen interessiert gewesen, doch die EWG-Staaten hatten eine Preisbindung untereinander vereinbart. Da hatte der schlaue Jesuit eine Idee: Der Vatikan war kein EWG-Staat, konnte also dazwischengeschaltet werden und mit einem sogenannten Back-to-back-Geschäft die Butter an Italien vergünstigt weiterverkaufen. Das Ministerium ging auf den Handel ein, auch deshalb, weil der Vermittler ein hochrangiger Vertreter der katholischen Kirche war und zusicherte, der Erlös der Aktion würde in die Entwicklungshilfe für die Dritte Welt fließen. Er präsentierte gleich die mit »Humanitas« benannte internationale Treuhandstelle für Entwicklungshilfe, die das alles koordinieren sollte. Gutgläubig nahmen die Beamten an, »Humanitas« wäre von den Jesuiten gegründet worden. Doch die Maklerprovision, die sich auf beinahe 6 Millionen DM belief, verschwand ohne Spur. Und niemand fragte danach, ob das Geld wie vorgesehen angekommen war.

Kurz danach verließ Flavio Heuberger nach einem Streit mit dem Jesuitengeneral den Orden und zog sich ins Privatleben zurück. Seine Oberen hatten ihn öffentlich als »sehr komplexen Charakter« bezeichnet, der trotz seines Armutsgelübdes den Lebensstil der höheren Klasse pflegte und in der Welt wie ein Fabrikdirektor herumreiste.

Das Geschäft hatte für Flavio keine juristischen Konsequenzen. Einige Journalisten übten zwar Kritik, Heuberger hätte unter Vorspiegelung humanitärer Absichten ein schmutziges Spiel getrieben, doch der Fall verschwand ziemlich schnell aus den Schlagzeilen.

Béla kannte bis zum Erscheinen des Spiegel-Artikels die Herkunft des beträchtlichen Vermögens nicht, das Christina und Flavio besaßen. Er hätte aber ohnehin keine Möglichkeit gehabt, sich an diesen Reichtümern zu messen. Anspruchslos wie er war, ließ ihn der Stil der »höheren Klasse« gleichgültig, er wollte als normaler Bürger mit seiner Frau ein vernünftiges Leben führen. Doch dies stellte sich zusehends als Wunschtraum heraus. Was schließlich den Boden vom Fass herausschlug, war eine Begebenheit, die sich an der Via Veneto abspielte. Béla war mit Christina unterwegs, als sie einer ihm unbekannten Person begegneten. Nach einer freundlichen Begrüßung erkundigte sich der Mann nach dem Gatten Christinas. Ohne mit der Wimper zu zucken, gab sie zur Antwort, dass es ihm gut gehe, er gegenwärtig auf

Geschäftsreise in Berlin unterwegs sei und in einigen Tagen wieder nach Hause komme. Béla stand wie versteinert daneben. Er wurde also bei jeder Gelegenheit verleugnet. Natürlich machte er ihr deswegen Vorwürfe und darauf folgten wieder einmal Tränen und Anschuldigungen vonseiten Christinas.

Am Tag danach erhielt Béla einen Anruf von seinem Vater. Dieser äußerte sich sehr besorgt, ein wenig verärgert und auch enttäuscht, weil sich Béla scheiden lassen wollte und das Gespräch zu seiner Familie nicht gesucht hatte.

»Ich mich scheiden lassen?«, stammelte Béla verwundert.

»Aber doch. Gestern ist der frühere Pater Flavio Heuberger gekommen, um uns über die Scheidung ins Bild zu setzen.«

Béla war außer sich. Niemals hatte er an eine Scheidung gedacht und drohte jetzt, Flavio den Schädel einzuschlagen, sobald er nach Hause käme. Christina hielt es für angebracht, Flavio über die Ausfälle Bélas zu unterrichten, und riet ihm, noch einige Tage mit seiner Rückkehr zu warten, bis sich Béla ein wenig beruhigt hätte.

Als Flavio schließlich zurückkehrte, wurde Béla zur Rechenschaft gezogen.

»Was erlaubst du dir, mir zu drohen? Christina erzählte mir, wie ausfällig du wurdest.«

Béla konnte nicht an sich halten. Er ließ seinen Gefühlen freien Lauf. »Du wagst es, mir Vorwürfe zu machen? Du bist nur ein mieser Hochstapler, ein Falschspieler übelster Sorte. Wie kannst du dir anmaßen, meinen Eltern zu erzählen, Christina und ich würden uns scheiden lassen?«

Der Ex-Priester schien es für sein Recht zu erachten, über Bélas Ehe zu entscheiden.

»Du hast in dieser Angelegenheit nichts zu sagen. Christina will dich nicht mehr.«

Als Béla das hörte, überschlugen sich seine Worte vor Wut. Er schmetterte seine ganze Bitterkeit ins Gespräch. Hemmungslos, wie bei einem Gefecht führte er den Streit.

Flavio lächelte zynisch über die Unbeherrschtheit Bélas. Dann holte er seine Wunderwaffe hervor. Jetzt kamen die Exerzitien zur Anwendung.

»Du bist vom Bösen. In dir wirkt der Teufel. Statt dankbar zu sein, zollst du uns nur Verachtung.«

Das Gesicht Flavios war entstellt. Mit funkelnden Augen fuhr er mit seiner Anklage fort. »Wir haben versucht, dich auf den richtigen Weg zu führen, doch in dir ist nichts Gutes. Du bist verstockt geblieben. Und inzwischen haben wir keine Hoffnung mehr, dass sich daran etwas ändern könnte. Du bist ein Verräter. Du verdienst nur Bestrafung. Deshalb könnten wir dich züchtigen, dir schaden, dich zerstören, doch uns genügt es, dich loszuwerden. Hüte dich aber, böse Nachrichten über uns zu verbreiten. Und übrigens: Ab morgen bist du in diesem Haus nicht mehr erwünscht.«

»Gut, ich gehe, doch ich nehme meine Frau mit.«

»Sie ist nicht mehr deine Frau. Christina hat gegen dich Scheidungsklage eingereicht.«

Béla starrte erstaunt auf seine Frau. »Ist das wahr, Christina?« Statt zu antworten, erhob sie sich wortlos und ging aus dem Salon.

Béla kam es vor, als wäre ein Hagelschauer über ihn niedergegangen. Er musste resigniert einsehen, dass er gegen eine so geballte Bosheit machtlos war. Erneut stand er vor einem Scherbenhaufen. Aus dieser aussichtslosen Situation konnte er nur als Verlierer hervorgehen. Sein Aufenthalt von zwei Jahren in Rom nahm ein unrühmliches Ende. Er ging in sein Zimmer und weinte.

Er schämte sich vor seinen Eltern, die jetzt zweifellos enttäuscht von ihm waren und wahrscheinlich der lügenhaften Erzählung Flavios Glauben schenkten. Er setzte sich an seinen Tisch und begann, einen langen Brief an seine Eltern zu schreiben.

Als sich Béla von seiner Frau verabschiedete, steckte ihm Christina einen Umschlag zu. »Lebe wohl«, flüsterte sie und blickte ihn verlegen an. Béla schien, ihr Gesicht hätte Schuldgefühl ausgedrückt. In der Tram öffnete Béla den Umschlag. Er wähnte, darin einen Abschiedsbrief zu finden. Stattdessen hielt er eine Zugfahrkarte nach Zürich und ein Bündel Geldnoten in der Hand.

Von dieser Fahrt, das weiß ich wohl,
wird ich nimmer zurücke finden.

———————————

Hugo von Hofmannsthal
Jedermann

I n Zürich angekommen mietete sich Béla mit dem Geld, das er von Christina erhalten hatte, bei einer alten Witwe ein Zimmer. Er rüstete sich für einen Neuanfang. Dieser begann mit einem unerwarteten Intermezzo: Er wurde zum Militärdienst aufgeboten.

Noch während des Theologiestudiums war sein Bemühen um die Einbürgerung geglückt. Béla erhielt den Schweizer Pass. Zum ersten Mal in seinem Leben bekam er die Bestätigung, Bürger eines Landes zu sein. Mit allen Rechten und Pflichten. Dazu gehörte auch seine Verpflichtung, in der Armee Dienst zu leisten. Kaum war Béla in die Schweiz zurückgekehrt, wurde er zur Musterung vorgeladen. Solange sich Béla in Rom aufgehalten hatte, griff das Militär nicht auf ihn zurück. Doch nach der Scheidung mit schon 31 Jahren rief ihn die Armee: Er hatte Hut und Hirn in der Garderobe abzugeben, wurde in eine Uniform gesteckt und dem sinnlosen Drill unterworfen.

Üblicherweise dauerte die Grundausbildung 17 Wochen, doch angesichts seines Alters begnügte man sich mit vier Wochen Hilfsdienst. Die militärische Ausbildung brachte ihm einige Kunstgriffe zum Töten bei und impfte ihm Gefühle von Geltung und Eitelkeit ein. Nach rund vier Wochen ging er nach Hause, in seiner Soldatenuniform. Das Gesetz sah vor, die Diensttuenden hätten ihre Ausrüstung und ihre persönliche Waffe zu Hause aufzubewahren, damit sie im Kriegsfall unverzüglich als Kämpfer zu der Truppe stoßen konnten.

Die Grundausbildung war indessen nicht alles, was die Armee von ihm abverlangte. In regelmäßigen Abständen musste

er seine Uniform wieder anziehen und sich in die Kaserne begeben, um einen Wiederholungsdienst zu absolvieren. Während
zwei bis drei Wochen machte er mit seinen Kameraden Trockenübungen für den Krieg, die dazu dienten, ihn nicht vergessen zu
lassen, dass er zur besten Armee der Welt gehörte. Er gab zu: Er
war ein wenig stolz, wenn ihn seine Nachbarn in Uniform sahen – als er zum Dienst einrückte und als er wieder nach Hause
kam. Jeder konnte jetzt sehen, dass er ein echter Schweizer war.

Nach der Scheidung stand Béla erneut vor der Frage, wie er seinen Lebensunterhalt bestreiten sollte. Diesmal standen die Vorzeichen etwas günstiger. Seine Dissertation über die philosophischen Probleme der Kybernetik hatte er noch in Rom beendet,
was eine hübsche Visitenkarte darstellte, sprach inzwischen
fließend italienisch und war in der Welt erfahrener. Die Zeit in
Rom bildete auch eine Art Brücke, die Béla aus dem klerikalen
Ordensleben in die zivile Welt geführt hatte. Flavio war dank
seiner Beziehungen oft bei mondänen Anlässen eingeladen worden. Ab und zu hatte er auch Christina und Béla mitgenommen.
So gelangte Béla gelegentlich in gesellschaftliche Schichten, die
er ohne Flavio nie hätte betreten können. Sein Auftreten war
dadurch sicherer geworden. Zu seinem Vorteil spielte auch die
Tatsache, dass die stark wachsenden Banken in Zürich ständig mehr Personal benötigten und deshalb notgedrungen auch
Leute einstellten, die keine entsprechende Ausbildung aufzuweisen hatten. Ein Teil der Belegschaft wurde in den bankeigenen
Schulungszentren ausgebildet. Obwohl Béla anfänglich keine
Ahnung von Banktechnik hatte, fand er, dank des Zauberworts
»Kybernetik«, als Assistent des Präsidenten der größten Schweizer Bank eine Stelle für Verwaltungsarbeiten. Daneben wurde
er für die nächsten vier Jahre in eine Kaderschule aufgenommen, wo er alle Einzelheiten seines Berufs erlernen konnte.
　　Mit den neuen Kenntnissen im Gepäck ließ sich eine Karriere in der Finanzwelt aufbauen. Béla achtete rigoros darauf, bei
seinem einflussreichen Vorgesetzten keinen Fauxpas zu begehen. Er schmeichelte sich bei dessen Sekretärin ein und holte

aus ihr auf schlaue Art und Weise jenen Erfahrungsschatz über den Präsidenten heraus, den sie während vieler Jahre gehortet hatte. Sein System funktionierte einwandfrei, er wurde befördert, erhielt mehr Lohn und gewann Einfluss auf seinen Vorgesetzten. In den Korridoren nannte man ihn in Betracht des Umstandes, dass seine Meinung beim Chef großes Gewicht hatte, »die graue Eminenz«. Er erhielt Angebote von der Konkurrenz und nutzte sie, um auf der Hierarchieleiter seiner Bank hochzusteigen. Während vieler Jahre war er als Bankdirektor tätig, später eröffnete er eine eigene kleine Treuhandgesellschaft und kämpfte sich durch Vorschriften, Paragrafen, Verbote, Börsenmärkte und Steuerämter.

Er wurde immer öfter gebeten, Investoren bei Geschäften in Ungarn beizustehen. »Du beherrschst die Sprache, kennst dich im Land aus und genießt unser Vertrauen«, beteuerten die Kunden. Béla ergriff die Gelegenheit und eröffnete ein Büro in Budapest. Sein Geburtsland hatte inzwischen das Joch des Sozialismus abgeschüttelt und wurde von der sowjetischen Besatzungsarmee befreit. Auf eine andere Art, als er sich das früher vorgestellt hatte, konnte er jetzt doch für Ungarn einen bescheidenen Beitrag zum Neuaufbau des Staates leisten. Sein anfänglich begeisterter Einsatz brachte ihm aber schon bald bittere Ernüchterung. Béla musste erfahren, dass all jene, die im kommunistischen System führende Rollen gespielt und ihre Gegner drangsaliert hatten, wie Phönixe aus der Asche wiedergeboren waren und die Macht unverändert in den Händen hielten. Sie waren bei der Neugestaltung des Landes in einer bevorzugten Stellung. Bei der Privatisierung des staatlichen Eigentums rafften sie Fabriken und Immobilien zusammen, noch bevor andere die Möglichkeiten erhielten, in diesem Prozess mitzumischen. Ihre Beziehungen zu den internationalen Geschäftspartnern des Landes konnten für ihre neu gegründeten Gesellschaften eingespannt werden, niemand hatte danach gefragt, was sie während der Zeit der Unterdrückung des ungarischen Volkes getan hatten. Die einst lautstarken Atheisten schlugen jetzt ausholend Kreuze und knieten in den ersten Kirchenbänken, die Unterdrücker stellten sich liberal und verdammten das frühere System. Der kleine Mann blieb auch nach dem Wandel weiterhin klein. Béla konnte auch darin keinen Trost finden, dass sich solche an Wunder grenzende Bekehrungen in der Geschichte schon öfters abgespielt hatten. So etwa in Deutschland nach dem Zweiten Weltkrieg, wo viele eifrige »Dorf-Nazis« Hände und Gesicht im Weihwasser spülten, oder in Russland nach dem Zusammenbruch des Sowjetsystems, wo einstige Parteifunktionäre den Popen die Hände küssten und ihre neu entdeckte Frömmigkeit zur Schau trugen.

Nach dem Scheitern seiner Ehe mit Christina hatte sich Béla geschworen, nie mehr zu heiraten. Doch nach einigen Jahren brach er sein Versprechen und wurde für den schmerzhaften Misserfolg mit einer ungetrübten, glücklichen Beziehung entschädigt.

Er war nun an dem Punkt angelangt, den er früher um jeden Preis hatte vermeiden wollte. Zwar hielt er keine Kinderschar um sich, er sang weder im Kirchenchor mit, noch ging er alle Sonntage auf Picknicktouren, doch das Leben plätscherte nun in ruhigen Bahnen dahin, wie ein friedlicher Bergbach im Herbst. Béla las, dachte nach und schrieb viel, war sich aber bewusst, dass dies nur ein Placebo für das seelische Leiden wirkte, das er mit sich trug. Das Bürgerlich-Behagliche hatte den Sieg über Dionysos davongetragen.

Mit den Jahren hatte Béla seine Absichten neu definiert, Grundwerte verändert und Hoffnungen aufgegeben. Auch die in seiner Jugend gehegte Idee, für sein Geburtsland zu kämpfen, war verblasst. »Was ist schon Heimat?«, fragte sich Béla. Er hatte viel von der Welt gesehen und gelernt, dass »Heimat« nur ein Deckmantel war, die Menschen irrezuführen; eine Leitglocke, der die Herde folgte. Warum sollte er ein Gebiet nur deshalb in heilige Sphären erheben, weil er, Béla, dort auf die Welt gekommen war? Die Verklärung seiner Geburtsstätte wandelte sich in eine fahle Farblandschaft, die Glut, die ihn früher beseelt hatte, war erloschen. Nicht, dass er die Gewaltherrschaft der Sowjets in Ungarn verharmlosen wollte, doch er deutete die

Zusammenhänge anders als früher. »Heimat« bedeutete auch Tradition. Doch diese war kein Wert an sich, sondern stand oft eher für Rückständigkeit, Versteinerung, Beharren auf Überholtes. Und »Heimat« fügte sich leicht in den Rahmen der »Nation« ein, in dieses Trugbild, dem Béla endgültig die Zustimmung verweigerte. »Nation« setzte er gleich mit Fanatismus, dessen destruktive Energie alleine die Religion noch übertraf. Wenn er einmal zu einer Massenveranstaltung ging, schwappten ihm nur aufgewühlte Gefühle entgegen. Die blinde Wut, in die sich so viele seiner Mitbürger hineinsteigern konnten, rief ohnmächtige Verachtung in ihm hervor. Selbst die Fangemeinden bei sportlichen Veranstaltungen waren für ihn der blanke Horror.

»Die Erde ist meine Heimat«, pflegte er zu sagen und war sich der Naivität völlig bewusst, die seine Donquichotterie hervorrufen musste. Das Alter lehrte ihn auch die Resignation. Die Welt verändern war unmöglich, sie zu verachten war die einzige Antwort, die ihm blieb.

Zudem spürte er die ersten Zeichen des Zerfalls, die irgendwann im Leben einsetzen. Diese Erfahrung überraschte ihn. Zeit seines Lebens erfreute er sich guter Gesundheit. Irgendwann begannen sich aber die ersten Anzeichen von Beschwerden bemerkbar zu machen. Kleinere chirurgische Eingriffe wurden nötig, er, der Spitäler nur wegen Krankenbesuchen kannte, lag eines Tages im Bett einer Klinik.

»Nichts Ernsthaftes«, beruhigte ihn der Arzt, »aber es ist immer besser, rechtzeitig dem Übel Einhalt zu gebieten. Ich werde Ihnen ein Stück Darm entfernen müssen.«

Die Operation verlief erfolgreich, die Rekonvaleszenz allerdings zwang ihn zur Bettruhe. Er war für die Gesellschaft seiner Frau dankbar, doch wenn sie nicht bei ihm war, verstrich die Zeit nur langsam. Als sich seine Augen vom Lesen ermüdeten, lag er gelangweilt im Krankenzimmer und suchte in Gedanken nach Abwechslung. Dann kam ihm eine Idee. Er erinnerte sich an seinen früheren Nachbarn Reto Brunner, an dem er die Symptome einer langsamen Auflösung zu seinem großen Entsetzen beobachtet hatte. Das Schicksal dieses Menschen hatte ihn mehr als das manch anderer beschäftigt. Was aber fesselte ihn nur an der Geschichte Brunners?

Béla war sich bewusst, wie mittelmäßig und irrelevant die Anekdoten waren, die ihm sein Nachbar bisweilen erzählt hatte. Doch genau diese Bedeutungslosigkeit erschien ihm beachtenswert. Er fand darin Trost für die Hinfälligkeit des Menschen, für den Mangel an Tiefgang, für die »conditio humana«. Brunner verkörperte für Béla die Widerwärtigkeiten des Lebens. Vorderhand beschäftigte ihn das Los seines Nachbarn nicht. Mit der Zeit jedoch, als Béla nun im Krankenbett lag, tauchten in ihm immer öfter die Bilder auf, die sich in seiner Erinnerung eingenistet hatten. Äußerlich glich seine eigene Vergangenheit nicht jener seines Bekannten, doch die Zerrissenheit des Lebens offenbarte sich in beider Schicksale. Béla beschloss, die Zeit während der Genesung im Spital dadurch totzuschlagen, dass er die Erinnerungen an den Nachbarn Brunner aufzeichnete – ohne Absicht auf eine Verwendung, eben nur zum Zeitvertreib, während der langweiligen Stunden in der Klinik.

Béla erinnerte sich an eine Gelegenheit, als Brunner ihm einmal ausführlich von seinem Vater erzählt hatte, Bélas Neugier war dabei geweckt worden.

»Mein Vater war eine gespaltene Persönlichkeit. Er besaß drei Untugenden: Intoleranz, Geldgier und Sturheit«, hatte Brunner damals erläutert. »Die Menschheit teilte er in zwei Gruppen ein. Der große, ja der allergrößte Teil war verwerflich, am liebsten hätte er diesen Auswurf ausgeräuchert. Nur eine bescheidene Minderheit erhielt das Recht zu existieren. Grundsätzlich befanden sich alle, die seiner Auffassung widersprachen, zu Unrecht auf dieser Erde. Dabei ging es nicht nur um weltanschauliche oder politische Überzeugungen. Allein die Art, wie einer sich kleidete, ausdrückte oder freute, hätte schon ausgereicht, unter ihm den Scheiterhaufen anzuzünden.«

Brunners Vater träumte davon, die Erde von allen widerlichen Elementen zu säubern. Er war schlicht und einfach farbenblind. Nicht nur, dass er keine Farben kannte, auch die leisesten Grautöne hielt er für verpönt. Die Welt war schwarz-weiß koloriert. Sein Vokabular beschränkte sich auf ein Entweder-oder; ein Sowohl-als-auch kannte er nicht.

Obwohl finanziell wohl situiert, schickte Brunner senior seinen Sohn dennoch während der Ferien zur Arbeit; nicht aus Not also, auch nicht aus erzieherischen Gründen, sondern nur deshalb, weil er das für die Universität notwendige Geld nicht aufbringen wollte. Seine Geldbörse glich einer Einbahnstraße, einer Mausefalle: Seine Geldgier gebar absurde Auswüchse. Trinkgelder für Kellner und Zimmermädchen waren für Vater Brunner wie Nahrung für Blutegel, die nur von Parasiten erwartet wurden, obwohl die seiner Meinung nach, bekanntlich an sich schon gut bezahlt wurden. Das Geld war für ihn kein Mittel, sondern ein Zweck, ein Gott, dem alles geopfert werden musste, Solidarität, Erbarmen, Würde und Genuss. Die großen Geizhalse der Geschichte hätten bei ihm lernen können.

Bei dieser Schilderung musste Béla unweigerlich an all jene denken, die ihm in seinem Berufsleben begegnet waren. Einige von ihnen besaßen schier unermessliche Vermögen, waren aber vom gleichen Virus befallen, wie Brunners Vater. Doch Béla konnte sich nicht erinnern, unter diesen Superreichen das Ausmaß krankhafter Habsucht von Brunner senior erfahren zu haben. Nach Einbruch der Dunkelheit fischte dieser Lumpen und Schuhe aus dem Container, wo gebrauchte Kleider für die Dritte Welt gesammelt wurden, die er mit der Zufriedenheit eines Lotteriegewinners nach Hause trug und in seine eigene Garderobe einfügte. Bei anderen Gelegenheiten suchte er im Sperrmüll nach Gegenständen, die er noch als tauglich einstufte. In der Küche türmten sich gebrauchte Pfannen und Schüssel, die auf diese Weise ihren Weg ins Haus Brunner gefunden hatten, alte Kochbücher, eine abgeschabte Fußmatte mit der Aufschrift »SALVE«, auf der das »A« und »L« nur noch erraten werden konnten, ein Nachttopf und andere Gegenstände. Diese Sammlung ließ die Vermutung aufkommen, ein Messie wohne in diesen Räumen.

Brunner runzelte damals die Stirn und fuhr in seiner Erzählung fort. »Ich verspüre beim Gedanken an den Götzendienst meines Vaters Brechreiz. Ich kann mich auch nicht mit der Aussicht trösten, eines Tages das Vermögen dieses knausrigen Menschen zu erhalten. Er ist unverwüstlich.«

Doch Brunners Vater hatte ihn tatsächlich auch in diesem Punkt ausgetrickst. Als Brunner schon vom Tod umgarnt wurde, war sein Vater 101 Jahre alt und dachte nicht im Traum an Erblass. Béla konnte die Verachtung Brunners für dessen Vater nicht nachempfinden. Er liebte und achtete seinen eigenen Vater und konnte sich nicht vorstellen, wie belastend der Konflikt Brunners sein musste. Sturheit ergänzte die Charaktereigenschaften von Brunner senior. Hatte er sich einmal eine Meinung gebildet, so währte dies für die Ewigkeit. Beweise, Argumente, Evidenz kamen nicht gegen sie an. Ein Überdenken gab es nie, die Sicht von Brunner senior war in Stein gemeißelt. War einmal jemand ins Verlies seiner Verachtung verbannt, so war das Urteil lebenslänglich. Und der Hades der Ausgestoßenen war voll besetzt.

Von seiner Mutter wusste Brunner nichts. Er hatte keine Ahnung, warum sie nicht bei der Familie lebte, ob sie mit einem anderen Mann durchgebrannt war, ob der Vater sie weggeschickt hatte, ob sie überhaupt noch am Leben war. Eine jüngere, verbitterte und hässliche Frau übernahm die Rolle der Mutter, wobei ihr Alter sie eher zu einer älteren Schwester als zu einer Stiefmutter bestimmt hätte. Sie hatte ein Problem mit der Hüfte, hinkte mühevoll, und Brunner junior fragte sich, ob sie nur deshalb von seinem Vater ins Haus geholt worden war, weil sie umsonst den Haushalt besorgte hatte.

Die seelische Heimatlosigkeit, die Brunner zu Hause erleben musste, hatte ihn mit Komplexen belastet. Dieses Vermächtnis war ihm anscheinend nicht bewusst, in mancher Hinsicht war sein Verhalten unbelastet. Er fühlte sich scheinbar wohlauf, er brüstete sich provokativ als kerngesund und äußerte wiederholt, dass er in seinem Leben niemanden brauchte. Bis es ihn eines Tages erwischt hatte. Sie kam aus Berlin, war blond und hatte ziemlich alles, was anderen Frauen dieser Welt fehlte. Sie nahm immer mehr Platz in seinem Alltag ein, wodurch allmäh-

lich alles anders wurde: Die Arbeit wollte gegen Abend nie ein
Ende nehmen, der übliche Balztanz war nicht mehr nötig, die
Erde drehte sich fröhlich um die eigene Achse, der Zahnarzt gab
ihm Gelegenheit, heldenhaft zu sein, Waschtage kannte er keine
mehr und seine Gefühle entführten ihn täglich in den Urlaub,
der Himmel hing für ihn voller Geigen. »Nanu, so schlecht ist
es auf dieser Welt doch nicht«, äußerte er oft und meinte wohl,
seine Seligkeit würde ewig dauern. Ingrid, die Berlinerin, überraschte ihn mit einem Bäuchlein, später mit einem Töchterlein
und zuletzt mit einem nörglerischen Charakter. »Hoppla, es ist
schon vorbei mit der Herrlichkeit«, sprayte er eines Nachts auf
die Kirchenmauer. Erneut begann der Balztanz, diesmal aber
in versteckten Gefilden. Die Berlinerin nahm es ihm übel. Als
sie davon erfuhr, wies sie ihm den steinigen Weg der Tugend
und kontrollierte aufmerksam seine Schritte. Die Arbeit wurde
ihm zur Zuflucht und schaffte ihm kleine Freiräume, sein Fleiß
erhielt die Bezeichnung »Verantwortung«. Fortan führten die
Monotonie, die Berlinerin und er eine Ménage-à-trois. Weil sich
Ingrid einen Hund wünschte, kaufte Brunner »Engelsche«. Das
Tier wurde zu seinem Vertrauten, auf den täglichen Spaziergängen sannen sie gemeinsam über die Rätsel des Universums nach.
Dabei gelangten sie zu dem Schluss, dass sich die Wahrheit dem
Menschen nie erschließe, die Frage nach dem Sinn sinnlos sei
und sie mit Zuversicht in die schwarze, unerforschte Nacht
blicken sollten, die Ursprung und Hafen des Lebens sei. Gele-
gentliche Abenteuer versüßten das Leben an der Seite der Berlinerin, das rechtschaffene Benehmen zu Hause wurde dadurch
belohnt. Béla erinnerte sich an eine Aussage Brunners, er würde
früher oder später zum Islam konvertieren, dann würden ihn in
den Hainen vom Paradies viele, schöne Jungfrauen mit großen,
dunklen Augen erwarten. Und die Berlinerin hätte keine Kontrolle darüber. »Das wird sie zünftig ärgern«, hatte er gegrinst.
    Fräulein Blass war keine schöne Jungfrau mit großen dunklen
Augen, doch stellte sie für Brunner während einer kurzen Zeit
einen vollwertigen Ersatz für diese Gattung dar. Nach einem
blamierenden Ereignis war sie aber auf Brunner nicht gut zu

sprechen: Sie grollte ihm, weil er ihr verschwiegen hatte, dass er verheiratet war. Sie hatte sich eine Zukunft mit ihm ausgemalt, sich vorgestellt, wie sie eine Familie gründeten, Kinder zeugten und Seite an Seite älter wurden. Ihre kurze Beziehung wurde abrupt von einer hässlichen Szene zerschlagen, als sich eines Tages nach der Sonntagsmesse eine ihr bis dahin unbekannte Frau vor ihr aufbaute, die Fäuste in die Hüften stemmte und sie vor allen Gläubigen, die aus der Kirche hinausströmten, heftig anschrie. Sie nannte Fräulein Blass ein »billiges Flittchen«, das ihren Mann umgarnt habe, bei all dieser Unmoral in der Kirche Frömmigkeit vorheuchelte. Sie solle sich fortan nie mehr hier zeigen, sonst würde sie, Frau Brunner, dafür sorgen, dass man sie öffentlich ausbuhte. Danach warf die Berlinerin den Kopf nach hinten und zog davon. Fräulein Blass war auf eine solche Attacke nicht vorbereitet gewesen. Mit Schamröte im Gesicht und vor Wut schnaubend schlich sie davon und schwor für alle Umstehenden vernehmbar Rache.

»Das wirst du mir teuer bezahlen, du geiler Bock ...«, zischte Fräulein Blass zwischen den Zähnen und zeigte auf den verdatterten Brunner. Tatsächlich brachte sie über Brunner einige Begebenheiten in Umlauf, die sie anlässlich ihrer nachmittäglichen Begegnungen von ihm erfahren hatte. Denn selbst im Erwachsenenalter hatte ihr Liebhaber unreife und infantile Verhaltensweisen an den Tag gelegt.

Als er einmal im Businessclass nach Hong Kong flog, platzierte sich eine dicke Nonne neben ihm. Seine lauten Bemerkungen über die geheuchelte Armut der Ordensschwestern, die anscheinend reich genug waren, um sich dickzufüttern, während Millionen Hungers starben. Außerdem leisteten sie sich den Luxus, sich im Businessabteil breitzumachen. Die Nonne quittierte das mit sichtlicher Verärgerung, ohne auf die beleidigenden Ausfälle einzugehen. Brunner verhehlte seine Feindschaft ihr gegenüber nicht und fand schließlich in der Nacht Gelegenheit, sie wiederum vor den Kopf zu stoßen. Als nämlich der Ordensfrau im Schlaf einige laute Darmwinde entwischten, weckte er sie mit starken Ellbogenstößen und sagte ihr laut: »Schwester,

Sie haben wohl den Heiligen Geist verschluckt, der Ihnen stets entweicht.« Jetzt führte die Nonne ein Zeter und Mordio auf, dass die aufgeschreckten Fluggäste laut protestierten und die Besatzung sie beruhigen musste.

Nach Bekanntgabe dieser Episode durch Fräulein Blass war Brunners Ansehen in der katholischen Kirchgemeinde zerstört. Eine weitere Enthüllung brachte ihn vollends in Verruf. Als bei der Schulabschlussfeier der Gesanglehrer Brunners Tochter nicht im Schülerchor mitsingen lassen wollte, zeigte sich Brunners Rüpelhaftigkeit ein weiteres Mal. Aus Rache am Lehrer ließ der Vater durch sein Hosenbein eine Ratte im Festsaal frei, worauf das verwirrte Tier zwischen den Stühlen des Publikums herumirrte. Der Effekt war verheerend. Alle anwesenden Frauen sprangen auf und schrien, der Dirigent erstarrte, die Schüler blickten verwirrt in die Menge und ließen ihre Noten zögerlich sinken. Schnell wurde das Konzert unterbrochen, der Schulwart gerufen, damit er die Ratte einfangen konnte. Dies gelang ihm erst nach etlicher Mühe. Doch als der Chor wieder seinen Platz einnahm, hatte der Großteil der Zuhörerschaft bereits den Heimweg angetreten.

Fräulein Blass gönnte sich eine Genugtuung, indem sie diese Begebenheiten an zwei aufeinanderfolgenden Sonntagen an die Kirchtüre anschlug. Brunner und seine Frau wurden fortan gemieden, ihre Tochter wurde in der Schule Zielscheibe von Spott und Schikane. Natürlich ging die biedere Kirchgemeinde auch der Ehebrecherin Fräulein Blass aus dem Wege, die sich zwar bei jeder Gelegenheit zu rechtfertigen suchte, sie hätte den Zivilstand Brunners nicht gekannt, sonst hätte sie ihn nicht an sich herantreten lassen; doch man schenkte ihr kein Gehör, sondern nannte sie »die Protestantin« – in Anlehnung an Martin Luther, der ebenfalls seine Thesen an eine Kirchentür geschlagen hatte.

Brunner war nicht reich, doch bescheiden wohlhabend. Er hatte ein kleinbürgerliches Vermögen geschaffen. Er konnte sich einen Porsche und ein gutmütiges Reitpferd leisten, bewohnte sein eigenes Häuschen in der Peripherie der Stadt und gönnte sich jährlich eine Reise ins Ausland mit seiner Frau und seiner

Tochter. Angefangen hatte er in jungen Jahren als Modeverkäufer bei einer lokalen Firma. Nachdem er die Regeln der Branche erlernt hatte, wagte er den Sprung in die Selbstständigkeit. Er gründete eine kleine Fabrik für Frauenschuhe, die er mit einer Handvoll Arbeiterinnen, drei Büroangestellten und einer Modedesignerin betrieb. Die Arbeiterinnen beklagten sich ab und zu wegen Brunners Anzüglichkeiten, die etwas aufgedonnerte Modedesignerin hingegen nahm seine Einladung zur jährlichen Fachmesse in Paris gerne an, was der Berlinerin Anlass gab, stets heftige Szenen aufzuführen und ihn der Untreue zu bezichtigen. Brunner erduldete das Gewitter mit unschuldiger Miene und ließ sich die wenigen Tage in Paris nicht nehmen, wo er sich an der Modedesignerin wärmte.

Als seine Firma eines Tages rote Zahlen schrieb und Brunner Konkurs anmeldete, verweigerte ihm die Modedesignerin ihre Gunst, was Brunner in eine Lebenskrise führte. Seine Bemühungen um neue Liebesabenteuer scheiterten, er fühlte, dass etwas zu Ende ging. Eine dauerhafte Traurigkeit ergriff seine Seele, eine Triebfeder im Getriebe seiner Lebenslust war gebrochen. Einmal erzählte Brunner mit Schwermut von den Jahren, die vor ihm standen. Zwar schwang er sich gelegentlich zu neuen Erlebnissen hoch, besuchte Prostituierte und bezahlte für die Illusion, immer noch anziehend zu sein. Doch diese Eskapaden brachten seine Lebenskräfte nicht mehr zurück. Die Berlinerin merkte von alledem nichts und überhäufte ihn mit kindischen Kosenamen. Der Hund war geduldig und stumm und beschwerte sich nicht, weil er ab und zu auf den Spaziergängen angebunden vor einem Hauseingang ausharren musste. Sogar bei schlechter Witterung wurde von ihm Langmut verlangt, bis sein Herrchen dessen Lust befriedigt hatte.

Die Tochter beschritt indes eigene Wege, verließ bei erster Gelegenheit das elterliche Anwesen und sehnte sich nach häuslichem Glück. Sie durchschaute das traurige Nebeneinanderleben ihrer Eltern und träumte von einer sonnigeren Zukunft. Der Wunsch nach Frieden und Kindern beherrschte ihre Vorstellungen. Während sie auf den erlösenden Prinzen wartete, gab sie sich jedem hin, in der Hoffnung, einen Mann zu angeln. Solange es um den Sex ging, hielten die Männer mit, sobald aber die junge Frau von Ehe und Kindern zu sprechen begann, flohen sie in Panik. Und Brunners Tochter war um eine Enttäuschung reicher.

Mit der Zeit erhöhte sich die Anzahl ihrer Liebhaber auf eine ganze Legion und ihre intimen Gewohnheiten wurden zur Lachnummer. So blieb die Tochter, obwohl sie eine attraktive Frau war, bis zu ihrem Lebensende eine alte Jungfer. Sie schottete sich einsam und enttäuscht von ihrer Umwelt ab und überließ ihre Eltern deren Schicksal.

Béla war so stark mit seinen Aufzeichnungen beschäftigt, dass er nicht bemerkte, als seine Frau ins Zimmer trat.

»Arbeitest du gerade? Stör ich dich?«

»Keineswegs. Ich beschäftige mich mit unserem früheren Nachbarn Brunner.« Als Béla die Verwunderung im Blick seiner Frau sah, fuhr er fort: »Es mag etwas schrullig von mir sein, doch in meiner Tatenlosigkeit leistet er mir Gesellschaft.«

Seine Frau lächelte vergnügt. »Ich kann mir allerdings vorstellen, dass es unterhaltsameren Umgang gibt als Brunner.«

»Das ist schon möglich«, sagte Béla. »Allerdings regt mich sein Schicksal zum Nachdenken an.« Doch Béla freute sich sehr über den Besuch seiner Frau und legte seine Aufzeichnungen beiseite. Erst nach dem Abendessen, als die Frau ging, fuhr er fort, zu schreiben.

Brunners Zerfall begann mit leichten Halsschmerzen. Zunächst nichts Schlimmes, nur eine kleine Störung, wie sie im Winter oft auftritt. Diesmal kam sie aber im Sommer. War es auf die schädliche Wirkung der Klimaanlage zurückzuführen? Brunner nahm Tabletten, die keine Wirkung erzielten. Er lutschte sich durch eine ganze Packung durch, doch die Beschwerden wichen nicht. Die Berlinerin bereitete ihm Inhalationstöpfe vor, die Dämpfe brannten in seinen Nüstern, die Halsschmerzen blieben. Schließlich gab er dem Drängen nach und folgte dem Rat der Berlinerin. Er ging zur Untersuchung.

Zunächst schockierte der Befund: Ein kleines Geschwür befand sich in der Halsgegend.

»Kein Grund zur Besorgnis, heute haben wir solche Sachen im Griff«, versicherte ihm der Arzt. »Da gibt es Schlimmeres im Leben.«

Man pflanzte dem Patienten in der Kehlkopfgegend eine winzige, radioaktive Platinfolie ein, durch deren stete Bestrahlung das Geschwür abschwellen sollte.

Doch Brunner wurde mit dem Alter zu einer Hiobsgestalt. Es war ihm so viel Unbill zugestoßen, dass man hätte meinen können, Gott hege eine persönliche Abneigung gegen ihn. Béla konnte den Verfall aus nächster Nähe verfolgen.

Er war überrascht, als er sah, wie Brunner die Sache mit der Platinfolie noch mit einem Schulterzucken wahrnahm. Auch Béla bekräftigte die Meinung, dass es Schlimmeres im Leben gab. Doch niemand konnte zu diesem Zeitpunkt ahnen, welche unheilvolle Rolle diese Folie in Brunners Leben spielen würde und wie Banalitäten eine Lawine von Missgeschicken auszulösen vermochten. Zu den Halsschmerzen, die ja durch die sanfte Bestrahlung durch die Platinfolie geheilt werden sollten, kam auch ein fauler Zahn. Immer noch kein Schicksalsschlag, der Zahn wurde gezogen und wenige Tage nach dem Eingriff ging der normale Alltag weiter. Doch nicht so bei Brunner. Denn die offene Wunde, verursacht durch den ärztlichen Eingriff, wurde von der sanften Bestrahlung durch die Platinfolie angegriffen, schmerzte stets, wollte nicht heilen und schied ein Sekret aus, das einen starken Mundgeruch hinterließ. Brunner wandte sich an einen Freund, bestieg den Zug, um in die nahe gelegene Stadt zur Behandlung zu fahren. Einige Tage vorher hatte er sich eine leichte Erkältung eingefangen, er wäre also gerne erst nach der Heilung aufgebrochen, doch die ständigen Schmerzen und der Mundgeruch störten ihn so sehr, dass er sich keinen Aufschub gewährte. Während der Zugreise geschah dann das nächste Unheil, denn Brunner musste niesen. Ein Niesen ist noch lange keine Tragödie, könnte man meinen. Aber der unglückliche Mann wusste nicht, dass die Bestrahlung gleichzeitig mit dem Zahnfleisch auch das Gewebe des Kieferknochens angegriffen und zur Hälfte ausgehöhlt hatte. Der Druck, den das Niesen auf den Kieferknochen ausübte, führte zum Bruch. Brunner schrie kurz auf, saß dann mit schrägem Kinn und entstelltem Gesicht im Zug, die Mitreisenden starrten ihn entgeistert an. Eine ältere Dame bestürmte ihn mit Fragen, doch Brunner konnte sein Kinn nicht bewegen. Er gab nur undeutliche Laute von sich, die einem Stöhnen glichen. Ein besonnener Mann begab sich in den Speisewagen, um Eis zu holen, mit dem er Brunners geschwollene Backen kühlte. Dieser stand nie gerne im Mittelpunkt. Mit verstörtem Gesichtsausdruck verfolgte er, wie im Wagen ein reges Getuschel entstand, das natürlich den Vorfall mit ihm betraf. Um dem allgemeinen Interesse zu entfliehen, zog er sich auf die Toilette zurück und betrachtete im Spiegel sein Gesicht. Er starrte auf das Bild, das sich ihm bot. Offensichtlich fiel es ihm schwer, sich wiederzuerkennen. Seine Züge waren entstellt. Die linke Backe hing hinunter und lag schief, was etwas Unausgeglichenes, Asymmetrisches bewirkte. Dies schrie nach Kompensation.

Als Brunner die Kinnpartie mit einer Hand abdeckte, fand er Nase, Augen und Stirn in der gewohnten Anordnung. Doch sein Kinn hing eben schräg im Gesicht wie ein Windbeutel bei schlechtem Wetter, der Mund war verzerrt, unter dem Ohr war seine Wange geschwollen. Schon bei der kleinsten Bewegung verspürte Brunner starke Schmerzen. So beschloss er, bei seiner Ankunft statt zum Zahnarzt in die Notfallstation zu gehen. Er schrieb einen Zettel, den er dem Taxifahrer zeigte und hielt das verbliebene Eis an seinen Backen, bis er im Spital angekommen war.

Als die Ärzte nach der Untersuchung ihn unverzüglich operieren wollten, lehnte sich Brunner auf, denn er legte Wert darauf, von einem Spezialisten behandelt werden. Die Ärzte entsprachen seinem Wunsch, stopften ihn mit Schmerztabletten voll und ließen ihn im Spital übernachten. Tags darauf wurde ihm eine Brücke eingesetzt, die das Kinn stabilisieren sollte. Brunner sprach mit Mühe, weil er sich an seine neue Kinnbacke gewöhnen musste. Er versuchte, Übungen durchzuführen, wie damals der griechische Redner Demosthenes, der seine Schwierigkeiten beim Sprechen durch diszipliniertes Training überwunden hatte; er sprach beim Laufen und legte einen Kieselstein auf seine Zunge, um die Aussprache zu vervollkommnen.

Doch je mehr sich Brunner abmühte, umso unverständlicher wurde seine Rede, denn die Brücke löste sich allmählich vom Backenknochen. Daher scheiterte sein Vorhaben, die Sprache wiederzuerlangen. Er konnte nur noch sehr undeutlich lallen und musste sich durch kurze, schriftliche Mitteilungen mit seiner Umwelt verständlich machen.

Die Brücke sollte ersetzt werden, mit eigenem Knochengewebe, das man dem Hüftgelenk entnehmen wollte. Doch auch dieser Versuch schlug fehl. Das Gewebe in der Hüfte war derart poröse, dass es nicht transplantiert werden konnte. Als letzte Lösung kam ein kleiner Keil vom Schädel in Frage. Brunner schrieb den Ärzten einen Kommentar auf ein Blatt: »Das wird gewiss funktionieren. Ich habe einen Dickkopf.«

Wie ein Melonenschnitzel wurde ihm ein Schädelsegment ausgesägt und als Backenknochen eingesetzt. Doch auch dieser Eingriff misslang. Als man ihn für die Kontrolle bei der tomografischen Analyse in die PET-Röhre schieben wollte, stieß ein unaufmerksamer Pfleger mit dem Ellbogen an seinen Schädel und verursachte schwere Komplikationen.

Als Brunner aus dem Spital entlassen wurde, befand sich sein Kinn in einem so desolaten Zustand, dass er sich nur durch tierische Laute ausdrücken konnte. Sein Speichel lief ständig aus seinem Mundwinkel und bei Essen geiferte er unaufhörlich in den Teller. Bei all diesem Unglück blieb aber Bunners Verstand verschont, vielleicht ein weiteres Unglück. Denn in dieser Verfassung fand er keine Freude mehr am Leben. Gerne hätte er diesem ein Ende gesetzt. Eine Kurve auf einer Passstraße verfehlen, in den Abgrund stürzen, nach wenigen Sekunden weit unten auf dem Dach des Pkws landen und an nichts mehr denken ... Das wäre für ihn eine einfache, kurze Lösung gewesen. Doch dies erschien dem Hiob zu leicht, hatte ihm doch sein gefühlskalter Gott eine schwere Verpflichtung aufgebürdet. Inzwischen war die Berlinerin an Alzheimer erkrankt. Deshalb benötigte sie seine allgegenwärtige Hilfe.

Bei Brunner meldete sich das Gewissen. Er brachte es nicht über sich, seinem Elend ein Ende zu setzen, denn die Berlinerin war allein zu Hause, niemand kümmerte sich um sie und sie konnte sich in ihrem Zustand nicht einmal einen Tee kochen. Daher durfte er nicht aufgeben.

Zwar war er nicht gläubig, doch aus einer unergründeten Gewohnheit rief er oft im Stillen Gott um Hilfe an, vielleicht war das ein Überbleibsel aus seiner Kindheit, als seine Mutter mehrmals am Tage laut und flehend den Beistand des Herrn angefordert hatte.

Dann starb er an Herzversagen, die Berlinerin kam in ein Pflegeheim, wo sie kurz danach von allen unbemerkt ihrem Mann folgte.

Bélas ausführliche Aufzeichnungen über Brunner im Spital ließen darauf schließen, dass Béla befürchtete, Brunners Schicksal selber zu erleiden. Zweifellos deshalb, weil er bemerkte, dass der Zerfall auch bei ihm eingesetzt hatte. Immer zahlreicher schlichen sich unmerklich auch bei ihm Gebrechen ein, zwar nicht mit derselben Grausamkeit, doch unaufhaltsam. Zuerst nur kleine, leicht zu heilende Mängel, dann solche, die ihn für immer verfolgen sollten. Obwohl sie sich noch nicht fatal aufdrängten, meldeten sie sich als Vorboten unheilvoller Beschwerden. Immer wieder erinnerte er sich an ein Gespräch mit einem alten Kunden, das Béla die Vergänglichkeit des Menschen bewusst gemacht hatte.

»Sie haben wohl einen Pakt mit dem Teufel geschlossen«, schmeichelte ihm Béla damals. »Sie sind in prächtiger Verfassung, in beneidenswerter Form.«

Der alte Mann hatte um ein Lineal gebeten. »Sehen Sie. Diese Länge ist ein Meter. Nun zeichnen wir eine Länge von 80 Zentimeter etwa. Dies ist die Dauer eines Menschenlebens. Heute bin ich 75. Was bleibt mir übrig?«

›Fünf Zentimeter‹, hatte Béla gedacht.

Sein Gesprächspartner war fortgefahren: »Ich will also nicht nach vorne schauen, weil mich die Nähe der Wand irritiert. Rückwärts zu blicken verursacht mir Schmerzen. Also schließe ich die Augen und warte geduldig.«

Als Béla nun etwa im gleichen Alter war, schloss auch er gelegentlich seine Augen und wartete. Seine Kraft, die Zukunft zu gestalten, erlahmte. Keine neuen Horizonte lockten ihn, der Reiz aufregender Pläne war abgestorben. Nicht, dass er unzufrieden gewesen wäre. Doch irgendwo war in seinem Geiste eine Feder gesprungen, der Sekundenzeiger seiner Uhr zuckte, ohne sich zu drehen. Sein Gedächtnis ließ nach. Immer öfter musste er nach Wörtern suchen, deren Bedeutung er klar vor Augen hatte, doch deren Formulierung ihm allerdings entglitt. Er verfiel auf einen Ausdruck, der dem Gesuchten ähnelte und der fortan alle Versuche, das richtige Wort noch aufzuspüren, scheitern ließ, sich querlegte und den Weg nicht freigab, sondern sich beharrlich aufdrängte.

Eines Tages brach er auf der Straße zusammen. Die Sirenentöne eines Einsatzwagens drangen in sein Ohr. Er litt stark unter dieser lästigen Störung, doch er war ihr machtlos ausgeliefert. Er vernahm eine große Geschäftigkeit um sich, dann schwanden seine Sinne. Als er wieder denken konnte, brachte er es nicht gleich fertig, seine Augen zu öffnen. Er strengte sich an, seine Lider, die tonnenschwer schienen, wenigstens spaltenbreit aufzusperren. Sie wollten ihm nicht gehorchen. Waren sie einfach zugeklebt, mit einem starken Leim, den man zuerst auswaschen musste?

Béla stöhnte auf. Er vernahm ein leises Flüstern. Wo war er? Eine panische Angst breitete sich in seinem Inneren aus. Nach wiederholten Versuchen gelang es ihm schließlich, die Augen zu öffnen. Vor sich sah er zwei Gesichter. Eine Frau und ein Mann blickten ihn an, beide trugen weiße Kittel, dem Mann hing ein Stethoskop um den Hals.

›Das wird wohl ein Arzt sein‹, ging es Béla durch den Kopf.

»Wie fühlen Sie sich?«, fragte der Mediziner. »Können Sie mich hören?«

Béla fühlte sich zu müde, um zu antworten. Er schloss seine Augen wieder und kehrte ins Delirium zurück. Er war verunsichert. Es schien ihm, er befände sich im All und flöge mit berauschender Geschwindigkeit. Dieser Flug fing zwar beschaulich an, er entwickelte sich aber zum Albtraum.

Béla begann Selbstgespräche zu führen. »Was geschieht hier, was passiert mit mir? Ich bin ganz allein. Wo ist wohl meine Frau? Ich habe sie doch flüstern gehört.«

Die Jalousien waren im Zimmer halb hinuntergelassen, es herrschte gedämpftes Licht. Besorgt saß Bélas Frau am Bett und hielt seine Hand. Er atmete schwer und schien sie nicht wahrzunehmen.

Béla fantasierte weiter. »Beklommen harre ich der Dinge, die da kommen sollten, jedenfalls nicht gelassen, denn alles um mich herum kommt mir fremd vor. Der Raum weitet sich, die Sterne rücken näher. Geschwind, immer rasanter. Das All saugt mich auf, wohlwollend zunächst, doch allmählich Fragen aufwerfend. Wohin geht nur diese Reise? Wer hat das Steuer im Griff? Warum fliege ich immer schneller? Warum entschwinden die Sterne, die Galaxien und wohin, warum weitet sich der Raum? Das Licht verblasst, die Dämmerung umhüllt mich. Dann kommt sie, die Angst. Ja wirklich, ich habe Angst, furchtbar.«

Béla stöhnte auf. Behutsam wusch seine Frau mit einem feuchten Handtuch seine Stirn ab. Der Atem des Kranken beruhigte sich. Nur eine leichte, abweisende Handbewegung deutete darauf hin, dass er in Gedanken mit etwas beschäftigt war.

»Was will die jetzt hier, Lottchen? Sie hatte es in den letzten Jahren ihres Lebens stets fertiggebracht dann aufzutauchen, wenn es am wenigsten erwünscht war«, murmelte Béla undeutlich vor sich hin. »Sonderbar, dass ich jetzt, während ich im All umherfliege, gerade an diese Bilder denke. Eine Esoterikerin hat mir einmal gesagt, im Moment des Sterbens würden einem alle Bilder des Lebens vor den Augen vorbeiziehen. Bin ich nun soweit? Dann muss wohl bald meine Vergangenheit explodieren, ganz ähnlich wie der Urknall. Ich suche nach Wichtigem.

Ich erschrecke. Ich sehe nur unübertreffliche Mittelmäßigkeit. Reif für den Eintrag ins Guinnessbuch. Aber was soll eigentlich dieses andauernde Piepsen in meinen Ohren und das Hämmern im Kopf? So etwas habe ich früher nie gehabt. Ich sollte wieder zum Arzt für eine Kontrolle.«

Béla öffnete leicht seine Augen und erblickte seine Frau. Ein kaum merkliches Lächeln huschte über sein Gesicht. Er spürte einen leichten Druck an seiner Hand. Das war ein Gruß. »Ich bin bei dir«, lautete die stille Botschaft. Béla nickte kurz und schloss wieder seine Augen. Er setzte seinen Weltraumflug ungebremst fort.

»Meine Befindlichkeit des Losgelöstsein von Körper, Gewicht und Ausdehnung stößt sich an banale Erinnerungen. Ist das der Augenblick, um an den Waffendienst zu denken, an diese Verkörperung vom Tierischen im Menschen? Gewalt ist die Äußerung des Bösen im Leben. Eigentlich fühle ich mich doch von den Konflikten meiner Vergangenheit befreit, von zahllosen Konflikten. Das ganze Leben war eine unendliche Abfolge von Querelen. Die Narben, die sie hinterlassen haben, trage ich noch heute mit mir. Ich glaube, es war Heraklit, der alte Grieche, der den Gedanken geprägt hatte, der Krieg wäre Vater aller Dinge. Damit hatte er schon alles gesagt; das Leben ist kein Zuckerschlecken. Der Mensch muss ständig kämpfen, gegen Konkurrenten und Nachbarn, gegen Verwandte und Unbekannte, gegen Miterben und Bettler, mit einem Worte: gegen alle. Wie können sich nur einige an diesem Zwist berauschen? Ich empfinde ihn als Schmerz, als Verkörperung des Bösen. Ich habe wegen dieser unrühmlichen Ordnung oft mit Gott gehadert, auch wenn ich nicht an ihn glaube. Doch da er allgemein als Schöpfer betrachtet wird, kann man ihm die Schuld an diesem Chaos geben. Auch wegen des Blinddarms. Ich hatte so meine eigene Meinung von diesem nutzlosen Firlefanz.«

Bei einer Gelegenheit hatte sich Béla einmal über die Schöpfung mokiert, jetzt erinnerte er sich an diese Situation: »Es war der sechste Tag«, erzählte er damals im Freundeskreis. »Gott war damit beschäftigt, den Menschen zu erschaffen.

Eben hatte er die Gallenblase fertiggestellt und nun fummelte er gerade am Darm herum. ›Da will ich noch etwas Spezielles fabrizieren‹, hatte Gott gedacht und die Kotleitung in die Länge gezogen. ›Was in aller Welt fehlt hier noch?‹, hatte er sich gefragt, doch keine Verwendung für das Spezielle gefunden. Gelangweilt wurde der Darm des Menschen durch Gott abgeknöpft. ›Eigentlich habe ich keine Lust, dieses Organ noch auszubauen‹, hatte er gesagt und seine Hände vom Werk gelassen. ›Das nenne ich jetzt Blinddarm‹, und so wurde die Bauchdecke Adams vernäht. ›Vielleicht finde ich später eine Verwendung für ihn, sonst bleibt er unvollendet, was auch nicht so schlimm wäre. Er nützt zwar nichts, doch entzünden kann er sich‹. Und prompt ist es so gekommen. Mein Blinddarm hat sich entzündet«, erzählte Béla seinen Freunden. »Ich habe einen kurzen Blick ins Jenseits geworfen. Gott hat sich nicht darum gekümmert, doch einige Ärzte fanden, man könne da etwas machen, und so bin ich hiergeblieben. Ohne Blinddarm. Im Do-it-yourself-Geschäft gibt es bessere Ware und das sogar noch mit Garantie! Dummerweise haben ihn die Ärzte entsorgt, sonst hätte ich ihn Gott zurückgeschickt. Hätte er sich das Zeug selber einnähen sollen.

Nach diesem Pfusch hatte Gott beschlossen, seine Basteltätigkeit aufzugeben. Er sprach zu Adam und Eva und bedeutete ihnen, sie mögen nun selbst für die Herstellung ihrer Nachkommen sorgen. Er versah sie mit dem Schöpfungsschlauch, nannte diesen Nabelschnur und besorgte den Bauchnabel, Gottes Fingerabdruck. Adam und Eva staunten nicht wenig, denn sie hatten keinen Bauchnabel, wurden sie doch von Gott selbst geknetet, respektive aus einer Rippe geformt. Doch sie nahmen ihren Auftrag ernst, übten fleißig und wurden Stammeltern von vielen Menschen.

Freunde, ihr müsst wissen, dass mein blinddarmloses Leben nicht anders ist, als es früher mein beblinddarmtes gewesen war«, hatte Béla weiter sinniert. »Die tägliche, mühselige Arbeit, die Monotonie jeder Erdumdrehung, die unangenehmen Zahnbehandlungen, die Waschtage und der letzte Tag der Ferien haben erbarmungslos den Takt der Vergänglichkeit geschlagen.«

Nicht alle seine Freunde hatten seine Spötterei goutiert, was Béla nur zusätzlich angespornt hatte, weitere Erzählungen des Alten Testamentes zu entstellen.

»Mein Flug im All beginnt, mich zu verunsichern«, fuhr Béla nach der kurzen Erinnerung nun mit seinem Selbstgespräch im Krankenbett weiter. »Ist das vielleicht die Reise in den Himmel? Wenn ja, dann lasse ich im Leben manches unerledigt zurück. Es ist hier im All nicht sehr warm, ich könnte gut eine Wolldecke gebrauchen. Hoffentlich kehre ich bald auf die Erde zurück! Oder bin ich am Sterben, tot sogar? Diesen Flug habe ich nicht gebucht. Keine Ahnung, wohin er führt, wie lange er geht. Wer hat mich gekidnappt? Mein linkes Bein schmerzt wieder, dieses Leiden will und will nicht heilen.

Brunners verpfuschte Lebensgeschichte fliegt jetzt mit mir im All umher. Gerne würde ich diesen Schwarzfahrer abschütteln, doch er klammert sich an mich. Er bremst meinen Schwung. Wie lange muss ich das noch aushalten? Die Sanduhr, die mit sturer Regelmäßigkeit die Körner nach unten entlässt, nehme ich dabei gar nicht wahr. Brunners Zerfall ist mehr als eine Episode, es ist ein Gesetz, das herrscht, seit dem ersten Schlag auf meinen Hintern, den man mir gegeben hat, als ich gerade erst in die Welt gerufen wurde. Ist jetzt meine Zeit gekommen, wieder zu gehen? Ich frag mich: Was ist Vergänglichkeit? Was ist Raum, was Gravitation, was Materie, was Bewegung? Und die Zeit? Einstein hat mit diesen Begriffen geschickt jongliert. Er prägte neue Erkenntnisse, Relativitätstheorie wurden sie genannt. Das hat schon meine Großmutter erfunden. Sie erzählte uns selbsterfundene Märchen, deren Held der Riesenzwerg war. Wenn das nicht Relativität ist? Ich erkenne nur Beziehungen. Meine Erkenntnis beschränkt sich darauf, Beziehungen zu erfassen. Jetzt, wo ich allein bin, gibt es keine Beziehungen. Ist das die Hölle oder der Himmel? Mir schien früher, solange ich ein Erlebnis wiederholen könne, würde die Zeit stehen bleiben.

Doch ich merke jetzt: Niemals kann ich etwas wiederholen, denn jedes Mal ist das Erlebte anders. Die Zeit betrügt mich, weil sie davongleitet. Mit dem Zerfall, wie bei Brunner, mit dem unumkehrbaren Kraftverlust, mit der wachsenden Nostalgie nach dem Unbekannten.«

Eine Krankenschwester betrat Bélas Zimmer. »Muss ich hinausgehen?«, fragte seine Frau, welche während Bèlas nicht vernehmbaren Selbstgespräche unruhig am Bett gesessen hatte. »Nein, bleiben Sie, ich muss nur die Venenkatheter kontrollieren.« Gleichzeitig erfrischte sie das Gesicht Bélas mit einem feuchten Tuch.

»Der Geruch alter Männer will nicht aus meiner Nase weichen. Wo kommt er nur her?«, murmelte Béla erneut vor sich hin. »Von der Altersgeilheit? Von den faul stinkenden Zahnfleischtaschen? ›Béla‹, sagte mir einmal meine Mutter. ›Es ist eine groteske Sache, alt zu werden‹. Jetzt verstehe ich, was sie damit gemeint hatte.

Was war mir wichtig? Ich mir selbst, denke ich. Ist das nicht lieblos? Jetzt schäme ich mich dessen ein wenig. Wenn man so allein im Weltall umherirrt, so sehnt man sich schon ein wenig nach Liebe. Die Liebe erscheint manchmal als ein Tauschgeschäft. Brunner hatte mich gegen Ende geachtet, weil ich die demenzkranke Berlinerin, die einmal in einem unbeachteten Augenblick aus dem Haus geschlichen und sich in der Umgebung verirrt hatte, nach Hause begleitet habe. Es stimmt, ich habe ihr geholfen, sie beruhigt, ihre Ängste besänftigt. War das Nächstenliebe? Davon war ich zuerst überzeugt, doch jetzt habe ich die Vermutung, dass es nichts anderes als Selbstverliebtheit war. Schließlich hatte sie mir einen Vorwand geliefert, mich überlegen zu fühlen. Außerdem hatte sie mir durch die gemeinsame lange Nachbarschaft mein Leben vor Augen geführt. Denn ihre Präsenz rief in mir mein jüngeres Ich wach. Erinnerungen, von denen ich viele lieb gewonnen habe. Nicht alle, aber einige lasten auf meiner Seele. Viele allerdings geben mir Wärme. Sie sind schließlich mein Leben. Mein Leben? Das Wort ›Leben‹ ist abstrakt. Es wird erst durch ›Erleben‹ mit Inhalten gefüllt. Erleben formt das Konkrete. Es zeugt eben die Erinnerungen. Meine Erinnerungen formen mich, sie machen mich aus, durch sie bin ich ich. Wohin gehen sie nur, wenn es mich nicht mehr gibt? Fliegen sie mit mir ins All hinaus?

Es wäre doch jammerschade, wenn sie für immer verschwinden würden. Das fröhliche Gezwitscher der Vögel im Morgengrauen im Jesuitenkloster, die Pizza am Meeresstrand in Viareggio, der Sonnenaufgang in den Freibourgeralpen, der atemberaubende Anblick des Taj Mahal. Ich verspüre große Nostalgie in der Erinnerung, die sich in mir so erstaunlich tief eingeprägt hatten und die ich selbstverständlich wieder zurückholen möchte. Sie dürfen nicht erlöschen. Man sollte seine Erinnerungen, seine Erfahrungen, sein Wissen, die Sprachen, die einer gelernt hat, und alles, was im Rucksack des Bewusstseins mitgeschleppt wird, im Moment des Todes verschenken können, wie bei der Organspende weitergeben, damit sie nicht wie wertloser Abfall entsorgt werden. Oder tiefkühlen, für den Fall, dass die Gentechnologie eines Tages aus einer aufbewahrten Körperzelle einen Menschen wieder zum Leben erweckt. Hopp, da bin ich wieder mit all dem Ballast von früher.«

Bélas Mund bewegte sich. Seine Frau legte vorsichtig ihr Ohr an seine Lippen und hoffte, etwas von dem Murmeln zu verstehen. Ihre Aufmerksamkeit blieb unbeantwortet.

Die Reihe der Erinnerungen in Bélas Geist wollte nicht abreißen.

»Es war nicht alles nur einfach in meinem Leben. Da gab es auch viele Schläge, die hinzunehmen waren, obwohl sie Wunden öffneten. Wie viele Narben hat mein verdorrter Körper? Nicht jene, die das Aussehen entstellen, sondern jene, die sich die alten Kämpen einander zugefügt hatten, wenn sie in Feldzügen und Schlachten mit Morgensternen und Hellebarden aufeinander eingeschlagen hatten, sondern solche, die sich wie zufällige Mitreisende einstellen; ein Schnitt hier, ein Brandmal, eine Bruchstelle oder Operationsspur dort. Narben sind Grenzsteine der Erinnerung an Schmerzen und Notfallstationen. Sie tun nicht weh, sie jucken. Patina kann manches aufwerten, nicht aber meinen gebrechlichen Körper.

Und meine Seele? Diese Verletzungen sind empfindlicher. Die körperlichen melden sich selten, vielleicht nur, um den bevorstehenden Schneefall anzukündigen. Die Wunden der Seele brechen immer wieder auf, sie verheilen nicht zu Narben, sie schaffen es nie ganz. Lange fristen sie ihr Dasein unter dem Schutt der Bilder, der sich angehäuft hatte. Dann plötzlich, durch einen Stoß an die Oberfläche befördert, öffnen sie sich, sie bluten. Wie etwa diese Beziehung in Rom. War ich damals zu blauäugig? Die kalkulierte Bosheit der zwei angeblichen Freunde schlug tiefe Wunden. Mein Ego hatte noch lange unter dieser Erniedrigung gelitten.

Komme ich eigentlich noch zurück auf die Erde? Doch ich frage mich, ob das überhaupt nötig ist. Klopft da nicht jemand an die Türe? Ich öffne meine Augen. Eine vage umrissene Gestalt erscheint in der Öffnung, ein Mann, den ich nicht kenne oder nicht wiedererkenne. Er betritt den Raum mit einer Weinflasche. Mit beiden Händen hält er sie vor sich hoch, was äußerst liturgisch wirkt, wie die Geste des Priesters am Ostersamstag mit der brennenden Kerze. Die Aufmerksamkeit ist lobenswert, doch ich werde diesen Wein nicht trinken. Ich empfinde Widerstreben. Mein Körper ist mir jetzt kein gut gesonnener Begleiter.

Warum kommt mir nur so wenig in den Sinn? Lottchen, Militärdienst, Pizza und Sonnaufgang und sonst kaum etwas. Aber es gab doch viel mehr, viel Schönes, auch Unangenehmes, Schmerzhaftes. Ich möchte mein ganzes Leben wie einen Film in meinem Geist abspulen lassen, doch das würde wohl zu lange dauern, zu lange. Dennoch, es war alles wichtig. So muss ich mich mit den Brosamen der Erinnerung begnügen.

Ach, diese Sirenentöne! Wer hätte gedacht, dass es so etwas im Weltall gibt!

Diese Herumfliegerei entfernt mich immer mehr von meinem Leben. Bin ich eigentlich daran, es zu verlassen? Damit habe ich nicht gerechnet. Was bleibt, wenn ich gehe? Von den Alltäglichkeiten, vom Ordnungmachen, von meinen Pflichten? Ich frage wieder: Wer hat meine Erinnerungen, wenn es mich nicht mehr gibt? Ich bin doch die Erinnerungen. Ich stöbere gerne in ihnen, ich wärme mich an ihnen, ich lasse sie flattern, umstülpen, sich gegenseitig vergewaltigen.

Was bleibt allgemein? Was bleibt von einem Zahnarzt etwa, der vielen Menschen die Zähne gerichtet hatte, die heute nicht mehr leben? Oder vom Papst, der anderen eingeredet hatte, so zu handeln, wie er es für richtig hält, selbst dann, wenn dies nur Schall und Rauch ist?

Muss überhaupt etwas bleiben? Die Zeit zermalmt ohnehin alles und wenn die Menschheit nicht mehr existiert, wird kein Bewusstsein übrig sein, das das Gebliebene wahrnimmt und würdigt. Es wird die Ära kommen, in der Newton, Einstein, Ghadaffi und Mutter Theresa in keiner Erinnerung mehr Platz finden. Auch meine Probleme werden entschwunden sein.

Welch verkehrte Welt! Jene, die mich geliebt hatten, werden bei meinem Tod leiden. Es wäre mir viel lieber, wenn meine Feinde leiden müssten; Rache muss sein. Doch sie werden frohlocken.

Mich blendet ein grelles Licht, meine Augen tun weh – selbst, wenn ich sie geschlossen halte.

Das Licht wird von unsichtbarer Hand gedimmt, Dunkelheit breitet sich aus. Ich habe Angst vor diesem Dunkel, das mich in sich saugt, in das ich wehrlos hinausfliege. Wehrlos und allein. Diese Nacht kümmert sich nicht um meine Angst. Es breitet sich breiter aus, immer erbarmungsloser, bis es dann ganz dunkel wird.

Hat mir Guszti bàcsi nicht den Sonnenschein auf dem Berg versprochen? Das hat er wohl, doch diesen Berg habe ich nicht gefunden ...«

Béla gab es nicht mehr. Wenigstens hatte er den Untergang des Abendlandes nicht mehr erlebt.

Weitere Bücher von Gabor Laczko:

Die Audienz
Kriminalroman

Auf dem Höhepunkt seiner Macht wird Papst Innozenz XIV. von einem dunklen Geheimnis aus seiner Vergangenheit eingeholt, das auf keinen Fall an die Öffentlichkeit dringen darf. Doch die Feinde des Heiligen Vaters wollen genau das und scheuen keine Mittel, ihren Plan umzusetzen. Ein erbitterter Wettlauf gegen die Zeit beginnt. Die junge Journalistin Erika von Weiland gerät zwischen die Fronten der beiden Lager und wird schließlich vor die Entscheidung ihres Lebens gestellt ...

268 S., Paperback, ISBN 978-3-86906-020-0

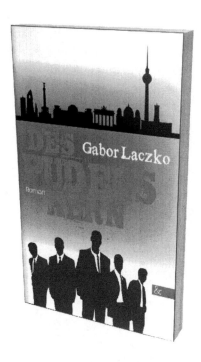

Des Pudels Kern
Roman

Stefan Hoffbaur ist Vollblutpolitiker und hat beste Aussichten, von seiner Partei als Kanzlerkandidat aufgestellt zu werden. Doch bevor es dazu kommt, verkündet Hoffbaur zur Überraschung aller seinen Rücktritt. Sein parteiinterner Nebenbuhler Peer Kiske wittert seine Chance, doch er unterliegt bei der Wahl knapp dem Kandidaten einer anderen Partei. Kurz darauf stirbt Hoffbaur und hinterlässt seiner Frau Franziska ein kompliziertes Kreuzworträtsel, dessen Lösungswort für Kiske höchst unangenehme Folgen hätte. Franziska begibt sich auf Spurensuche und kommt der brisanten Botschaft immer näher. Was sie nicht weiß: Kiskes Handlanger sind ihr dicht auf den Fersen und schrecken vor nichts zurück. Ein Wettlauf gegen die Zeit beginnt …

284 S., Paperback, ISBN 978-3-86520-428-8